VERLAG ANTJE
KUNSTMANN

Unverkäufliches Leseexemplar.
Bitte keine Besprechungen
vor dem 5. September 2012

Arezu Weitholz

WENN DIE NACHT AM STILLSTEN IST

Roman

Verlag Antje Kunstmann

Für Jan

DIE NACHT

Am Ende geht es um den Moment. Wie das Mondlicht durch die Ritze der Jalousie auf den Parkettfußboden fällt. Wie das Auto unten vorbeifährt. Wie still es wieder wird. Du atmest. Ich sitze an deinem Bett. Ich trage die Farbe, die dir an mir so gut gefällt, das mittelgraue Anthrazit.

Ich könnte Musik anmachen, ich könnte gehen. Meinen Mantel anziehen, raus, nach Hause, ein paar Stunden nicht an dich denken, einschlafen und dann morgen anrufen und sehen, ob du die Kurve gekriegt hast. Auch jetzt wäre es nur ein Telefonat – du musst es nur sagen, dann rufe ich einen Notarzt. Aber darüber haben wir nie gesprochen. Notfälle kamen in deiner Welt nie vor.

Die Lichtstreifen auf dem Boden sehen aus wie leere Notenblätter. In der Küche summt der Kühlschrank. Über deinem Bett hängt das Bild von Arvo Pärt, in seiner Musik ist es auch oft so leise und aufgeräumt wie hier. Einmal hab ich dich erwischt, wie du auf einem Fensterputztuch im Wohnzimmer herumgerutscht bist, um den gewischten Boden nicht wieder schmutzig zu machen. Du hast niedlich ausgesehen, wie eine kreuzlahme Ente. Und ich musste an Mama denken, von der ich dir nie erzählt habe. Sie hatte früher vom vielen Marmorfußbodenpolieren kleine Hornknubbel an den Knien, die man durch ihre Nylons sah. Ich könnte dir von den Haldol-Patienten erzählen, die wie Zombies durch schmuddelige Aufenthaltsräume schlurften, in denen immer der Fernseher lief – ohne Ton. Ich könnte dir vom Neonlicht erzählen. Vom Staub auf den Büchern und den lila Veilchen in den Beeten im Park vor der Klinik. Von Mamas leerem Gesicht. Von ihrem geblümten Nachthemd. Sie war mit dicken, grauen Schlaufen ans Bett gebunden. Eine Geschlossene käme für dich nicht in Frage. Das würdest du mir nie verzeihen. Du würdest wahnsinnig werden.

Mama hat die Sache mit Papa nicht verkraftet, und die Sache mit Papa habe ich dir nie erzählt, weil es dich immer so aufgeregt hat, wenn etwas nicht perfekt war, nicht fröhlich, nicht heiter oder leicht.

Deine Stirn glänzt, deine Hand ist klamm. Ich zähle die Schläge unter deiner Haut. Eins, zwei, drei. Leider weiß ich nicht, wie man den Puls misst.

Ich bekomme Angst, wenn einer was fühlt, hast du einmal gesagt. Und doch waren sie immer hier, die Gefühle, wie herrenlose Hunde sind sie uns nachgelaufen, aber du sagtest: Man muss sachlich sein, sonst ist man wie ein Tier. Traurig sahst du aus, als du meintest, du bräuchtest deine Befreiungsschläge, so nennst du es, wenn du jemandem etwas Gemeines sagst. Zum Teufel mit deiner Bildung. Zur Hölle mit deinem Heraklit! Krieg ist der Vater aller Dinge?

Du liegst hier und atmest. Das ist Kämpfen? In deiner Welt kämpfen die Leute um Anerkennung, um Positionen, um Macht. Deine Waffen sind dein Verstand und die Schwächen der anderen. Das ist kein Kämpfen, das ist ein Kindergarten. Kämpfen ist etwas anderes. Es ist etwas Leises.

Es gibt da eine Frau, sie leidet seit Jahren unter Depressionen. Jeden Morgen, wenn sie aufsteht, spürt sie ein Gewicht, das man nicht wiegen kann, denn es ist unsichtbar. Jede wache Sekunde versucht sie, an etwas nicht zu denken, weil man es nicht denken kann. Sie lebt mit Knochenschmerzen und mit einem dichten Nebel, der sich über ihre Gedanken legt, und die meiste Zeit ist sie allein. Sie wartet. Darauf, dass sich etwas ändert, dass etwas geschieht, vielleicht sogar darauf, dass sie stirbt, aber sie bringt sich nicht um. Sie bleibt am Leben, wenngleich es ihr nichts mehr bedeutet. Hast du solche Depressionen? Weißt du überhaupt, wie schwer das ist, wenn man wirklich kämpfen muss? Gegen alles? Für nichts?

Für dich war heute Morgen doch alles in Ordnung. Du hattest dich angezogen, die Sonne schien, wir saßen beim Frühstück. Dein Gehirn muss etwas gedacht haben, es ist zu einem Ergebnis gekommen, und das hast du mir mitgeteilt: Aus. Du warst freundlich. Ich hatte sogar das Gefühl, es machte dir gute Laune, dieses »Aus«. Und dann? Wie ging es für dich weiter? Hat dich dein Scheißheraklit am Ende in dieses Bett gebracht? Wieso? Oder tobt jetzt doch ein Krieg in dir, und nur ich bekomme ihn nicht mit, weil mir der Einblick fehlt, weil ich ein bestimmtes Buch nicht gelesen oder falsch verstanden habe. Weil ich dich falsch verstanden habe? Weil ich nicht sachlich bin? Aber du bist doch derjenige, der jetzt nicht bei sich ist. Fast ohnmächtig. Nur noch da. Sag mir: Was ist man, wenn man nur noch da ist? Am Ende? Gelangweilt? Oder ist das hier etwa ironisch gemeint? Ein Notarzt wäre jetzt das Sachlichste, was dir passieren könnte. Er würde Blutdruck messen, deinen Magen auspumpen, eine Infusion setzen, und wenn du Pech hast, weist er dich ins nächste Landeskrankenhaus ein. Auf A folgt B folgt C. Hast du das nicht zu Ende gedacht? Oder wolltest du nur endlich auch mal wissen, wie das ist, wenn man sich fallenlässt? Mann, Ludwig. Du wolltest ihn immer vermeiden, den Moment der größtmöglichen Schwäche, und jetzt ist er da. Wenn du dich sehen könntest! Wie verletzlich du aussiehst, und wie schön. Deine Büchertürme bewachen dich. Draußen bellt ein Hund. Und du? Atmest.

Alles muss groß sein, weil wir klein sind, hast du gesagt, und dann haben wir deine Musik gehört. Deine Popmusik, über die du nicht müde wirst, große Worte zu verlieren. Die die Leute dann lesen und nicht verstehen, aber denken, wie schlau der doch ist. Aber die Erlösung ist keine Endlosschleife in einem Technolied. Hörst du nicht, was das im Grunde ist? Es sind gebrochene Akkorde.

Warst du jemals auf einem Rave, ich meine nicht in der VIP-Lounge, wo deine Freunde mit den richtigen Turnschuhen stehen. Ich meine ein Fest, bei dem man irgendwann morgens um vier merkt, dass man die ganze Zeit im Matsch getanzt hat. Dass man seit Stunden nicht mehr auf die Uhr geguckt hat. Dass man aussieht wie jemand, der vergessen hat, wie er aussieht. Ein Rave, bei dem man die Sonne aufgehen sieht – ohne Sonnenbrille. Du tanzt nicht. Du stehst daneben und verschränkst deine Arme, und ab und zu nickst du anerkennend mit dem Kopf. Nein, Musik muss kein Techno sein, das sage ich nicht, ich sage nur: Den gleichen Sonnenaufgang kann ein Orchester in dir anrichten oder ein Mann, der auf der Straße singt. Aber das ist dir zu banal, zu kitschig, zu dumm. Du gehst auf Partys, weil man dich einlädt. Besuchst Konzerte, weil du eine Karte geschenkt bekommst. Gehst niemals irgendwohin, wo es nicht besonders ist. Lässt alles aus, worüber man hinterher nicht sprechen kann. An guten Tagen ist die Realität wie ein Kapitel aus einem Roman, den du schreibst. Du hast sie in der Hand: die Figuren, die Schauplätze, was die Leute sagen, was sie denken, und vor allem, was es zu bedeuten hat. Eine Katastrophe ist eine Frage der Dramaturgie, und ein Happy End ist was für Doofe. Abends sitzt du in Restaurants, verachtest die Leute, die sich mit dir unterhalten wollen, und schweigst – deine Klamotte ist das Statement, und wer das nicht kapiert, ist selbst schuld. Wo sind sie jetzt, deine schicken Schuhe, deine Hemden? Ist das hier etwa das Schlusskapitel? Ich dachte, du verachtest Dramen. Wolltest du nicht alle Theater in die Luft sprengen und die Schauspieler und Regisseure gleich mit? Es ist niemand hier, der mitspielt außer dir. Selbst deine Idole helfen dir jetzt nicht. Dein Foucault, dein Deleuze, dein Bernhard – die Büchertürme schweigen. Keiner schreibt, keiner denkt, nur dein Herz schlägt. Und ich bin ein undankbares Publikum. Kannst du mich überhaupt hören?

Dir wird schlecht, wenn du ein Liebeslied von den Stones hörst. Und wenn man dir von Leuten wie Brian Jones erzählt, von den Drogen, von ihrem *Rock and Roll Circus*, dann läufst du aufs Klo und kotzt. Du bist mit Absicht taub. Du lässt nicht viel rein, nur etwas raus. Aber für deinen Popdiskurs brauchst du mehr als ein Morsezeichen, du brauchst Mitwisser. Du brauchst Eingeschworene und Ausgegrenzte, natürlich muss das so sein, wo kämen wir auch hin, wenn alle mitmachen könnten, wir sind ja nicht bei den Hippies, die so weich sind, so milde und so widerlich nett. Aber dein Gerede über Pop gehorcht den gleichen Regeln wie das Geschwafel der Hippies oder das Getratsche auf dem Land. So wie im Dorf Bauer Tegtmeier und Schlachter Becker über das Auto vom Nachbarn oder die letzte Ernte reden, besprichst du mit deinen Auserwählten, was Tracy Emin gestern im Fischereihafen anhatte, und wer was wann in der Zeitung geschrieben hat. Die Leute hören dir dann zu, finden sich wieder in deinen Texten, auch wenn sie die vielen Fremdworte nicht verstehen, und alle fühlen sich zu Hause in den Filmen, in denen die Leute einsam sind: ratlos, sprachlos und immer umgeben von Krach und Stadt und Gestank.

Und genauso, wie sich in jeder Gruppe immer ein paar Leute für was Besseres halten, weil sie meinen, sie wären hellsichtig oder besonders anständig, gibt es auch in deinem Zirkus eine Hackordnung. Du stehst oben. Auf die anderen siehst du herab. Sie sind das Fußvolk, das in Schallplattenfirmen arbeitet, bei Nachrichtenmagazinen, beim Fernsehen, im Marketing, irgendwo in den großen Ideen-Häckslern der Gegenwart. Sie halten den Laden am Laufen, aber sie sind nur Dienstleister, zu doof für eine Banklehre und zu faul für die Müllabfuhr, hast du gesagt. Die meisten können den Stift nicht halten, aber wollen was mit »Medien« machen. Sie haben die Neunziger um das Popkalb mit den tausend Mägen vertanzt und dabei viel verdient, nichts bewegt, nur wiederholt. Du sagtest, sie wären das Medienprekariat mit Ramones-T-Shirt, ohne Rentenversicherung – im Kern verhinderte Spießer. Warum? Was unterscheidet dich von ihnen? Bist du kein spießiger Dienstleister, wenn du deine Texte an eine Zeitung verkaufst? Bist du ein besserer Mensch als der Promoter, der einen Waschzettel verfasst, nur weil in deinen Texten etwas steht, was eine kleine, exklusive Gruppe so sehr achtet? Oder siehst du dich insgeheim als Künstler? Hast du deswegen deine Geschichten gefälscht? Aber nein, du fälschst ja nicht. Du frisierst, das ist ein Unterschied. Oder ist das Ganze nur eine Form von Protest? Gegen was denn? Du nennst es »draufhauen«. Das merke eh keiner, und selbst wenn, wäre es dir scheißegal, denn dafür gibt es Anwälte. Du gehst in Deckung und bist ein Jahr später wieder da, in besserer Stellung mit höherem Gehalt. Nun ist es aber rausgekommen. Und so ganz egal kann es dir nicht gewesen sein, oder ich verstehe hier etwas nicht richtig.

Ich erinnere mich an eine Nacht im Herbst, als du mich gefragt hast, ob ich für das ganz Große sterben würde. Ich lief neben dir her, wir spazierten an der Elbe entlang, du wie immer mit verschränkten Armen, ich wie immer schweigend neben dir. Ich habe eine Antwort. Nein, das würde ich nicht. Ich würde dafür leben.

Jung sterben. Was soll das überhaupt? Ist das die ganz große Geste? Gott, was für eine Inszenierung. Das ist auch nicht groß. Es ist eine Zeile aus einem Popsong, den schon Kurt Cobain missbraucht hat: »It's better to burn out, than to fade away«.

Künstler sterben nicht so wie Lieder klingen. Sie sterben

an Kleinigkeiten, an Missgeschicken, am Alter, vor dem dir so graut. Weißt du, warum früher so viele bei Verkehrsunfällen draufgingen? Nicht, weil sie waghalsig Auto fuhren so wie James Dean. Es ist eine Frage der Statistik. Wer dauernd tourt, ist öfter unterwegs, damit steigt die Wahrscheinlichkeit eines Verkehrsunfalls. Einfach. Nicht groß. Was ist überhaupt groß? Das ganz Kleine hinkriegen ist schon schwer genug. Das muss man erst mal schaffen! So wie Little Jimmy Scott, den sie momentan alle verehren, selbst Madonna. Mit fünfzehn war er berühmt, dann wurde er ein Leben lang von miesen Managern über den Tisch gezogen, er wurde vergessen, er verarmte, und jetzt haben sie ihn wiederentdeckt, aber eben auch nicht alle, nur Madonna und ein paar Jazzmagazine. Und was macht er? Krank und alt und schlechtbezahlt singt er noch immer in winzigen Clubs, die nur dann voll sind, wenn sich ein Promi über ihn äußert. Aber *wie* der singt! Man möchte meinen, er hat nie aufgehört zu leuchten. Wie kannst du mit deinen einunddreißig Jahren behaupten, »in Würde altern ist unmöglich«. Wie kannst du sagen, Alter sei Versagen?

Ich hätte dir gern einmal mein Archiv gezeigt. Ich habe so viel über Popstars und ihre Todesursachen gesammelt, und ich rede jetzt nicht von Elvis, Jimi Hendrix oder Bon Scott, ich meine alle, auch die in den Nischen, gerade die. Ich habe mir Filme und Bilder angesehen, ihre Lieder untersucht, ich wollte wissen: Kann man den Tod hören? Ist er ein unsichtbarer Ton, eine Farbe in der Stimme, so wie beim Blues? Etwas, das man nicht messen, nur fühlen kann? Lorca hat das *duende* genannt. Das *duende*, sagte er, ist etwas, das nicht hier ist und nicht dort, es wohnt in den Nervenbahnen, ist eine Ahnung, eine Art Dämon. Wer das *duende* besaß, war mit schwarzem Wasser getauft.

Little Jimmy Scott sang schon immer so. Aber warum? Wie konnte ein Dreizehnjähriger klingen, als wäre er bereits hundert Mal gestorben? Alle, die ihn früher bei Atlantic hörten, dachten, da singt eine alte, traurige Frau, und heute ist er selbst ein Opa, seine Züge sind filigran, sein Kopf so klein, er ist krank, aber du würdest sagen, er ist ein Verlierer.

Einmal lag ich neben einem Jazzmusiker auf dem Teppich. Ich musste da liegen, denn der Mann konnte nicht mehr stehen und auch nicht mehr sitzen und nur sehr leise flüstern. Er war um die vierzig und in seinen Kreisen berühmt. Du kennst ihn nicht, er war nie cool. Der Teppich war graublau, und neben unseren Köpfen ragten die alten Beine eines dunklen Holztisches auf. Von draußen kam Straßenlärm, Sirenen in der Ferne, ständiges Brummen, New York. Wir sprachen über seine Musik. Ich fragte ihn, ob er sterben wollte. Warum?, fragte er. Warum nicht?, fragte ich zurück. Dann fing er an zu weinen.

Dein Leben ist eine Erfolgsgeschichte ohne Tränen. Oder nicht? Was weiß ich schon über dich? Ich weiß, dass du eine Schwester hast. Dass ihr im Stuttgarter Westen aufgewachsen seid, in einer Altbauwohnung mit vielen Büchern, die du alle bereits mit dreizehn gelesen hattest, mit Eltern, die sich nie stritten. Dass dein Vater in deinen Erzählungen nie vorkam. Ich weiß, dass du ihr erstes Kind warst. Schlau, aber allein. Dass du schon früh in deiner eigenen Welt lebtest. Dass deine Eltern heute stolz auf dich sind, weil du so jung promoviert hast, und dass dich das nicht wundert, weil sie eben so bürgerlich sind, diese Leute, so schrecklich bürgerlich und aufgeräumt, so dass du immer genau wissen würdest, was dich Weihnachten erwartet. Was noch? Du sammelst alte Uhren, am liebsten hast du die Oyster Perpetual, oder war es die Daytona? Dein Lieblingsbuch ist »Vater und Söhne« von Turgenjew, dein Lieblingsfilm »Stalker«, aber du hast dauernd Szenen aus »Heat« und »Fight Club« zitiert. Nachts, wenn du nicht schlafen konntest, hast du die Fenster geputzt. Du hast immer im Wohnzimmer damit angefangen. Reicht das aus, um dich zu beschreiben? Nein. Kleiner müssten die Kleinigkeiten sein. Viel kleiner. Vom Hähnchen hast du immer zuerst die Haut gegessen und nie die Brust, die war dir zu langweilig. Und wenn du nervös bist, wackeln deine Finger. Bist du das? Bestehst du aus Hähnchenhaut und wackeligen Fingern?

Die ganze Zeit hast du immer und immer wieder versucht, mir zu erklären, wie ich das anstellen soll, das Gewinnen, das Starksein. Du hast gesagt, man darf nicht einknicken, man soll sich keine Blöße geben. Und jetzt liegst du vor mir, nur die Decke verhüllt deinen Körper. Wenn du die Augen öffnen würdest, könntest du mich sehen. Aber ich weiß ja noch nicht einmal, ob du mir zuhörst.

Vielleicht hattest du recht, als du sagtest, ich sei von Anfang an eine tragische Figur gewesen. Jemand, der zum Großen nicht taugt, der immer nur in der zweiten Reihe sitzen wird. Meine Großeltern waren Bauern, das habe ich dir auch nie erzählt. Kein Urlaub. Keine Etagenheizung. Ein Zylinderhut, ein goldenes Armband, ein leerer Ziegenstall. Bei uns gab es die *Bild*, nicht den *Spiegel.* Mein Opa war der Einzige im Dorf, der auf die Oberschule hätte gehen können. Aber erst war Krieg, und dann war es zu spät. Er ist Hufschmied geworden, dann Zimmerer. Wenn ich später in Länder gefahren bin, die er nur aus Büchern kannte, hat er in der Stube gesessen mit seinem Globus und hat geschaut, wo ich war, und konnte nicht ahnen, dass ich auch von dort immer nur wegwollte. Weißt du, wie das ist? Wenn man mit den schicken Leuten in New York in den Szenerestaurants sitzt und da ist, aber auch von dort wieder wegwill, weil man da genauso wenig hingehört wie in einen Vorlesungssaal mit lauter bekümmerten Studenten oder in einen Londoner Privatclub oder auf laute Rockkonzerte, wo man vielleicht sein will, aber wieder wegmuss, ins Krankenhaus, weil Oma da liegt, oder in die Irrenanstalt, weil Mama dort ist, und dann ins Dorf, weil Opa wartet und weint und nicht weiterweiß. Und dann muss man arbeiten, aber Mama wird entlassen, und man fährt wieder in ein Krankenhaus und kümmert sich, und es geht eine Weile gut, und dann klingelt das Telefon, mitten in einer Konferenz, und man lässt wieder alles stehen und liegen, weil sie schon wieder einen Zusammenbruch hatte, und zum ich-weiß-nicht-wievielten Mal fährt man dann dahin, dieses Mal in ein anderes Landeskrankenhaus, und man raucht zu viel und fährt zu schnell, und dann redet man mit den Ärzten und sitzt an einem Bett, und immer sind es Schlaufen, diese scheißgrauen Schlaufen in dem dunklen Mittelgrau, mit denen sie Patienten fixieren. Jedes Mal, wenn du mir gesagt hast, wie gut mir diese Farbe steht, musste ich an sie denken.

Bevor ich hierherzog, bin ich durch die Welt geirrt wie ein verloren gegangenes Paket. Du fandest das amüsant. Ihr habt gedacht, ihr holt euch irgendeine Exotin. Eine Frau, die seltsamerweise gerade in Südafrika ist, in einem Land, das du nur aus Erzählungen deiner Modeassistentinnen kennst, weil sie da mal wen geshootet haben. Du hast angenommen, ich würde da sein, weil es so schön warm ist. Möglicherweise hast du auch gar nichts gedacht außer: »Cool. Die kommt nicht von hier.« Damals war ich zu Besuch dort, aber 1995 war ich dorthin ausgewandert, weil ich wegwollte, so weit weg, wie es irgendwie ging. Je größer die Welt, umso leichter kann man sich in ihr verstecken, dachte ich. Ich wollte an den Tellerrand eines Kontinentes, wo mich vielleicht Anrufe erreichen würden, aber keine Besuche. Und dann kamen sie alle. Die Golf spielen wollten. Wein trinken. Abfeiern. Die deutschen Bekannten. Und als die mir zu nahekamen, habe ich mich in die Nächte geworfen, in die Partys und das Durcheinander. Aber wie vielen Deutschen, die da lebten, machte mir die Fremdheit immer mehr aus. Ich brauchte das Land, aber das Land brauchte mich nicht. Und genauso wenig, wie man ein anderer Mensch wird, nur weil man Prada trägt und nicht mehr Deichmann, so wird man im Ausland auch kein Dableiber, wenn man vorher ein Wegläufer war. Es waren nie die Orte, die mich nicht wollten. Nie die Leute, die mich ablehnten. Ich konnte mich nicht haben, ich suchte eine Antwort, die es nicht gibt. Deswegen habe ich dir nie von mir erzählt. Du hasst Geschichten, die keinen Sinn ergeben.

Du schreibst, wenn du nicht fernsiehst. Du schreibst sogar Bücher, und wenn du das nicht tust, bist du im Büro, und wenn du nicht im Büro bist, fährst du auf ein Event oder kaufst Uhren, und immer kennst du irgendwen, der da ist, der auf dich wartet, weil du eine Position hast, einen Namen. Nie würdest du etwas Ungeplantes tun. Wie kann es also sein, dass du heute Nacht so ein Risiko eingehst und in das unbekannteste Land der Welt auswandern willst. Ohne Vorbereitung, einfach so?

Ich war eine Weile fast süchtig danach: Risiken eingehen, einfach drauflosfahren und sehen, was passiert. Ich buchte einen Flug in ein Land, das ich nicht kannte. Ich ignorierte Leute, die mir was darüber erzählen wollten, und las keine Reiseführer. Wenn man die Angst zu Hause lässt, kann man das machen. Ansonsten kommt sie mit. Die Angst, dass man verloren geht, dass was kaputtgeht, dass es regnet, man sich den Magen verdirbt, die Elefanten zu klein und die Spinnen zu groß ausfallen. Solche Leute müssen vorher planen und Versicherungen abschließen, und die kriegen dann den reparierten Mietwagen, nicht die billige Krücke mit dem angeklebten Auspuff. Sie fahren nicht mit wildfremden Leuten im Cabrio mit, schlafen nicht bei bekifften Kulissenbauern auf dem Sofa ein, kaufen keine Drogen von schwarzen Typen, die auf dem Parkplatz herumlungern, und sie springen auch nicht ins Meer, weil es aussieht wie auf einer Postkarte, so wie ich. Ich sah diesen Strand, er war weiß wie in der Werbung. Menschenleer. Ich parkte mein Auto und stieg aus. Am Horizont sah ich Punkte, Delphine vielleicht. Ohne nachzudenken, zog ich mich aus, lief los, sprang ins Meer, doch dann drückte mich etwas nach unten, ich kam nicht mehr hoch, schwamm dagegen an, wurde sofort wieder vom Wasser hinuntergezogen. Ich wollte atmen, sah winzige Flecken Himmelblau, aber ich bekam keine Luft. Plötzlich, einfach so. Ich trat und ruderte mit den Armen, ich war aber nie länger als Sekundenbruchteile oben, und immer kam Wasser von überallher, in meinen Mund, in die Nase. Als wollte mich das Meer nicht hergeben, wurde ich umhergewirbelt, noch nicht mal schnell, das alles geschah mit einer seelenruhigen Konzentration, als hätte die See alle Zeit der Welt, und ich wusste bald nicht mehr, wo oben und unten war, ich schluckte Salzwasser, und es war zum Totlachen, dachte ich, *das* ist Ertrinken? Ich wollte lachen, aber mir fehlte die Luft. Wenn mich jetzt einer sieht, wie ich mich anstelle, aber nein, mich sieht ja keiner, ich bin hier unter Wasser und ertrinke, dachte ich und wollte wieder lachen, doch schon wurde ich wieder nach unten gedrückt. Dann tat es weh. Im Hals, in den Beinen, in der Brust. Ich dachte: Warum bin ich in dieses Scheißmeer gesprungen, warum bin ich überhaupt hierhergefahren, warum kann ich nicht Ferien machen wie die anderen, als Pärchen oder in einer Gruppe? Warum bin ich so ein Idiot, selbst schuld, vor allen Dingen selbst schuld, und in der gleichen Sekunde begriff mein Gehirn, dass es völlig sinnlos war, überhaupt etwas zu denken. Ich hörte mich rufen: »Hilfe«. Ich versuchte zu winken. Zwei Figuren blieben am Strand stehen und gingen weiter. Ich schluckte Wasser, wurde nach unten geschleudert, und dann kam ein Gedanke, er bestand aus zwei Worten: »nicht aufgeben«. Sie wiederholten sich immer und immer wieder in meinem Kopf. »Nicht aufgeben«, »nicht aufgeben« und

»nicht aufgeben«. Ich stemmte mich mit ausgebreiteten Armen gegen das Wasser, wenn es mich hinaus- und hinunterziehen wollte, und schob mich die Flut nach vorne, machte ich mich so schmal und lang wie möglich. Irgendwann spürte ich Sand unter meinen Füßen, dann wieder nicht, es dauerte eine halbe Ewigkeit, bis ich ihn fassen konnte, und ich weiß noch, wie erstaunt ich war, denn der Strand war keine zehn Meter von mir weg.

Du würdest sagen: Wie lächerlich. Vielleicht würdest du dich auch aufregen und schimpfen, und was das für eine Geschichte sei, was man daraus lernen sollte, für so eine Blödheit müsste man sich schämen. Aber du kannst dich nicht aufregen, weil du da liegst und zuhören musst.

Ich schob mich an Land, kotzte Salzwasser, fiel in den heißen Sand, lag auf dem Rücken und atmete. Später habe ich mich gewundert. So etwas wie Überlebenswillen und Kampfgeist kannte ich nur aus Büchern. Aber es ist wirklich so, wie sie sagen. Man *will* weiterleben. Etwas in einem *will* das, es überbrückt alle Synapsen, schließt das Bewusstsein kurz und brüllt: Nicht aufgeben. Bist du jetzt auch an diesem Punkt? Kämpfst du? Oder schläfst du nur?

Deine Wimpern zittern. Ich könnte deine Stirn küssen. Wir könnten »Lethal Weapon« gucken, uns fehlt noch der vierte Teil. Ich glaube, du hast auch noch Fanta und Hähnchen im Kühlschrank.

Ich weiß noch, dass ich damals ins Auto stieg, um zurückzufahren, und im Radio lief gerade, als ich den Motor anließ, das Gitarrensolo von »Purple Rain«. An was für einen Quatsch man sich erinnert.

Es gibt da einen Spruch auf Setswana, der geht so: *Moipolai ga a llewe*, und er bedeutet: Man weint nicht um den, der sich schadet. Ich habe etwas gebraucht, um zu kapieren, wie die das meinen. Einmal erzählte ein Bekannter beiläufig, sein Cousin wäre in Johannesburg erschossen worden. Er hatte bei einem Überfall in Downtown sein Auto nicht herausrücken wollen. Keiner regte sich auf. So etwas passierte eben dauernd. Damals dachte ich, die anderen hatten mir etwas voraus. Sie waren da aufgewachsen und hatten sich an den grotesken Widerspruch gewöhnt, in dem sich die gewaltige Schönheit zum willkürlichen Chaos befand, als läge über ihren Ohren und Augen Schorf, den man brauchte, wollte man nicht an jeder Ecke das Weinen anfangen. Wochen später wurden Eisdielen in die Luft gejagt, und auf der Promenade in Camps Bay fuhren Panzer. Was taten wir? Lagen am Strand und haben gekifft. Ich saß eine Nacht im Frauenknast. Na und? Wir hatten eine letzte Party geplant, und alle sagten: Jetzt erst recht, einmal noch feiern, das ist deine Abschiedsparty, Anna. Wir hatten den kleinen Dancefloor am Rand des großen, die meisten tanzten bis in den frühen Morgen. Gegen acht Uhr morgens hörten wir Schreie. Ich lief hin. Ein Bekannter lag im Baggersee. Er hatte zu viel Ketamin drin, oder was weiß ich, jedenfalls muss er gedacht haben, der See wäre tiefer, und war hineingesprungen. Sie zogen ihn raus. Keiner konnte Erste Hilfe, ein paar knieten neben ihm, er lag da wie tot, aber er lebte. Dann kam der Notarztwagen. Ein paar Partygäste machten kehrt und gingen zurück zum DJ. Als der Krankenwagen wegfuhr, tanzten sie wieder. Und wir? Ich war wie ausgeschaltet. Die anderen feierten weiter, dann war die Party vorbei. Wie mechanisch half ich beim Zusammenpacken. Die Jungs legten Lines, drehten Joints, rauchten noch einen zur Beruhigung, bevor sie sich ans Steuer setzten und losfuhren, so bedröhnt sie eben waren. Dumme Sache das, hieß es hinterher.

Oder um es mit deinen Worten zu sagen: »Es ist alles eine Frage der Konsequenzen. Man muss sie kennen. Wer das nicht tut, ist ein Idiot.« Aber du, du bist doch kein Idiot, Ludwig. Vielleicht hat dein Gehirn eine Sekunde lang nicht funktioniert. Gab es etwa einen Kurzschluss? Dieses Wort wird so oft benutzt. Kurzschlussreaktion. Als besäße ein Mensch Sicherungen, die rausknallen können. Als wären wir Maschinen!

Nie wolltest du Drogengeschichten hören, dabei hast du selbst Erfahrung damit. Tina und Julius haben dir Haschkekse untergejubelt, und als ich dir davon erzählte, bist du ausgerastet. Du hast geschrien, was ich dir wieder antun würde mit *meinen* Drogengeschichten. Drogengeschichten! Das waren Haschkekse, ich bitte dich, Haschisch! Aber du warst außer dir. Wie ich dazu käme, mir von dieser Fotze was vorlügen zu lassen. Der Freundin deines besten Freundes, die sich dir an den Hals geworfen hat, als sie bereits mit Julius zusammen war. Wieso hat dich das mit den Haschkeksen damals so aus der Fassung gebracht? Warum hast du nicht darüber gelacht? Weil *ich* es gesagt habe, oder weil du den Gedanken nicht ertragen konntest, dass du darauf reingefallen bist? Und jetzt hat Tina Julius alles gebeichtet. Sie hat deinem besten Freund erzählt, dass sie mit dir im Bett war. Und Julius hat seine Konsequenzen gezogen. Liegst du seinetwegen hier? Hast du dich am Ende in ihm getäuscht? Du hast immer gesagt, man muss die Menschen kennen. Man soll sie durchschauen. Man muss wissen, was sie wollen. Hast du ausgerechnet bei Julius, den du doch so gut kennst, etwas Wesentliches übersehen? *Deine* Freunde. Deine Freunde sind Wichtigtuer, die denken, sie wären Partypeople, weil sie mal im Tresor auf dem Klo gekokst haben, aber in Wahrheit fehlt ihnen zum Feiern jeder Anstand. Nur darum ging es dir damals gar nicht. Du konntest den Gedanken nicht ertragen, dass dich eine Frau wie Tina aufs Kreuz gelegt hat. Nein, stimmt nicht. Du wolltest nicht wahrhaben, dass dir dein bester Freund Julius einen so üblen Streich spielen konnte. Das hat dich so verletzt, und das tut es noch immer.

Du hast nie Alkohol getrunken. Ich dachte immer, du bist abstinent, weil du deine grauen Zellen so liebst, weil du nicht willst, dass sie möglicherweise Schaden davontragen. Aber vielleicht hattest du Angst, jemand könnte dir die Fernbedienung aus der Hand nehmen. Bei Junkies ist es genau andersherum. Sie hassen ihr Gehirn und werfen die Fernbedienung so weit weg, wie sie nur können. Deswegen kann man einen Abhängigen auch nicht retten. Nicht mit Worten, nicht mit Taten. Man muss zusehen, wie sie sich umbringen, unbeirrbar und beharrlich. Also wie kann es sein, dass du jetzt genau so daliegst wie Alex? Wie viele Tabletten hast du genommen? Überhaupt: Tabletten! Das passt nicht zu dir, Ludwig.

Von Alex hätte ich dir erzählen können. Er war Kulissenbauer und lebte in Kapstadt. Er war ein Künstler. Auch nach Feierabend baute er aus Resten immer irgendwas, Lampen,

Bilder, Möbel, Klamotten. Seine Wohnung war ein buntes, glitzerndes Kunstwerk, eine Installation zum Drinwohnen aus Pappmache, Holz, Metall und bunten Lichtern. Ständig kam Besuch, dauernd wurde gekifft, irgendwer legte Platten auf, meistens Elektro, und überall hingen Lampen aus Draht und goldenen Stoffen. Jede Wand hatte eine andere Farbe, aber einmal hing im Wohnzimmer ein neues Bild. Es war so breit wie das Sofa, ausgesprochen imposant. Es bestand aus über hundert handbreiten Stückchen Alufolie, auf denen schwarze Striche verliefen, wie die Kriechspuren von Schnecken. Manche überkreuzten sich, andere endeten in einem dicken Punkt. Diese Schlieren entstehen, wenn man Heroin raucht, »den Drachen«, so nennen sie dort das Zeug. Ich fragte Alex, was das solle. Er meinte stolz, dieses Bild wäre das ultimative Kunstwerk; ein Teil von ihm, work in progress. Er sagte: »Nichts tut mehr weh, Anna. Es gibt keinen Schmerz, keine Furcht, keinen Kummer, es ist alles so in Ordnung, wie es ist. Man lebt, aber mit allen Vorzügen des Todes.« Alex brachte sich mit dem Tempo von tausend Schnecken um, und keiner tat was dagegen. Klar. *Moipolai ga a llewe.* Und wenn ich mich heute an damals erinnere, an uns DJs vom Kap, dann denke ich nicht an die Sonne, die hinter unseren Lagerfeuern unterging, nicht an die Wiesen, das Meer oder an den warmen Wind, der uns ins Gesicht wehte, oder an die Bufo-Musik von Space Teddy. Ich denke an das Bild mit den Schneckenspurenschlieren.

»Der Rausch hat mich nie interessiert«, hast du gesagt. Nicht mal bei Kopfschmerzen hast du Tabletten genommen. Schmerzen wolltest du lieber ertragen, denn sie haben dir gezeigt, du bist am Leben. Anscheinend hast du nie schlimmes Zahnweh gehabt. Oder doch? Du wolltest alles im Griff behalten. Wie anstrengend das war, habe ich miterlebt. Manchmal glaubte ich sogar, ich könnte es hören. Das Klicken und Einrasten deiner Gedankenscharniere. Als gäbe es Weichen in deinem Kopf, und lückenlose Argumentationsketten donnerten auf Gleisen geradeaus. Immer hast du vorab ausgerechnet, was dein Gegenüber sagen würde. Vielleicht hast du dich deswegen für mich interessiert. Ich habe nie viel geredet.

Es lief doch gut. Jeden Morgen bist du vor sieben aufgestanden und hast dich angezogen. Vor allen anderen hattest du die Tageszeitungen bereits durch, die Konferenzen im Geiste komponiert. Verfielen alle in Hektik, wurdest du eisklar und kühl. War jemand laut, hast du gelassen gebeten: »Bitte!« Das nahm jedem den Wind aus den Segeln. Ich fand das faszinierend, und gleichzeitig hat es mir Angst gemacht. Ich habe wohl eine Schwäche für Typen, die über den Dingen stehen. Ich kannte schon einmal so einen. Du hättest ihn keines Blickes gewürdigt, er wäre dir kurios vorgekommen, vielleicht hättest du ihn auch widerlich gefunden. Er hieß Hugo und war eigentlich Industriekaufmann, aber damals arbeitete er als Seminarleiter für einen Guru aus Hessen. Du regst dich ja gar nicht? Ist alles okay? Eigentlich müsstest du jetzt wenigstens die Augen aufschlagen. Aber du atmest. Das ist auch immer ganz wichtig bei den Esofritzen. Das Atmen.

Was mich am meisten an Hugo beeindruckte, war die Bestimmtheit, mit der er auftrat. W*as* er sagte und *wie* er es sagte. Genauso wie bei dir. Hugo begrüßte mich auf einer Party, indem er mir tief und lange in die Augen sah und dann diagnostizierte: »Dir geht es sehr schlecht.« Vielleicht erwischte er mich in einem schwachen Moment, jedenfalls traf mich dieser Satz. Mein Herz schlug plötzlich schneller, und ich wusste, er hatte recht. Natürlich ging es mir nicht gut. Wie auch? Ich hatte Stress wegen Mama, schwänzte dauernd die Uni, ich rauchte zu viel und warf mich jedem Typen an den Hals. Verunsichert fragte ich Hugo, woher er das zu wissen glaube. Er tat geheimniskrämerisch, aber irgendwann fand ich heraus: Er sah die Menschen, wie sie waren, mit zerfranster, kackfarbener Aura. Ich sah bloß Menschen. Du hast auch immer etwas anderes gesehen als ich. Verwahrloste Gesichtsausdrücke, schlimme Frisuren, auberginenförmige Hintern, vernachlässigte Oberarme und tragische Plautzen. Ein Schal war kein Schal, sondern ein Malheur in Wollweiß. Ungeputzte Schuhe waren ein Ausweis des Versagens. Eine billige Uhr ging gar nicht.

Hugo konnte mir erklären, warum ich nicht glücklich war. Ich hing wie alle Menschen an meiner Scheiße. »Scheiße« konnte alles Mögliche bedeuten: Nikotinsucht. Fettleibigkeit. Faulheit. Neurodermitis. Krebs. In meinem Fall war es Zorn. Wäre er ein Weichei gewesen, ich hätte ihm vielleicht gar nicht zugehört. Aber er war so praktisch, so pragmatisch. Er sprach wie ein Klempner von der Seele. Er redete nicht von Erlösung, sondern von »mehr Lebenszufriedenheit«. Er benutzte Sätze wie: »Man muss schon den Schein ausfüllen, wenn man im Lotto gewinnen will.« Du hast mir nie vorgeschrieben, was ich tun soll, aber du hast mich darauf hingewiesen, was alles nicht mit mir stimmte.

Warte, ich weiß es noch. Ich lachte an den falschen Stellen über die verkehrten Witze. Ich konnte nicht schreiben. Vertraute Idioten, verkannte Genies, hatte nie promoviert und war naiv, nicht romantisch. Ich war nett zu den falschen Leuten, auch zur doofen Sekretärin mit der Bicolor-Frisur, über deren Witze du immer so laut gelacht hast, um ihr nicht vor lauter Wut über ihre Einfalt die Fresse zu polieren.

Hugo empfahl mir damals den Besuch verschiedener Seminare. In einer Gruppe sind alle eins. Das ist der Trick, die Gemeinschaft. Immer gibt es Übungen, die irgendwas mit den Eltern zu tun haben. Das ist bei vielen Sekten so, damit lassen sich Menschen besser knacken. Ich kam jedes Mal durcheinander, Hugo sagte, das wäre eine Frage der Konzentration. Außerdem fehle mir Demut. Ich spräche nicht mit dem Herzen. Irgendwann bekam ich Schnupfen vom ständigen Frieren in den Seminarräumen. Ich weiß nicht mehr, wie viele Phantasiereisen ich gemacht habe. Man liegt da zu Zimbelmusik auf dem Fußboden und soll sich Sachen vorstellen. Auf einer Wiese laufen. Ein Haus betreten. Sich ein Herz in die Brust setzen. Wenn wir hinterher erzählen sollten, was wir gesehen hatten, fühlte ich mich wie ein Hochstapler. Ich hatte mir alles vorgestellt, aber ich hatte es beim besten Willen nicht sehen können.

Irgendwann ging ich nach Seminarende zum Guru. Ich erklärte ihm mein Defizit. Er erwiderte, in solchen Fällen müsste man einfach so tun, als würde man sehen, dann würde man auch sehen, das liefe auf das Gleiche hinaus. Die Seele wisse dann schon Bescheid, auch die anderen Energiekörper, am Ende würde sowieso alles auf der Impulsebene entschieden. Ich fragte, wozu dann die Seminare. Er lachte und sagte, das frage er sich manchmal auch. Im Grunde genommen brauche die kein Mensch. Jeder war so in Ordnung, wie er war. Mit Fehlern. Warum die Leute trotzdem alle zu ihm kämen, könne er sich nur so erklären: Es mache ihnen wohl Spaß.

Du warst keine Gruppe, deswegen wird mir das auch jetzt erst klar. Wie bescheuert, dass man am Ende immer auf die gleichen Typen reinfällt. Du hast nie missioniert. Spiritualität war dir widerlich. Und trotzdem ist dein System genauso aufgeblasen wie das von Hugo. Ich muss es mir eingestehen. Ich war von deiner Überzeugtheit fasziniert. Ich wollte dir glauben und bin in dieselbe Falle getappt. Ich habe versucht, für dich perfekt zu sein, und nun liegst du hier wie eine Absage an alles, was du jemals behauptet hast. Es ergibt keinen Sinn. Gleich setzt du dich auf und machst einen dummen Spruch, los, Ludwig, wach auf. Das Spiel ist vorbei. Ich habe genug geredet, es reicht. Es ist bereits drei, hörst du?

Ich könnte dir über das Haar streichen. Über die Stirn. Dein Atem geht ruhig. Wie vollendet du schläfst. Perfekt. Es gab mal einen Musiker, der war das Gegenteil von dir: Townes van Zandt. Er interessierte sich nur für das Kaputte. Für das, was Menschen zerriss, was sie umtrieb und heimsuchte. Die anderen Musiker nannten ihn einen *Songwriters' Songwriter*, weil er Lieder schrieb, die sie inspirierten, die es aber nur selten in die Hitparaden schafften. Mit siebzehn wollte Townes wissen, wie es sich anfühlte, aus dem vierten Stock zu stürzen. Er überlebte. Seine Eltern hielten ihn für verrückt, ließen ihn mit Insulin behandeln, und er verlor alle

Erinnerungen an seine Kindheit. Das war in den Sechzigern. Er hatte seine Gefühle behalten, aber alle Geschichten waren weg. Er besaß nur noch Scherben.

Aus diesen Scherben entstanden seine Lieder. Das erste hieß »Waiting around to die«, und das hat er in einem Kleiderschrank geschrieben. Davor saß seine hübsche, blonde Frau und hat gehäkelt und war dann maßlos enttäuscht, dass er so was schreiben konnte; immer dachte sie, er mache Musik, um ihr seine Liebe zu erklären, dabei brauchte er das Kaputte so, wie du die Perfektion brauchst. Er umgab sich mit zahnlosen Opas und verwirrten Blumenkindern, er nahm Codein und Klebstoff, hauste in abgewrackten Garagen, hing in schäbigen Bars herum und spielte zum Spaß mit abgesägten Flinten Russisch Roulette. Er ist am gleichen Tag gestorben wie sein Idol Hank Williams, an einem Herzinfarkt. Für dich wäre Townes ein versoffener Versager, der nicht hart genug war, um nüchtern zu bleiben. Aber er hat wunderbare Musik gemacht.

Und du? Du hast wunderbare Bücher geschrieben. Doch, das hast du. Ich habe zwar nicht viel verstanden, aber ich weiß, dass die wenigen Leute, die sie begriffen, aufrichtig beeindruckt waren. Jeden Morgen, bevor du ins Büro gegangen bist, hast du eine Stunde gearbeitet, jede Nacht noch einmal vier Stunden, egal, ob ich bei dir war oder nicht. »Reine Fleißarbeit«, hast du es genannt. Ohne Disziplin ginge gar nichts, so sei das eben, und die anderen würden es nie kapieren. Nicht Julius, der sowieso nur auf sein Erbe wartet und gar nicht weiß, was Arbeit bedeutet. Auch nicht Anton, der die Tage verpennt und die Nächte mit Fernsehen totschlägt.

Dich trieb immer dieser Kampf, aber warum? Du hast nie jemandem etwas beweisen müssen, sie haben dich doch immer gelobt, sie haben dir Preise verliehen, du warst doch schon der Beste. Der eine Verriss in diesem Jahr, das war doch lächerlich. Danach gab es so viele gute Besprechungen! Und das jetzt, das ist doch kein Skandal! Die, auf die es ankam, haben dich immer respektiert, und sie werden dich auch weiterhin verehren. So viele Frauen sind in dich verknallt. So viele Typen wünschen, sie wären wie du. Aber du hast dich in dieses Gekämpfe festgebissen, als würde es dich ohne das gar nicht geben.

Du hast mich gebeten, das zu verstehen. Deine Kämpfe hörten nie auf. Du hast sie ausgetragen, während ich neben dir lag, wenn wir zusammen waren. Wie furchtbar. Wie anstrengend. Und heute Morgen hast du gesagt, wir müssen uns trennen. Ich habe gedacht, in Ordnung, und wollte gerade aufstehen, da hast du mich festgehalten und geschworen, dass ich nun alles begriffen hätte, dass nun alles gut sei. Ich habe mich wieder hingesetzt und dich gefragt, warum. Ich habe gefragt: »Weil?« – eine schöne kurze Frage, präzise, man kann nicht viel falsch machen. Und du hast geantwortet: »Weiß nicht. So eben.«

Am Anfang hätte ich noch reden können, kurz vor dem Anfang hätte ich etwas sagen können, so ist es ja meistens, man kann am besten reden, bevor etwas anfängt, aber wenn es schon losgegangen ist, sitzt man bereits drin in diesem Zug nach irgendwo, in einem Boot, das treibt, in einem Bob, der talwärts fährt, die Geschwindigkeit spielt keine Rolle, man sitzt drin, und wenn man in der Bewegung redet, sind es bestenfalls Kommentare, man ist ja nicht mehr im Draußen, denn man hat bereits ›Ja‹ gesagt, man ist teilhaftig, und alles ist ein bisschen weniger geworden. Als ich am ersten Abend auf deinem Balkon stand, wusste ich: Wenn ich mich jetzt umdrehe, wirst du mich küssen, wenn ich aber einfach so stehen bleibe und in die Nacht hinausschaue und meine Zigarette aufrauche und sie in den Hof schnippe, hinunter zu den aufgeräumten Mülltonnen, auf die anständigen Fahrräder über den gekämmten Rasen, würde der Moment vergehen, doch ich habe mich umgedreht, anstatt aufzurauchen, und das war im Nachhinein eine falsche Umdrehung, denn ich konnte danach nicht mehr viel sagen, es hätte nichts geändert.

Dabei hattest du es mir so schön erklärt. Warum du nicht lieben kannst, es nicht können willst und es nicht wollen kannst, und warum alle in deiner Nähe leiden, und dass das früher oder später jeder täte, weswegen es für mich das Beste wäre, wenn ich zügig meine Fanta austrinken und meinen Mantel nehmen würde, ein schönes Piece, nebenbei, und deine Wohnung und dich überhaupt verließe, denn würde ich es nicht tun, wäre das mein Untergang, meine Vernichtung, und das dürftest du niemandem antun. Ich habe dir zugehört und meine Fanta getrunken und habe mich mit Absicht im falschen Moment umgedreht.

Geht es dir gut? Du siehst fertig aus. Ich könnte dir etwas Wasser holen. Oder ich wische die Küche, da liegen überall noch die kleinen Pillen auf dem Boden, wie Zuckerperlen einer zerrissenen Kette. Am Telefon hast du gesagt: »Ich brauche eine Armee. Ich brauche eine Freundin mit tausend Pistolen.« Du denkst, ich habe noch nie geschossen. Habe ich aber. Im Oman, auf einer Shooting Range mit einem Scheich aus Dubai. Der transportierte seine Waffen immer in weißen Kartons mit goldenen Schleifen, wie Geschenke aus Vierzigerjahre-Kinofilmen. Bei der Heckler& Koch hatte ich meine Kopfhörer nicht richtig auf. Der Knall dröhnte noch Stunden später in meinem Schädel. Aber auch das war wieder so eine Geschichte, die ich dir nicht erzählen konnte. Du hättest mir kein Wort geglaubt. Aber weißt du was? Es war geil. Es hat Spaß gemacht. Der Rückstoß war gar nicht so schlimm. Am elegantesten war die Infinity, und bescheuert kam ich mir mit einem Colt vor. Muss ein Männerding sein. Berettas sind was für kleine Frauen. Sie sehen aus wie silberne Gürkchen und fassen sich auch so an. Wir haben auf Zielscheiben geschossen. Du tust dauernd so, als wärst du im Krieg. Wir sind aber keine Kriegsberichterstatter. Wir berichten aus der Unterhaltungsindustrie.

In unseren Geschichten sitzt zum Beispiel ein legendärer Musiker im Gartenstuhl und erzählt von früher, während die Sonne untergeht und auf der Steinmauer neben seinem Swimmingpool Katzen herumstreunen. Das war in Henderson, einem Vorort von Las Vegas. Für viele ist die Stadt ein Ort zum Heiraten. Ich fand, Las Vegas war eine Mischung aus Gotham City, Disneyland und einem Bild von Hieronymus Bosch. In Henderson war alles rechteckig. Die Häuser, die Straßenwinkel, die grellgrünen Rasenflächen vor den Häusern, die Fenster und die zugezogenen Rollläden. Im Haus des Musikers war alles etwas chaotisch, an den Wänden hingen Van-Gogh-Poster und goldene Schallplatten, auf den Tischen lag ein Durcheinander aus Nippes und Tablettenpackungen, Mullbinden und Kippenschachteln. Seine Frau lief aufgeregt durch die Zimmer. Sie war Krankenschwester, Geliebte, beste Freundin, Mama, Haushälterin, Managerin, Köchin und Vermögensverwalterin. Sie stammte aus Dänemark und wollte keine Amerikanerin sein, wegen Bush, dem Alten, der war damals noch Präsident, und während sie Waschlappen wegräumte, Decken zusammenlegte, uns Journalisten Cola anbot, zwischendrin den Computer checkte, weil sie Online-Poker spielte, redete sie unentwegt von rosa Wurst, von Atlanta, wo ihre Mutter jetzt wohnte, und von der Bäckerei, bei der sie immer dann einkaufte, wenn sie ihren Mann ins Krankenhaus gebracht hatte, und dass seine Kinder ihn nicht besuchten, obwohl er ja nun an Nierenkrebs starb, jeden Tag ein bisschen mehr. Sie lachte zu laut, redete zu schnell und faltete die Decken schief. Der Musiker schlich währenddessen wie ein Geist herum. Er war siebzig, hatte schlohweiße lange Haare, trug eine Baseballkappe mit einem Drachen vorn drauf und an den Fingern viele goldene Ringe mit rosinengroßen Diamanten. An diesem Tag wollte er noch ein paar Interviews geben, die letzten vor seinem Tod. Ein Journalist vom *Spiegel* kam mir entgegen, ich fragte ihn, wie es gewesen wäre. Er meinte: »Ich habe nicht genau zugehört, aber ich habe alles auf Band.« Zehn Minuten später saß ich auf einem braunen Cordsessel, dem alten Mann gegenüber, und fragte mich, was man einen Mann fragen soll, der einem lächelnd verspricht, während dieses Interviews nicht zu sterben.

Von Bert Kaempfert wusste man, dass er am Abend vor seinem Tod noch ein Mal richtig viel Geld gewonnen hat und dass seine Freunde das gut fanden, weil er mit dem Gedanken gestorben war, ein Gewinner zu sein. Der Musiker, dem ich damals gegenüber saß, ging trotz seiner Krankheit auch noch gern in diese Kasinos, in denen man nur das Plingen und Plieren der Maschinen hörte, und überall diese Muzak. Wie hielt er das aus? Er hatte großartige Lieder über einsame Männer, dumme Morde, langweilige Motels, texanische Rüpel und clevere Huren geschrieben. Er war ein Geschichtenerzähler. Warum tat er sich diese Muzak an, wenn es das Letzte war, was er möglicherweise hören würde? Eine Musik, die so tut, als habe sie eine Absicht, einen Anfang, ein Ende, in der sich alle Instrumente um einen Platz im Arrangement rangeln, keins übernimmt, und keins kann alleine stehen, nie hat sie einen Text, und immer ist sie an, in den Fahrstühlen, in den Malls, in den Fußgängerzonen, auf den Parkplätzen. Immer, wenn ich in den Konferenzen saß, wenn ihr alle geredet habt, musste ich an diese Muzak denken. Ich fragte damals den Musiker, warum er ausgerechnet zum Sterben nach Las Vegas gekommen war. Weil es dort weniger auffiel? Er lachte. Nein, er starb dort, weil er in Nevada keine Steuern zahlen musste. Und überhaupt fand er es interessant zu sterben, nur die Nebenwirkungen der Medikamente würden ihn stören, er hätte jetzt Pickel am Arsch. Wenn er mal tot sei, sollte seine Urne auf dem Tresen in irgendeiner Bar stehen, und seine Freunde sollten sich besaufen, in der Bar, neben der Urne, und sie sollten gefälligst Geschichten über ihn erzählen. Und dann sind wir gefahren, und ich lief im Hellen durch die Nacht, weil in dieser Stadt nie das Licht ausgeht, und dann ist er gestorben, und ich habe meine Geschichte aufgeschrieben, und eine Zeitung hat sie damals gedruckt, und alle haben gesagt, das wäre eine schöne Geschichte, aber es war keine schöne Geschichte, sie war nur schrecklich und einsam und traurig. Auch sie war ein gebrochener Akkord.

Willst du sterben? Willst du das wirklich? Die Tabletten kannst du nicht alle genommen haben, es lagen noch so viele auf dem Boden. Oder habe ich eine Schachtel übersehen? Du wirst nicht sterben. Sicher schläfst du dich nur aus.

Du bist nicht Kurt Cobain, der sich eine Schrotflinte in den Hals steckt, du bist auch nicht Elvis, der zu viel Alles genommen hat, du bist nicht Kemistry, die mit dem Auto eine Leitplanke erwischt. Du bist nicht Hank Williams, den der Teufel vom Rücksitz eines Autos geholt hat. Du stürzt nicht mit dem Helikopter ab wie Stevie Ray Vaughn, du verschwindest nicht spurlos wie Richey James Edwards, und du gehst auch nicht singend unter so wie Jeff Buckley. Du bist noch nicht mal ein Dave Gahan, der immer nur versucht hat zu sterben, du hast kein Lied wie »It doesn't matter anymore« gesungen, das wir nach deinem Tod hören könnten, so wie Buddy Holly. Du bist nicht Johnny Ace, der sich aus Versehen erschossen hat, du wirst auch nicht mit Absicht abgeknallt so wie Biggie, Tupac oder Marvin Gaye. Du würdest dich nie mit einem Gürtel an einer Türklinke erhängen so wie Michael Hutchence, du fällst nicht vom Fahrrad wie Nico, und in dich fährt auch kein Bus rein so wie in Falco. Du kippst nicht beim Proben tot auf der Bühne um, so wie Johnny Guitar Watson. Du würdest dich nie totsaufen wie Rio Reiser. Du hältst »Junimond« für ein Liebeslied, dabei ist es ein Abschiedsbrief. All diese Leute bist du nicht. Deswegen könnte ich einen Tee kochen, ich könnte dir etwas vorlesen, ich könnte einen Kuchen backen. Mir ein Bad einlassen. Wusstest du, dass Ian Curtis gerne Reggae hörte? Es gibt ein Buch, das seine Frau Deborah über ihn geschrieben hat. Es ist – wenn nicht das beste – doch ein sehr gutes Buch über den Tod im Pop. Es heißt »Aus der Ferne«. Das hättest du mal lesen sollen.

Du kannst es nicht ernst meinen, nicht bei deinem Perfektionismus. Nirgendwo eine Zeile, kein Brief, nicht einmal ein paar Klamotten, die herumliegen. Wenn du kein Outfit anhast, gibt es auch kein Statement, oder sollen uns am Ende deine Uhren was erzählen? Alles andere ist doch viel zu neu, um eine Geschichte zu haben. Keins deiner Möbelstücke ist älter als ein Jahr. In den Altenheimen richten sie die Fremdenzimmer mit den Möbeln Verstorbener ein. Du würdest in so einem Raum ersticken. Wenn ich an den Wochenenden dort übernachtet habe, saß ich oft auf irgendeiner geblümten Sofagarnitur unter einer wagenradhaften Holzimitatlampe. Vor mir ein runder Couchtisch mit Seidenblumengestecken. Ich schaute auf einem Achtzigerjahre-Telefunken-Fernseher Filme auf Pro Sieben und konnte mich aber nie auf die Handlung konzentrieren. Ich dachte dort immer: Auf diesem Sofa haben mal andere Leute gesessen. Auf dem Couchtisch hat mal eine Torte gestanden, die Seidenblumendinger waren irgendwann einmal von jemandem gekauft worden, dem sie gefielen, aber von wem? Diese hässlichen Möbel erzählten einem lauter Geschichten, und deswegen habe ich da nie gut geschlafen. Ich konnte keine Vase sehen, wo eine Vase war.

Du hast schon recht. Neu ist einfach. Aber es ist auch feige.

Und jetzt soll ich dir glauben, dass du sterben willst. Ich habe keinen Brief gefunden, nicht hier, nicht im Bad, nicht in der Küche, nicht auf deinem Schreibtisch und auch nicht in deinem Wohnzimmer. Selbst Kurt Cobain hatte einen. Oder willst du nicht, dass man mit deinem Brief macht, was sie mit seinem taten? Einen Tag nach seinem Tod las seine Witwe Courtney Love der versammelten Menschenmenge vor ihrem Haus seinen Abschiedsbrief vor. Drin stand: Weiß nicht mehr weiter, kein Ausweg, Verzeihung. Er ertrug es nicht mehr, so tun zu müssen, als ob. Er konnte keine Freude mehr empfinden. Er liebte die Menschen, und er hasste sie dafür. Gegen Ende wurde seine Schrift krakelig und kaum lesbar, er wollte wohl Papier sparen oder eben nur *einen* Abschiedsbrief schreiben und nicht Eineinsechzehntel, er quetschte die letzten Worte, auch den Namen seiner Tochter Frances Bean an den Rand des Papiers. Ich weiß das, denn ich habe diesen Brief. Natürlich nicht das Original. Wenige Stunden, nachdem sie den Brief vorgelesen hatte, gab es in Seattle T-Shirts mit Abschiedsbrief-Aufdruck zu kaufen, und meine Aufgabe war es gewesen, so ein Ding zu besorgen, für irgendeinen bekloppten Foto-Jahresrückblick einer bescheuerten Lifestyle-Zeitschrift. Das Shirt kam per Post, wurde fotografiert, und ich bekam es zerknittert zurück. Irgendwann zerschnitt ich es und rahmte das Stück Stoff, auf dem der Brief gedruckt war, in einem schönen, silbernen Rahmen aus Metall.

Du hättest ebenfalls mit der Hand geschrieben. Was hätte wohl dringestanden? Von wem würdest du dich verabschieden wollen? Von deiner Familie? Nein. Wenn du an sie gedacht hättest, würdest du hier nicht liegen. Du hättest eine Begründung aufgeschrieben. Aber das wäre dann wieder ein ganzes Buch geworden. Oder ein Zitat? Schwer, sich auf etwas zu einigen. Am Ende taugen die Worte nur zu etwas Praktischem. Ich habe mal einen Brief gefunden, obwohl es streng genommen gar kein Brief war. Es gab keine Anrede, keine Unterschrift, nur Anweisungen: Bei einem Bauvorhaben Dachfenster austauschen. In der Domäne den Stallboden erneuern. Ein paar offene Rechnungen und die Namen von Firmen, welche die Aufträge übernehmen sollten, die mein Vater nicht mehr wahrnehmen würde. Er hatte in sauberen Druckbuchstaben geschrieben. Nirgendwo ein Fleck, keine unregelmäßige Strichführung, gerade Sätze auf einem kariertem Zettel, DIN A4. Du hast nicht an morgen gedacht, du hast nichts vorbereitet, du weißt gar nichts. Nichts.

Weißt du, warum sie immer nach einem Grund fragen? Weil sie sich nicht vorstellen können, dass es keinen gibt. Es gibt aber keinen. Es gibt nur einen *Moment.* Einen glasklaren Augenblick, in dem alles auf einen Punkt zuläuft. Einen, der keine Alternativen zulässt. Dieser Moment ist ohne Zweifel. Er leuchtet, und man muss ihm nur wie einem Lichtstrahl folgen. Es ist kein Horror, es ist nicht dramatisch, ich glaube, es ist am Ende ganz leicht. Das Schwere ist davor.

Davor kommen immer die Gespenstertage. Man geht dann nicht mehr eine Straße hinab, man schiebt sich im stehenden K. o. durch die Welt, die Füße bewegen sich von allein, die Menschen um einen herum sind einem völlig egal, man nimmt sie gar nicht wahr, und wenn doch, fragt man sich sogleich, ob sie einem nicht ansehen, was für ein Schwindler man ist. Alles wird auf einen selbst zurückgeworfen, und man lebt sich durch die Gegend und denkt: Ich sehe aus wie ein Mensch, aber ich bin keiner. Ich habe Augen wie ein Mensch, aber ich sehe die Welt nicht mehr, ich sehe etwas vollständig Fremdes. Ich habe Arme und Beine, aber ich tue nur so, als würde ich laufen, ich gebe vor, mich zu verhalten, ich fliege auf Autopilot, und es kostet mich große Konzentration, nicht gegen Busse zu laufen oder vor Wände. Das Unglück hat dann ein Gewicht erreicht, dass einem die Zeit vorkommt wie schweres Wasser. Wie war es bei dir, Ludwig?

An Gespenstertagen sinken die Dinge immer auf den gleichen Grund. Gewinnt man beim Kartenspiel, denkt man: Doch alles andere geht entzwei. Verliert man, denkt man: Ich verliere immer. Alle Gedanken schlurfen willenlos dahin, es gibt kein Ausruhen, keinen Ausweg, keinen Halt. Man ist ein müder Stromkreis. Marschiert von der Quelle los, wird verbraucht, aber nicht weniger. Man ändert seine Richtung nie, es wird nichts langsamer, nichts schneller, und dann kommt man wieder am Anfang an, und alles geht von vorne los. Wie ein Elektron mit einer immer gleichen negativen Ladung.

Manche Leute sterben, ohne zu wissen, wie Brombeereis schmeckt, wie sich ein Orgasmus anfühlt, wie die Luft in viertausend Metern Höhe flirrt. Sie sterben, ohne Heroin geraucht zu haben oder mit Absicht auf die falsche Fahrbahn der Autobahn eingebogen zu sein. Sie haben kein Kind geboren, niemandem die Fresse poliert und sich nie vollständig vor tausend Leuten blamiert. Andere sterben, weil sie einen Moment erleben, in dem alles aufeinanderfällt. Die Gespenstertage. Das Alleinsein und *ein* Ereignis. Es kann jederzeit und überall passieren. Etwas bricht in die Welt ein und steht da, ohne Zusammenhang, ohne Grund, und wenn das da so vor einem stehen kann, dann kann auch jederzeit etwas absolut Unmögliches wahr sein. Man könnte etwas vollständig Sinnloses tun. Den Rahmen sprengen. Die Welt verändern. Einen Schalter umlegen. Das geschieht jeden Tag. Sicherungen brennen durch. Schutzschalter knallen aus den Wänden. Glasklare Momente tauchen vor einem auf wie leuchtende Rutschbahnen. Dann muss Leben nur noch diesen einen Augenblick erwischen, an dem keiner hinsieht. An dem keiner aufpasst, kein Schutzengel, kein Streifenpolizist und auch kein Kumpel. Auf meinen Vater hat an diesem Morgen keiner aufgepasst.

Ich war damals siebzehn und wachte in meinem Kinderzimmer auf, weil jemand schrie. Ich weiß noch alles: Ich mache die Augen auf, die Sonne grellt mir ins Gesicht, springe auf, renne die Treppe runter, in den Keller, und sehe ihn, er hängt an einem Heizungsrohr. Ich nehme einen Hocker, stelle mich drauf, hebe seinen Körper an, halte ihn und brülle meine Mutter an, sie soll ein Messer holen, eine Schere, irgendwas. Später haben mich die Bullen gefragt, wie ich das konnte, ein so zierliches Mädchen, einen so schweren Mann hochheben, und ich sagte, weiß ich nicht, und sie machten Notizen. Nach einer endlosen Ewigkeit kam meine Mutter mit einem Messer, und sie schnitt das Seil, es war ein Abschleppseil, rot und schwarz, es war noch ganz neu.

Du bist nicht er. Du atmest. Du liegst da wie ein Mann im Schlaflabor, oder nehme ich das nicht richtig wahr? Es kann dir nicht alles egal geworden sein. Die vielen Filme und Bücher und Schuhe, dein Erfolg, die Uhren, der nächste Moment!

Man bringt sich um, wenn man an nichts mehr hängt. Oder wenn nichts mehr an einem hängt. Wie soll man das auch sonst formulieren? Als ich einmal in England war, sah ich eine Fernsehserie aus den Sechzigern, sie hieß »The Prisoner«. In einer Folge durfte der Gefangene vor seiner Hinrichtung dem Zentralcomputer eine Frage stellen. Er schrieb etwas auf und fütterte den Rechner damit. Kurz darauf explodierte der Computer. Der Gefangene war gerettet. Er hatte eine Frage gewählt, die niemand beantworten kann: »Warum?«

Das ist überhaupt das Schlimmste, hinterher, diese dumme, lästige Frage. Warum. Man wird sie gefragt, von allen, man fragt sie sich selbst, doch man gerät in ein Netz, in ein Darum-Kraftfeld, aus dem man nicht mehr rauskommt, das einen dazu bringt, entweder wie ein Computer zu explodieren oder wie ein Mensch diese Frage unbeantwortet zu lassen und weiterzuleben. Immer wieder meinen es die Leute gut und bewerfen einen mit Worten wie zum Beispiel Kurzschlussreaktion, als würde man dann aufhören, sich den Kopf zu zerbrechen. Als wäre es möglich, mit dem Grübeln aufzuhören. Dabei kann diese Frage nur von einem Menschen beantwortet werden, und der ist tot.

Du sagtest einmal am Telefon: »Ich will von dem richtigen Menschen verführt, vergewaltigt, hingerissen werden.« Und solange das nicht so sei, bliebest du eben allein, basta. Und ich habe geantwortet, dass ich müde sei und dass es vielleicht gut wäre, wenn wir einschlafen könnten. Dann hast du gesagt, wie toll das wäre, wie ich reagiere. Und mir super Träume gewünscht, und ich habe aufgelegt. Und geschlafen.

Oft male ich gedankenverloren Kringel auf Papier, selbst wenn ich nicht telefoniere. Jedes Mal denke ich, es wird eine Blume oder wenigstens ein Ornament, aber es ist immer nur irgendein formloser Unsinn. Weswegen hast du mich vorhin noch mal angerufen? Wolltest du, dass ich zurückkomme? Wolltest du mir noch etwas sagen? Das »Aus« zurücknehmen?

Was ist los? Wenn ich deinen Tag betrachte, ist doch nichts Schlimmes passiert. Du selbst hast damit gerechnet, dass deine Fälschungen rauskommen könnten. Du hast gesagt, dafür gäbe es Anwälte. Wieso kannst du plötzlich damit nicht umgehen? Hat es dich getroffen, dass ausgerechnet Julius diese Mail geschrieben hat? Du hast immer gesagt, er ist dein bester Freund, wobei ich bis heute nicht begreife, was ihr unter Freundschaft versteht. Du hast mir erzählt, wie der Konkurrenzkampf zwischen euch ausbrach. Dass du ihm nicht über den Weg trauen durftest und daher mit Tina geschlafen hast, um etwas gegen ihn in der Hand zu haben, wie in Puschkins Erzählung »Der Schuss«. Als ich dich einmal fragte, ob du ihn liebst, hast du gelacht. Irgendetwas hat heute dazu geführt, dass dir die Kontrolle entglitten ist. Es muss dir etwas aus der Hand gerutscht sein, aber was? Deine Lider zucken. Du hörst mich ja doch.

Was habe ich übersehen? Gab es eine Botschaft, eine Kleinigkeit, heute Morgen beim Frühstück? Hätte ich dir widersprechen sollen? Ich würde gerne alles richtig machen. Darauf kommt es doch an, oder? Tue ich das Richtige, indem ich nichts tue, nur rede? Es regt dich auf, wenn ich nach Worten ringe, mich wiederhole. Aber ich ringe nicht nach Worten, ich habe nie nach Worten gerungen, sie sind mir nur nicht eingefallen, und die, die mir eingefallen sind, die konnte ich nicht sagen, weil du sonst wieder ausgerastet wärst. Ich wollte dir von meinem Vater erzählen, von Afrika, aber ich kam nicht weit. »Das Opfer«, hast du gebrüllt, »schon wieder eine Opfergeschichte!« Wie ich dazu käme, immer so etwas zu erzählen. Begreifst du eigentlich, was *du* mir gerade antust? In welche Welt du mich zurückschickst?

Du liegst da, und du hast keine Ahnung. Du weißt überhaupt gar nichts vom Sterben, und das ist auch nicht schlimm, das musst du auch nicht wissen. Aber sag du mir nicht, das würde dich krank machen, wenn ich rede. Meine Geschichte ist keine Opfergeschichte, es ist eine viel schlimmere. Einen Tag vor seinem Tod gab mir mein Vater im Flur einen Zettel. Ich las die ersten Zeilen: »Ich kann nicht mehr, bitte verzeiht mir.« Dann tat ich etwas, ohne zu überlegen. Ich stopfte den Zettel unter seinen Pullover, schob meinen Vater von mir weg, rannte in mein Zimmer, warf mich aufs Bett, hielt mir die Ohren zu. Ich wusste, ich mache einen Fehler, stecke in einem Riesenfehler drin, mir wurde kalt, dann lief ich zurück, doch er war bereits weg. Ich stand im

Flur und rief seinen Namen, aber ich suchte ihn nicht. Dann ging ich zurück in mein Zimmer, setzte mich an den Schreibtisch und berechnete die Ableitung der Ableitung der Ableitung.

Und dann muss man damit leben, dass man wusste, was passieren würde, und trotzdem nicht eingegriffen hat. Man kann das niemandem erzählen, man traut sich nicht, man verbirgt es in sich. Man geht über die Straße, aber man gehört nicht mehr dazu. Man trägt einen Makel, ist verseucht, ist allein. Nicht irgendwie ein bisschen allein, weil die anderen Kinder nicht mit einem spielen wollen. Nein, man ist wirklich und tatsächlich aussätzig. Das Wort kennst du nur aus deinen russischen Romanen, aber ich will dir sagen, wie sich das anfühlt. Man überlebt jeden Tag mit Schauspielerei und fängt die Spurensuche an. Man sucht in jedem Gespräch, jeder Begegnung einen Beweis dafür, dass man nicht schuld ist. Dass man sich alles vielleicht nur eingebildet hat. Man fällt auf Arschlöcher rein, die einem erklären, was mit einem nicht stimmt. Man verbringt seine Zeit mit feiersüchtigen Volltrotteln in einem Land, in dem es vielleicht nicht auffällt, dass man gar nicht dazugehört, nirgendwohin mehr dazugehören kann! Man versucht, Leute vor etwas zu retten, auch wenn sie gar nicht gerettet werden wollen.

Du hast zu mir gesagt: »Ich will, dass du heile aus der Sache herauskommst«, als wäre ich eine vorübergehende Erscheinung, als wäre es von Beginn an vorbei gewesen. Nichts ist vorbei. Nie ist etwas vorbei! Ich habe heute den halben Tag mit Leuten zugebracht, die du nie kennenlernen wirst. Ich habe einen Rollstuhl in der Gegend herumgefahren, ich habe einen alten Mann in einen Sessel gesetzt, ich habe mich für Waffeln in eine Schlange gestellt, ich habe mit einem schlecht gelaunten Direktor über Pflegezustände geredet, und immer wieder habe ich dabei an dich gedacht. Ich hatte dich bei mir. Und jetzt sitze ich hier und rede. Nur einen Moment lang. Bis der nächste kommt.

DER TAG ZUVOR

Er schlief. Wie schön. Anna räkelte sich unter der ägyptischen Baumwolle, vorsichtig, um ihn nicht zu wecken. Unbekümmert warfen sich Sonnenstrahlen auf das gebohnerte Parkett in seinem Schlafzimmer. Vogelgezwitscher drang von draußen hinein, und ein tadelloses Himmelblau strahlte durch die Schlitze der Jalousien. So begannen perfekte Tage. Die Welt war gebohnert und wolkenlos. Sie barg keine Fallen, keinen Staub, sie war eine reinweiße Leinwand. Anna schloss die Augen und atmete tief ein und wieder aus. Leise hörte sie Ludwig röcheln. Er klang so wahnsinnig niedlich, wenn er schnarchte, wie eine gehetzte kleine Robbe, und wenngleich Anna noch nie eine getroffen hatte, war sie überzeugt, dass eine kleine Robbe so klingen musste, wäre sie zufällig außer Atem.

Sie blinzelte und schaute zu ihm hinüber. Unter seinen geschlossenen Lidern zuckten die Augäpfel. Sicher träumte er. Möglicherweise träumte er von Gebäuden mit zahlreichen, gleich aussehenden Stockwerken, langen, schmalen Gängen ohne Fenster, mit Drehkreuzen und Zahnrädern, Aktenschränken und Verordnungen. Vielleicht träumte er sogar schwarz-weiß. Nein, ganz sicher träumte er schwarz-weiß. Sie versuchte, sich nicht zu bewegen, was schwierig war, denn ihr linker Fuß fing an zu jucken, aber wenn sie sich rührte, würde er aufwachen. Dann würde er aufspringen und ins Bad rennen, oder gleich zum Schreibtisch und mit dem Schreiben beginnen. Anna probierte, sich auf ihren rechten Daumen zu konzentrieren. Als das nicht half, dachte sie an gestern Nacht.

Sie waren mit hundertachtzig Sachen über die Bahn gekachelt, Ludwig fuhr, sie saß neben ihm und betrachtete die weißen Mittelstreifen, die sich immer schneller unter der Kühlerhaube hindurchschoben, und mit einem Mal hatte sie einen unerklärlichen Anfall von Glück verspürt. Es kam aus dem Nichts, eine Zehntelsekunde lang, unendliches Wohlgefühl. Alles Schöne war aufeinandergefallen. Der richtige Ort, er und sie in Frieden, jenseits der Zeit, aller Umstände. Es gab nur sie, sonst nichts. Sie hatte versucht, das aufsteigende Grinsen wegzudrücken, hatte versucht, stur geradeaus zu schauen, aber er hatte natürlich etwas bemerkt, beschleunigt und gesagt: »Schau nicht so blöd wie ein Rehkitz. Das macht mich ganz krank.«

Der Glücksanfall war in sich zusammengesunken wie ein Auflauf, den man zu früh aus dem Backofen nimmt. Den Rest der Fahrt hatte sie aus dem Fenster gesehen. Er war eben so. Er meinte es nicht böse. Aber es nervte langsam. Nein, es nervte nicht. Es wurde langweilig. Immer das Gleiche. Immer diese Schweineblenden.

Anna seufzte leise. Jedes Mal, wenn die Welt gerade wie ein schöner Walzer klang, schob Ludwig einen Regler hoch und zerstörte die Stimmung mit irgendwelchem Krach. Er konnte nicht mixen. Das machte nichts. Sie konnte es auch nicht. Aber er könnte sich wenigstens im Alltag etwas Mühe geben. Anna sah an die Decke. Mit Ludwig war das Leben wie ein Tape – voll mit großartigen Liedern, aber sanfte Übergänge gab es nicht.

Sie räkelte sich und genoss die feine Kühle der teuren Bettwäsche. Das Jucken im Fuß war jetzt verschwunden. Sie könnte aufstehen. Beim Bäcker Franzbrötchen kaufen. Oder die Augen schließen und warten, bis er wach würde. Draußen fuhren knatternd Motorräder vorbei und entfernten sich wieder. Sie zog die Decke fester um sich. Sie könnte wieder einschlafen. Dann summte etwas. Sie richtete sich auf und nahm ihr Handy vom Fußboden. Die Nummer des Sankt Annen leuchtete auf dem Display. Sie erhob sich vorsichtig und ging in den Flur, um Ludwig nicht zu wecken.

»Born«, sagte sie.

»Hallo, ist da die Tochter von Frau Born?«

»Ja.«

»Pflegedienstleitung Sankt Annen. Ihre Mutter ... Es gibt ein Problem.«

»Ist sie gefallen?«, fragte sie.

»Nein, sie macht Schwierigkeiten.«

»Was ist denn passiert?«

»Sie hat die Nachtwache angegriffen.«

Anna unterdrückte ein Stöhnen. Angegriffen. Was sollte das denn jetzt wieder? Mist. Sie erwiderte: »Mama hat Osteoporose. Sie kann keine Nachtwache angreifen.«

»Ihre Mutter konnte wohl. Sie hat mit einem Buch geworfen. Und sie verweigert auch seit einer Woche die Pflege.« Die Stimme am anderen Ende klang verärgert.

»Warum haben Sie mich nicht früher angerufen?«

Pikiert antwortete die Stimme: »Können Sie vorbeikommen? Der Herr Direktor ist heute im Haus. Vielleicht hilft ein Gespräch.«

Anna seufzte. Sie konnte nicht nichts tun. Sie würde hinfahren und die Sache regeln.

»Wo ist Mama jetzt?«

»Auf ihrem Zimmer.«

»Gut, ich komme. Ich bin zu Mittag da.«

»Melden Sie sich an der Rezeption, die sagen uns dann Bescheid.«

Anna legte auf und ärgerte sich. Erst über den Kommandoton dieser Altenheimzicke, dann über sich, weil sie ihn sich gefallen lassen hatte, und dann darüber, dass es auch ohne Ludwig Leute gab, die einem mit Schweineblenden das Wochenende versauten.

Natürlich konnte ihre Mutter nichts dafür. Sie war schwerkrank. Anna ging ins Badezimmer und betrachtete ihr Gesicht im Spiegel. Immer, wenn alles gut lief, kamen solche Anrufe: Am Abend ihres Abi-Balls, am ersten Tag ihres Studiums und als sie ihr erstes Interview in Amerika führen sollte, als gäbe es unsichtbare Fäden, die irgendwer zog, um sie immer wieder daran zu erinnern, dass es Mama gab, und Mama kam allein nicht klar. Sie konnte noch so weit fahren, selbst die zehntausend Kilometer bis nach Südafrika hatten nicht gereicht. Und wieso hatte sie überhaupt etwas geworfen, und dann auch noch ein Buch? Das klang absurd. Werfen! Sie konnte nicht mehr alleine laufen, sich nicht alleine waschen. Wie sollte sie da mit Büchern herumschleudern?

Die mussten ihr etwas getan haben. Wenigstens hatte sie sich gewehrt. Richtig so. Anna streckte ihrem Spiegelbild die Zunge raus, doch sogleich kam sie sich überheblich vor. Es war nicht leicht für die Pfleger. Andauernd sagte Mama: »Ich habe Schmerzen.« Jeden Tag, bei jeder Bewegung, und dann mal wieder nicht, und dann wieder doch. Sie glaubten ihr nicht mehr, und Anna glaubte ihr in der letzten Zeit auch nur, weil es sonst niemand tat.

Sie zog sich an und ging einkaufen. Als sie zurückkehrte, hörte sie Ludwig duschen. Sie deckte den Frühstückstisch mit weißem Villeroy&Boch-Geschirr, kochte ein Viereinhalb-Minuten-Ei, drapierte Käsescheiben zu einem Fächer auf seinem Lieblingsbrettchen, dem mit Ernie und Bert. Dann setzte sie sich an den Küchentisch und las. Als Ludwig die Küche betrat, war sie gerade mit dem Streiflicht fertig.

Er setzte sich, ließ seinen Blick über ihr himmelblaues Ensemble aus Strickpulli und Cardigan gleiten, betrachtete ihre Arme, die manikürten Fingernägel, sah ihr ins Gesicht, lächelte und sagte dann unvermittelt: »Es ist aus.«

Aus?

Anna suchte in seinem Gesicht ein Zucken, das einen schlechten Scherz verriet. Nichts. Er schwieg. Er wollte sie verarschen, ganz sicher war das nur ein besonders blöder Witz. Oder nicht? In seinem Gesicht rührte sich nichts. Er lächelte nicht mehr, er schaute auch nicht bekümmert, seine Augen ruhten auf ihr und warteten auf etwas. Auf was? Auf ein »Warum«? Sollte sie jetzt fragen: »Warum?« Er würde sagen: »Warum nicht?« Sie könnte sagen: »Prima.« Nein, »prima« wäre gelogen. Das »Aus« stand vor ihr wie ein Schild mit chinesischem Schriftzeichen; sie sah es, aber sie begriff seine Bedeutung nicht. Sie spürte nichts. Es tat nicht weh, sie war noch nicht mal überrascht. Für gewöhnlich war man in so einer Lage wenigstens entsetzt. Sie könnte kurz hysterisch auflachen oder durchdrehen, entgeistert gucken, heulen. Dann hörte sie sich erwidern: »Okay.« Ebenso schnörkellos wie sein »Aus« hing nun ihr »Okay« in der Luft und machte sich in der sonnigen Küche breit. Dann war es das wohl. In der Mathematik, hieß es, erkannten Wissenschaftler eine richtige Lösung, weil sie so schön war. So schön einfach. Aus. Okay.

Anna stand auf, doch er hielt ihren Arm fest.

»Warte. Geh nicht. Du hast alles begriffen, nicht? Jetzt ist alles gut. Du hast es verstanden.«

»Was?«

»Setz dich bitte wieder hin.«

»Wieso?«

»Bitte!«

»War das wieder ein Witz?«

»Nein.«

»Dann würde ich gerne gehen.«

»Nein, bitte bleib hier. Geh nicht weg. Nicht sofort. «

Sie ließ sich wieder in den Stuhl fallen. Mann, irgendwann musste es doch mal gut sein. Was er wohl jetzt wieder vom Stapel ließ. Wahrscheinlich irgendwas mit ihren Haaren. Oder es hatte ihn genervt, wie sie die Zeitung gefaltet hatte. War er in eine andere verknallt? Plötzlich fühlte sie, wie sich ihr Herzschlag beschleunigte. Er hatte eine andere und wollte ihr das noch mit auf dem Weg geben. Das war sein Liebesbeweis, die Aufrichtigkeit. Die anderen manipulierte er. Sie log er nicht an. Wie reizend. Ein flaues Gefühl machte sich in ihrem Magen breit. Sie suchte auf dem Tisch nach einem harmlosen, anstarrenswerten Ding, fand aber nur den Käse. Esrom, mit Löchern. Hatte er doch irgendwas mit irgendeinem Model in Paris gehabt? Sie wartete.

Ludwig sah sie an und schwieg.

Er machte eine Apachenpause. Wie sinnig. Anna hatte einmal in einem Buch gelesen, dass Apachen, wenn sie eine Frau wollten, sich neben die Frau setzten und nichts sagten. Die Apachen saßen einfach da und schwiegen, stundenlang. Fing die Frau das Reden an, hieß das: Ja, ich will dich, lass uns poppen. Wenn die Frau aber auch nichts sagte, saßen die Typen ziemlich lange, ziemlich bescheuert neben den Frauen rum, dann standen sie auf und gingen weg. Ludwig schwieg jetzt genauso wie ein Apache. Aber den Gefallen tue ich dir nicht, dachte sie. Ich sage nichts, ich habe nichts zu erklären. Du willst, dass es aus ist, du musst dich erklären, du bist dran. Aber was sollte er sagen? Er hatte nie behauptet, dass er mit ihr zusammen sein wollte. Er hatte nie gesagt: Ich liebe dich.

Anna amüsierte der Gedanke plötzlich. Das wäre es jetzt. Wenn er so einen Satz raushauen würde. Sie sah ihm ruhig ins Gesicht. Sonderbar, so ruhig, das alles. Wenn er eine andere hat, dann wünsche ich ihm die Pest an den Hals, dachte sie. Sackratten. Die Krätze. Nein. Ich wünsche ihm eine kapitale Schreibleseschwäche. Er möge verarmen. Er kann meinetwegen tot umfallen, wenn er eine andere hat.

Langsam fing Ludwig an zu lächeln, aber er sagte noch immer nichts.

Wenn er eine andere hat, werfe ich ihm das Marmeladenglas an den Kopf, dachte Anna.

Nein, den Käse.

Nein, ich bleibe cool.

»Fragst du mich nicht?«, grinste Ludwig dann. Er war unwiderstehlich, wenn er so lächelte, fies und schelmisch zugleich. Anna widerstand dem Wunsch, zurückzulächeln. Gott, war sie unsouverän. Er war hinreißend, und sie war so blöd. Sie sagte: »Was soll ich fragen?«, und hoffte, es würde gelangweilt klingen.

Ludwig schaute sie erwartungsfroh an.

Resigniert fragte sie dann: »Okay. Weil?«

»Weiß nicht. So eben.«

»Das ist jetzt aber ein bisschen mickrig.« Um wenigstens irgendetwas von Gewicht zu tun, nahm sie den Löffel und haute dem Ei auf den Kopf. Knirschend gab die Schale nach. Sie hätte es köpfen sollen. Hätte! Hätte war der kleine Bruder von feige.

Ludwig rührte in seiner Teetasse. »Schau dich an. Du bist perfekt. Dein Gesicht. Deine Figur. Dein Style, alles. Alles passt. Eigentlich müsste ich … Aber egal.«

»Normalerweise ist das eine Liebeserklärung«, sagte Anna. »Normalerweise macht ein Typ einem Mädchen dann einen Antrag. Du aber sagst, das ist der richtige Zeitpunkt, sich zu trennen. Habe ich das so richtig verstanden?«

Ludwig grinste noch lässiger. Sein Kinngrübchen trat hervor, und um seine Augen bildeten sich winzige Falten. »Ja. Das hast du. Ich sage es doch. Du bist perfekt. Du hast alles begriffen.«

Anna nahm eine Zigarette aus der Packung, zündete sie an und fragte ihn: »Willst du eine?«

Ludwig schüttelte den Kopf und trommelte mit dem Daumen auf die Tischplatte. Anna rauchte und sah seinen Händen zu.

»Fast geschafft«, sagte sie nach einer Weile und betrachtete dabei die halb aufgerauchte Zigarette in ihrer Hand.

»Machst du das mit Absicht?«

»Was?«

»Du redest wie de Niro.«

»Was?«

»Wie in ›Heat‹. Die Szene! Voight ist am Telefon und sagt zu de Niro ›Take it easy. Du hast es fast geschafft‹, und es ist ein Wunsch ebenso wie ein Befehl. De Niro fährt durch den Tunnel ins Licht, dann wiederholt er leise ›fast geschafft‹, und jagt in der nächsten Sekunde ins Verderben.«

»Ich muss gleich ins Altenheim, das ist auch eine Form von Verderben.«

Ludwig lachte. Ihr Magen knurrte.

»Wollen wir noch zu Ende frühstücken?«, fragte sie dann, und Ludwig nickte. Anna hatte den Eindruck, er war erleichtert. Es war aus.

Eine halbe Stunde später saß sie im Bus und wunderte sich über ihre Empfindungslosigkeit. Entweder es machte ihr nichts mehr aus, oder sie stand unter Schock. Da spürte man auch erst mal nichts, das Grauen kam später. Sie schaute aus dem Busfenster und sah die Alster an sich vorbeiziehen, silber blinkend und blaugrau. Am Ufer spazierten schöne

Menschen. Familien. Mütter mit Kindern. Jogger. Da könnten sie jetzt mitlaufen. Nein, könnten sie nicht. Ludwig hasste Händchenhalten. Außerdem war es aus. Sie strich sich eine perfekte Haarsträhne, an der es nichts mehr zu verbessern gab, aus dem Gesicht. Wenigstens musste sie jetzt niemanden anrufen. Keiner wusste was von ihr und Ludwig, und deswegen blieb ihr die Gebetsmühle der frisch Getrennten erspart: »Und dann hat er das gesagt, und dann hat er so geschaut, und dann habe ich gesagt, aber er hat nicht mehr geantwortet, und dann habe ich angerufen, aber er ist nicht rangegangen, und es kam keine SMS, und was hat er damit wohl gemeint, wo er doch vorher.« Was sollte sie sagen? Ich fühle mich so leer wie das Weltall? So zertreten wie ein Bürgersteig? Nein. Ich fühle mich seit Wochen schon so platt wie ein Kissen, auf dem einer zu lange gesessen hat. Das perfekte Mädchen. Kotz!

Sie forschte in sich hinein, versuchte, in sich hinabzutauchen, und holte Bilder aus den letzten Monaten hervor. Ein Pärchen in Designerklamotten. Ein Pärchen im Dunkeln. Er, um die dreißig, ein Meter achtzig groß und muskulös, wenngleich er seit der Studienzeit keinen Sport mehr trieb. Auf allen Bildern trug er die Rolex Daytona, die mit dem Paul-Newman-Zifferblatt. Neben ihm stand sie. Dunkle, lange Haare, schlank, und ihre Augenbrauen waren zu fein geschwungenen Bögen gezupft, was ihr ovales Gesicht rein optisch vergrößerte. Unsichtbar, wie sie litt, wenn sie sich die Haare aus dem Gesicht zupfte und sich vergeblich fragte, warum die Scheißhaare nicht dort wuchsen, wo sie hingehörten. Unsichtbar auch die vielen Mahlzeiten, die sie nicht gegessen hatte, nur um endlich auch so dünn zu werden wie die Models, auf die er stand. Da war nur ein Pärchen, das in einen polierten Wagen einstieg oder vor den weißen Wänden einer blitzblank geputzten Wohnung einen malerischen Eindruck machte. Unterm Strich sahen wir immer aus wie eine bescheuerte Deutsche-Bank-Werbung, dachte Anna.

Der Bus rumpelte nach Winterhude, und sie stocherte in ihrem Wortschatz herum, fand aber keinen Ausdruck für das, was heute Morgen in aller Stille über einem zerdepperten Ei in Ludwigs Küche zu Ende gegangen war. Eine Liebe? Dann müsste sie traurig sein. Es hieß Liebeskummer und nicht Liebeskatatonie. Marianne Faithfull hatte Anna mal glaubhaft versichert, dass es *Knack* mache, wenn einem das Herz brach. *Knack*, hatte sie gesagt. Ganz leise *Knack*. In keiner Sekunde zweifelte sie daran, dass Ludwig es ernst gemeint hatte. Ludwig sagte die Dinge nicht einfach so dahin. Ohne besonderen Schwung stieg sie aus dem Bus und ging nach Hause.

Anna schloss ihre Wohnungstür auf, warf die Werbung in den Müll und ließ sich in den Sessel vor dem Aquarium fallen. Dante schwamm in die Mitte des Beckens, drehte sich zur Seite und schlug einen rückwärtigen Purzelbaum.

»Es ist aus«, teilte sie ihm mit. »Und ich muss zu Mama. Sie hat die Nachtwache verkloppt. Aber es kann auch sein, dass das alles gar nicht stimmt.«

Dante schwebte in der Mitte des Beckens, direkt über der Steinhöhle, in der er nachts schlief. Seine großen Augen starrten sie an. Er öffnete sein Maul und schloss es wieder. Bop, machte er. Natürlich sah es nur so aus wie Bop, man hörte nichts, nur das leise Brummen der Pumpe. Langsam sank er zu Boden. Sein rotgoldener Körper ließ sich auf dem königsblauen Kies nieder. Ab und zu schlug er sanft mit der einen oder der anderen Flosse, um das Gleichgewicht zu halten. Er wirkte müde.

Hannes hatte sie vor einem Jahr vom Flughafen abgeholt, in der Hand eine mit Wasser gefüllte Tüte, in der ein goldener Fisch schwamm. »Hier. Der ist für dich. Damit jemand auf dich aufpasst. Ich glaube, er ist ein Männchen.« Als habe er zugehört, hatte sich der Goldfisch zu Anna umgedreht und mit den winzigen Vorderflossen gewedelt. Sofort waren Anna zwei Gedanken durch den Kopf geschossen. Der eine war: Gott, wie süß. Der andere: Er weiß es noch nicht, aber er ist so gut wie tot.

»Gott, wie süß!«, hatte sie gerufen und schnell Hannes umarmt, damit er ihr Gesicht nicht sah. Er konnte nicht wissen, dass sie einen schwarzen Daumen besaß, oder wie auch immer das hieß, wenn einem die Haustiere verreckten. ›Pucki‹ war von der Stange gefallen, der zweite Wellensittich ›Peter‹ war mit Karacho gegen das Dach der Werkstatt geflogen und in die Regenwassertonne gefallen, in der er ersoff. ›Ponto‹, der Hamster, blieb von Ostern bis zu den Sommerferien. Ihre Mutter hatte ihn beim Straßenfegen gefunden. Er war bei dem Versuch zu türmen plattgefahren worden.

Damals am Flughafen hatte Anna gefroren, so wie jeder fror, der aus einem warmen Land im April nach Europa zurückkehrte. In Hamburg hatte gerade vorsichtig der Frühling begonnen. Die Sonne schien, die Menschen saßen draußen in den Cafés, obgleich es viel zu kalt dafür war. »Er ist ein Schleierschwanz«, hatte Hannes im Auto gesagt, und Anna hatte nachdenklich aus dem Fenster gesehen, und die Häuser und die Straßen waren ihr vorgekommen wie eine Kulisse für einen Film. Sie konnte sich nicht mehr vorstellen, überhaupt irgendeine Rolle in dieser Stadt zu spielen. Vielleicht hatte sie alles verlernt, würde sich dumm anstellen, im Büro versagen und im Alltag erst recht. Sie würde verkehrt über die Straße laufen. Nach rechts schauen, wenn von links Autos kamen. Sie hatte Hunger und vermisste den Geruch nach Milliepop, den weiten Himmel über der Farm, die Geräusche auf Alex' Balkon in Tamboerskloof, selbst das nervige Gequietsche der Baukräne am Strand von Bantry Bay. Was die anderen wohl taten?

»Hannes, ich glaube, es war ein Fehler, diesen Job anzunehmen«, hatte sie gesagt.

»Wieso das denn?«, hatte er gefragt.

»Ich werde entweder totgefahren, oder ich werde im Büro versagen.«

»Anna. Du wirst nicht totgefahren. Außerdem: Wie viele Jahre hast du als Journalistin gearbeitet?«

»Ohne die Zeit in Afrika? Acht.«

»Und wie viele Musiker hast du interviewt?«

»Weiß ich nicht mehr.«

Dann hatte Hannes abrupt an einer Ampel gehalten, und die Plastiktüte auf ihrem Schoß war zur Seite gekippt. Anna hielt sie fest, und es kam ihr vor, als hätte der Fisch ängstlich geblickt. Sie hielt die Tüte hoch. »Wie heißt er denn?«

»Wie du willst. Er hat noch keinen Namen.«

»Dante«, hatte sie sofort gewusst. »Wir nennen ihn Dante. Das ist dann ein gutes Omen, dann stirbt er nicht.«

»Wieso soll er denn sterben?«

»Wegen Dantes Tod. Dante, gucke mal, hier.« Sie hatte mit ihrem Finger an die Plastiktüte gepocht, und der Fisch, sie hätte es schwören können, hatte genickt.

»Bist du sicher, dass du nicht Danton meinst?«

»Ist doch egal. Gott, ist der süß. Was frisst der denn? Und wo soll er bloß wohnen? Ich brauche ein Aquarium. Guck mal, guck mal, er hört uns zu!« Hannes hatte einen kurzen Blick auf die Tüte geworfen und – wie man das von seinem besten Freund erwarten konnte – genickt.

Der Typ im Baumarkt kannte sich mit Schleierschwänzen aus. Die durchschnittliche Lebenserwartung betrug fünfzehn Jahre, je nach Haltung und Pflege. Sie waren keine Aquarienfische, war aber das Becken groß genug, gediehen sie prächtig. Dantes Zuhause fasste zweihundertvierzig Liter und besaß eine hellbraune Rückwand. Er bekam eine Höhle mit vier Eingängen, aber keine Pflanzen, die würde er nur auffressen. Alle zwei Wochen brauchte er einen Teilwasserwechsel und jeden Tag ein paar Kugeln Störfutter. Hannes hatte Anna geholfen, die Koffer, das Aquarium, allerhand Liter Aquarienwasser und Dante in ihre Wohnung zu bringen. Dann hatte er sich verabschiedet.

Abends hatte sich Anna vor das Aquarium gesetzt und gesagt: »Hallo, Dante. Ich heiße Anna Born, und ich komme gerade aus Südafrika. Woher kommst du?« Keine Reaktion. Dann hatte sie ihm Musik vorgespielt und von sich erzählt. Von den Bergen im Freestate und von den Wolken, die wie Wasserfälle aus Watte über die Felsen fielen. Von der Wüste und vom Owl House, einem Haus, das eine alte Frau bis in den letzten Winkel mit zerbrochenem Glas verziert hatte, so dass es in der Sonne funkelte wie ein bunter Edelstein. Auch von Alex, und dass sie sich fragte, wie es ihm ging, ob er lebte oder nicht, und dass sie sich wünschte, sie würde sich genau das nicht andauernd fragen. Dante, so schien es, war ein guter Zuhörer, denn er sah sie aufmerksam an. Und er schwamm offenbar am liebsten zu den Four Tops, LTJ Bukem und Bedrich Smetana.

Nun tat er aber so, als habe er sie nicht gehört.

»Was soll ich denn jetzt tun? Soll ich Ludwig noch mal anrufen?«

Dante rührte sich nicht. Er machte einen auf Yoda. Das kannte sie. Er saß dann minutenlang still auf einem Fleck, nur ab und zu schlug er zaghaft mit den Flossen, und in seinem Gesicht lag ein rätselhafter Ausdruck. Man konnte auf ihn einreden, wie man wollte, selbst Musik änderte nichts. Aus seinen großen, runden Augen strömte eine eigenartige Ruhe, und irgendwann – es war nur eine Frage der Zeit – breitete sich die Ruhe auch in einem selbst aus. Keine Yogastunde, keine Meditationsübung und kein noch so großer Joint hatte bisher in Anna bewirken können, was Dante durch sein Schauen gelang: Gedankenstille. Ihr Gehirn stellte das Rasen ein, und Anna versank im Zurückschauen.

Heute aber nicht.

Sie saß ihm gegenüber und dachte im Kreis an Ludwig, an das Büro, an ihre Mutter, und egal, in welche Richtung sie ihre Aufmerksamkeit scheuchte, es gab immer irgendein Hindernis, eine Aufgabe, einen Misston.

Gleich von Anfang an hätte sie es genauso machen sollen wie Dante. Das war überhaupt der erste Fehler gewesen, damals in der allerersten Woche im Büro. Sie hätte alle Leute dort in Grund und Boden starren sollen.

Ihre neuen Kollegen hatten ihr überallhin geschaut, nur nie in die Augen. Sie fragten etwas, sie antwortete, und der Typ – meistens war es ein Typ – nickte dann langsam, schwieg eine Weile, nickte wieder. Sie fühlte sich wie ein Zirkuspferd, das gerade ein Kunststück vorgeführt hatte und nun auf seine Belohnung wartete. Früher hätte sie in solchen Momenten das Reden angefangen, Witze gemacht, um zu testen, ob ihr Gegenüber Spaß verstand, aber damals hatte sie nichts gesagt. Sie wollte nicht schon in der ersten Woche unangenehm auffallen. Sicher sah man ihr an, wie deplatziert sie sich vorkam. Welche Mühe es sie kostete, so zu tun, als wäre das nicht alles sensationell absurd. Sie saß in Konferenzen zwischen gelangweilten Leuten, die sich über Designer, Schuhe und über andere Leute unterhielten. Die meisten hatten gute Zähne, keine radikalen Ansichten und waren schick angezogen. Sie taten alt, aber sie waren jung. Und so selbstgewiss. Das hatte sie am meisten beeindruckt. Sie zweifelten überhaupt nicht. Nicht an ihrem Beruf, nicht an ihrer Kleidung und vor allem nicht an sich selbst. Anna hatte am Anfang kaum verstanden, worüber sie sprachen. Es war wie im Lateinunterricht, wenn sie ihre Vokabeln nicht gelernt hatte. Ludwig war damals auch so gewesen. Er war ihr noch nicht mal richtig aufgefallen. Er hatte sie in sein

Zimmer gerufen und, nachdem er eine Weile auf ihr herumgestarrt hatte, »soso« gesagt. Er hatte wissen wollen, ob sie sich schon eingelebt habe. Verwirrt hatte sie vor seinem blanken Schreibtisch gestanden und überlegt, was »sich einleben« bedeutete. Wo hinein überhaupt? Er hatte gefragt, ob sie nicht die Geschichte über Blumenvasen machen wollte. Dabei hatte er mit einem Kugelschreiber gespielt, den er auf seine Tastatur legte, wieder wegnahm, und Anna nicht angesehen, als wäre sie ein Fleck in der Landschaft, der dem Auge wehtat. Sie hatte damals gedacht: »Das ist ein Test. Der will wissen, ob ich mir zu schade für so etwas bin. Weswegen würde er mir sonst so eine Geschichte aufdrücken? Oder er hält mich für grenzdebil, und das Ganze ist eine Beleidigung. Blumenvasen!« Sie musste an die gelbe Vase aus Afrika denken. Ein französisches Pärchen hatte 1995 ihr Haus in Kapstadt übernommen. Er war Fotograf und von seiner Nachrichtenagentur aus Ruanda zurück nach Südafrika berufen worden. Er hatte ihr einen seiner Bildbände geschenkt. Sie hatte den beiden ihren blauen Küchentisch dagelassen und eine gelbe, bauchige Vase mit roten Punkten. Sie hatten sich gefreut. Als wäre diese dämliche, gelbe Vase ein Schatz. Aber als Anna die Bilder des Franzosen betrachtet hatte, hatte sie begriffen, warum. Es waren kleine Heileweltgerätschaften, die einen manchmal in den Alltag zurückholten. Sie hatte Ludwig damals angesehen, drei Mal »Ja« erwidert, »toller Kuli« hinzugefügt, was ihren Schuhen einen ausdruckslosen Blick von ihm einbrachte, und dann hatte sie sein Büro mit einer Mappe voll Unterlagen über Vasendesigner verlassen. Offenbar hatten aber alle längst bemerkt, wie fehl am Platz sie war. Am Ende ihrer ersten Woche war sie mit dem Textchef im Fahrstuhl ins Erdgeschoss gefahren. Kumpelhaft hatte er zu ihr gemeint: »Mach dir nichts draus. Die checken nur dein Auftreten«, als wären *die* alle anderen und *er* ihr neuer, bester Freund. Anna hatte ihm seine Freundlichkeit nicht geglaubt. Er redete alle ständig mit *Kinders* an und tat so dufte, wie ein zu spät gekommener Hippie in einem Achtzigerjahrefilm.

»Was für ein Auftreten?«, hatte sie gefragt.

Er grinste breit: »Sie können dich nicht einordnen.«

Auf dem Weg zur Bushaltestelle hatte er ihr noch verraten, wie man in der Kantine über sie sprach: »Die hat für Neger in Afrika Platten aufgelegt.« Auf den Partys waren nie Schwarze gewesen. Was sollte das? Abends hatte sie dann mit Hannes telefoniert. Er war nicht mehr zu halten gewesen. »Geil, Anna! Wenn die wüssten, wie sehr sie dich damit adeln: Für Neger in Afrika Platten auflegen!«

»Hannes, ich höre da auf. Ich kann das nicht«, hatte sie gesagt.

»Warum das denn?«

»Ich bin heute Morgen aufgestanden und habe ans Büro gedacht und musste mich übergeben.«

»Bist du schwanger?«

Wütend hatte sie erwidert: »Nein, wie denn? Mir war schlecht! Die stellen mir dauernd irgendwelche Fragen, und ich weiß nicht, was ich sagen soll. Ich weiß noch nicht mal, wovon die reden, und dauernd geht es um *Style.* Es ist nur eine Frage der Zeit, bis die merken, was ich für eine Nulpe bin. Ich gehe da Montag hin und kündige.«

»Auf gar keinen Fall. Du ziehst das jetzt durch. Das ist nur eine Phase.«

Hannes hatte gut reden. Er lebte in Berlin, war Freiberufler, er musste nicht jeden Tag von morgens bis abends in einem Büro mit schicken Leuten sitzen, die einen ansahen, als wäre man ein Mondkalb. Sie gehörte da nicht hin. Sie musste da weg.

»Das ist keine Phase, das ist Instinkt. Und Instinkt ist Verstand, der es eilig hat«, hatte sie gesagt.

Hannes hatte gelacht: »Du redest dir das nur ein. Die sind nicht so schlau, wie sie tun. Du sagst doch immer, es käme darauf an, wie die Geschichten weitergehen, nicht wie sie anfangen! Willst du etwa schon nach einer Woche aufgeben?«

Das Wort saß. Aufgeben. Als er das sagte, wusste sie, dass sie nicht kündigen würde.

Im Nachhinein fiel einem immer alles ein. Was man hätte sagen können. Was man hätte tun müssen. Anna beobachtete, wie Dante das Starren aufgab und sich langsam von ihr wegdrehte. Er wirkte tatsächlich müde.

»Dante«, rief sie. »Was soll ich denn jetzt machen? Soll ich ihm seinen Kram zurückgeben?« Sie besaß nicht viele Dinge von Ludwig. Ein Haufen Tapes und ein Herz aus Papier. Er war auch nur einmal hier gewesen, eine Sensation für ihn.

Dante ließ sich über den Beckenboden treiben. Nein, dachte Anna, eigentlich konnte das alles nicht wahr sein. Ludwig musste wahnsinnig geworden sein. Aber wieso dachte sie jetzt so etwas? Sie war wehleidig. Außerdem stimmte es nicht. Ludwig war nicht wahnsinnig. Er war wortgetreu. Er hatte immer gesagt: »Ich kann es nicht wollen, und ich will es nicht können.« Er hatte damit, so platt es auch klang, die Liebe gemeint. Sie hatte ihm nicht richtig zugehört. Sie hatte nicht einkalkuliert, dass er nicht nur alles genau so meinte, wie er es sagte, sondern dass er auch danach handeln würde. Er tat es bei allen anderen, warum also nicht auch bei ihr? Das war die Verabredung gewesen, und sie hatte so getan, als gäbe es sie nicht. Ludwig war ein Satellit ohne Planet, er wollte niemanden umkreisen, und er brauchte auch keine Gesellschaft, eine Beziehung schon gar nicht. Anna verzog das Gesicht. Aber war sie dann die vergangenen acht Monate blind gewesen? Hatte sie sich das Schöne nur eingebildet? Sie versuchte, sich vorzustellen, Montag wieder ins Büro zu gehen. Wieder in diesen Saftladen und wieder so tun, als wäre nichts. Nein. Schlimmer. Jetzt musste sie ja so tun, als wäre das Nichts nie gewesen. Verdammt. Anna wünschte sich jemanden, der ihr mit einem Gummihammer auf den Kopf hauen würde, dann wäre sie wenigstens bewusstlos.

»Ich kann doch nicht so tun, als wäre nichts passiert! Dante. Sag doch was.«

Der Fisch schlug mit dem Schwanz und stieg wieder auf. Er schüttelte sich dabei hin und her. Seine langen, fast durchsichtigen Flossen wedelten, der glänzende Körper zitterte. Rasch schwamm er nach links, dann wieder nach rechts und malte mit seinen Bewegungen ein Zickzack ins Wasser. Seine Fährte sah aus wie das Löschzeichen beim

Redigieren. Oder wie das Z von Zorro. Anna seufzte und schloss die Augen. Draußen hörte sie Vögel. Welche es wohl waren? Wenn man in England eine Elster sah, sollte man sagen: »Hello, Mister Magpie, how are your wife and children?« Als hätten Vögel eine Familie. Als könnten Elstern Englisch.

Ratlos seufzte sie erneut und stand auf. Sie öffnete die Abdeckklappe des Aquariums und beugte sich hinunter. Das Wasser roch nach Erde. »Morgen kriegst du einen Wasserwechsel, versprochen.«

Anna bückte sich, entnahm dem Regal eine Dose, öffnete sie und ignorierte den üblichen Geruch alter Socken, der aus ihr aufstieg. Sie kippte ein paar braune Kügelchen in ihre Handfläche und warf sie über Dantes Körper ins Becken hinein. Mit einem Haps verschlang er eine fallende Kugel Störfutter. Dann drehte er sich weg.

Rumgammeln brachte jetzt gar nichts. Mama wartete. Sie musste los. Anna klopfte mit dem Finger noch mal an das Aquarium und ging ins Badezimmer, um sich die Hände zu waschen. Beim Blick in den Spiegel fiel ihr ein, dass sie sich jetzt gar nicht mehr die Augenbrauen zupfen musste. Sie könnte auch viel mehr Schokolade essen. Oder vier Hamburger bei Mäckes auf dem Weg zur Autobahn. Lustlos kämmte sie ihre Haare und verließ ein paar Minuten später ihre Wohnung.

Sie fuhr mit ihrem Auto in Richtung Berliner Tor und sah auf die Tankanzeige. Halb voll. Durch den Elbtunnel wäre sie schneller auf der A1, aber sie mochte den Tunnel nicht.

Wasser musste man überqueren, außerdem gab es vor dem Tunnel dauernd Stau. Was Ludwig jetzt tat? Er war sicher im Elbsegler und las Zeitung, wie jeden Samstagmorgen. Oder er saß am Schreibtisch und verfasste sein tägliches Pensum an zwanzig Manuskriptseiten. Dachte er an sie? Nein, er dachte an Deleuze oder an Foucault. Und wenn er doch an sie dachte? Würde das etwas ändern? Nein. Nie würde er ein Gefühl über seine Logik stellen. Nie würde er zulassen, dass etwas Unvorhersehbares wie ein anderer Mensch, schon gar nicht sie, ihn von seiner Laufbahn abbrachte. Er würde auch nicht seine Meinung über sie ändern, wenn er alles über sie wüsste. Es war ein Riesenirrtum, zu meinen, andere Menschen würden einen mögen, wenn sie wüssten, was man am Hals hatte. Es erzeugte keine Nähe, es machte nur den Graben größer. Sie erschraken, oder sie sagten: Ich finde es toll, wie du dich um deine Mutter kümmerst. Dabei kümmerte sie sich gar nicht. Mama wurde von fremden Leuten gewaschen und versorgt, sie wurde von fremden Händen angefasst. Fast jeder Tag begann für sie mit einer Auseinandersetzung in der Dusche, nicht weil sie das Duschen hasste, nicht weil ihr das Wasser so widerlich war wie anderen Leuten Ungeziefer, sondern wegen der Hände. Diese fremden, kalten, widerlichen Pratzen, die einen überall anfassten, als dürften sie das, die nie um Erlaubnis fragten, einfach da hinlangten, grob mit nassen Lappen. Das hatte sie ihr erklärt. Anna wusste, was Ludwig von solchen Geschichten hielt. »Ich will so etwas nicht hören.« Es waren keine Gewinnergeschichten. Gott sei Dank hatte sie Ludwig nie von ihr erzählt, und ihrer Mutter nie von ihm. Sie hielt an einer roten

Ampel und sah, wie eine Frau mit einem Kind die Straße überquerte. Das Kind hüpfte, und die Mutter lachte.

Schwerkrank. Wenn jemand fragte, was ihre Mutter hatte, war schwerkrank das einfachste Wort, aber natürlich fragten die Leute dann weiter. Welche Krankheit denn? So wie die meisten eine Grippe von einem Beinbruch unterscheiden konnten, wollten sie selbst entscheiden, wie schwer schwer war, wie krank war krank denn überhaupt? Klinisch betrachtet litt Mama unter Osteoporose, Diabetes, einem leichten Parkinson, einer Herzschwäche und einer nicht heilbaren Depression.

Als Anna vor zehn Jahren den Haushalt ihrer Eltern auflöste und Tage zwischen Kartons, Haufen alter Kleidungsstücke, randvollen Schränken und Teppichen verbrachte, weil klar war, dass weder ihre Mutter noch sie jemals wieder alleine in diesem Haus leben würde (ihre Mutter konnte es nicht mehr, und Anna hätte lieber lebenslang in einem Zelt gewohnt, als noch eine Nacht dort zu schlafen), hatte sie zwischen altem Silberbesteck eine Schachtel mit Bildern gefunden. Es waren Bilder von früher, aus den Fünfzigerjahren. Ihre Eltern hatten gerade geheiratet. Auf allen Fotos sah man eine lachende, fröhliche Frau. Sie war wahnsinnig elegant gewesen und sah aus wie ein junger Filmstar. Nach Papas Tod war etwas in ihr kaputtgegangen, und niemand, kein Nervenarzt und kein Psychiater, konnte es reparieren. Sie war immer stiller, immer leiser, immer weniger geworden. Sie war in ein Meer aus Traurigkeit geraten, und keiner kam zu ihr durch. Es gab immer neue Kliniken, immer neue Therapien, und irgendwann war sie wiederhergestellt, so dass man sie entließ, ein Pflegefall mit neunundfünfzig. Sie hatte alles vergessen. Ihre Schulzeit, ihre Hochzeit, jeden Streit und jede Träne. Sie hatte die Zeit der Dunkelheit gelöscht. Vielleicht ging es auch nur so.

Die Ampel schaltete auf Grün, und Anna fuhr los. Am Heidekampsweg staute sich der Verkehr. Anna bog nach links ab und suchte eine Querstraße, die sie zur Autobahn führen würde. Neben ihr erhoben sich alte Fabrikgebäude. In einigen gab es Fotostudios. In anderen Autowerkstätten. Hier war auch irgendwo das alte Büro einer kleinen Plattenfirma. Die hatten bis Mitte der Neunziger super Platten rausgebracht, Funk, Soul, wie hießen die noch? Anna nahm die Zigarettenschachtel in die Hand. Fast leer. Sie rauchte zu viel. Dann sah sie ein Hinweisschild und bog nach rechts ab.

Es hatte sie früher wütend gemacht, wenn die Psychofritzen immer wieder die gleichen dummen Fragen stellten: Warum besucht sonst niemand Ihre Mutter? Warum hat sich ihr Vater umgebracht? Was für Hobbys hat denn Ihre Mutter so? Anna saß in Sprechzimmern, ihre Schultasche neben ihrem Stuhl, im Hinterkopf ein Brei aus Hausaufgaben und Wut. Am liebsten hätte sie die Ärzte geschüttelt und angeschrien: Sie wird nicht besucht, weil die Leute auf dem Dorf damit nicht klarkommen, dass eine abrutscht. Sie wollen einander beim Schlachter treffen und beim Schützenfest über den Nachbarn ablästern. Sie wollen nicht in euren Aufenthaltsräumen abhängen, wo die Irren rumgeistern, wo Leute sabbern, Unsinn reden und dahinschlurfen wie Untote. Sie wollen keine soziale Schieflage und keinen Zusammenbruch, keine vollgekotzten Cordhosen und keine

Secondhand-Nachthemden an fetten, aufgequollenen Menschen sehen, und vor allem wollen sie nicht neben einem dahindämmernden Menschen sitzen und nicht wissen, was sie sagen sollen. Was sollen sie fragen? Ob das Essen da gut ist? Nein, ist es nicht, und es ist immer zu wenig. Was sie so tut, den ganzen Tag? Gar nichts. Es gibt eine Beschäftigungstherapie, da lasst ihr sie Körbe flechten. Macht sie da mit? Nein. Sie kann Körbe nicht ausstehen. Und nein, ich weiß nicht, warum sich mein Vater umgebracht hat. Anna hatte den Ärzten damals zugehört und gedacht: Warum? Warum hat er das getan? Warum hat er *uns* das angetan? Früher oder später fragte das jeder. Mama hatte ihn gefunden, aber das wollten die Psychofritzen ja gar nicht wissen. Die wollten wissen, ob Mama Hobbys hatte. Handwerkergattinen haben aber keine Hobbys. Es gab keinen Feierabend. Sie ist auf einem Bauernhof aufgewachsen, später gab es da auch eine Hufschmiede, eine Zimmerei, sie hatten Tiere, einen Garten, viel Arbeit. Als junges Mädchen hat sie mitgeholfen, als Ehefrau auch. Sie hat nie alleine gewohnt. Sie hat nie einen Beruf gehabt und eigenes Geld verdient. Sie hat für ihren Mann die Buchführung gemacht, den Haushalt geschmissen, gekocht, gewaschen, geputzt, und sie saß jeden Nachmittag neben mir, weil ich mich weigerte, ohne sie meine Hausaufgaben zu machen. Hobbys! Wenn sie heute Hobbys hätte, was wären die? Auf mich warten. An Papa denken. Versuchen, nicht an Papa zu denken. An ihre Eltern denken. Versuchen, nicht an ihre Eltern zu denken, denn die sind jetzt auch tot. Sie will nichts hören, sie will nichts erinnern. Anna hatte ihre Gedanken für sich behalten, und ein Jahr später in einem anderen Sprechzimmer in einer anderen Klinik gesessen. Dort war das Essen besser, und sie hatten einen Garten, in dem Patienten aus der Sport-Reha rumliefen. Der Psychofritze dort fragte Anna, warum sie die Einzige war, die ihre Mutter besuchte. Warum sich ihr Vater umgebracht hat. Und ob ihre Mama vielleicht irgendwelche Hobbys habe.

Sie dachten wie Mechaniker. Die Seele hatte einen Knacks, und sie nahmen an, sie sei auseinandergebrochen, weil *etwas* passiert war. Kein Therapeut zog in Betracht, dass vielleicht zu oft *vieles* passiert war oder vielleicht zu lange *nichts*. Schwerkrank. Das war die Summe der kleinsten, kaputten Teilchen, die sich in einem Menschen versammelt hatten und nicht verschwanden. So einfach war das. So schwer.

Vor den Elbbrücken ließ Anna an beiden Seiten die Fenster herunter. Sie fuhr nie anders über diese Brücke, bei jedem Mistwetter, immer mit offenen Fenstern. Es war eine idiotische Angewohnheit. Sie stellte sich vor zu fliegen, oder dass ihr vielleicht etwas ins Auto wehen würde, irgendwas, als würde ihr die Stadt zum Abschied die Hand geben. Lief dabei ein gutes Lied im Radio, war es noch besser. Aber sie hatte vergessen, es anzuschalten. Wie konnte sie die Musik vergessen? Sie ließ den Wind durch ihre Haare wehen, doch sie spürte ihn kaum. Ihre Hände hielten das Lenkrad fest, die Sonne kam von der Seite, das Gebläse pustete warme Luft an ihre Beine, der Wind wehte durch die offenen Fenster, und vor ihr war die Fahrbahn wie leergefegt. Mit jedem Meter, in jeder Sekunde, entfernte sie sich immer weiter von

Ludwig und seiner Welt. Die andere wartete im Süden und streckte bereits ihre trägen Tentakel nach ihr aus. Anna hoffte, dass es ihrer Mutter gut ging. Dass sie nicht im Bett lag. Manchmal stand sie wochenlang nicht auf, schlief die meiste Zeit und stellte sich taub. Selten erklärte sie, warum. Selten weinte sie ins Telefon: »Ich will sterben. Lasst mich doch endlich sterben.« Die furchtbare Verzweiflung in ihrer Stimme ließ Anna schaudern. Es war nicht gut, wenn der Abgrund zurückkam.

In Stillhorn verließ sie die Autobahn, um Zigaretten zu kaufen und noch einen Kaffee zu trinken. Sie parkte, stieg aus und nahm ihr Handy aus der Jackentasche. Keine Nachricht. Wieso auch? Es gab nichts mehr zu sagen. Anna stand reglos auf dem Parkplatz, spürte den Wind im Gesicht, hörte die Autos an sich vorbeirauschen und lauschte wie jemand, der im Ausland die Sprache nicht versteht. Das Leben ging weiter, das sagten sie doch immer. Was für eine Phrase. Wem hatte dieser Satz jemals geholfen?

Sie zog ihre Jacke fester um sich und betrat die Raststätte. Am Buffet schoben Leute ihre Tabletts die Ablage hinauf. Auf ihren Tellern dampfende Würste, braune Soßen über hellgelben Nudeln. Im Altersheim gab es auch bald Mittag. Aber das Sankt Annen war kein Altersheim, es war eine Residenz, und ihre Mutter war auch keine Patientin, sondern eine Bewohnerin. So stand es im Prospekt. Es war keine Residenz, dachte Anna, es war ein Wartesaal. Die Alten warteten auf den Tod, und Mama wartete auch.

Selbst der Ort wartete und wurde darüber älter. Egal, woher sie kam, ob aus Kapstadt oder Hamburg, bei jedem ihrer Besuche kam es ihr vor, als habe sich wieder eine Kleinigkeit verändert. In den Achtzigerjahren hatte es noch eine Spielbank gegeben, im Meerwasserschwimmbad dümpelten Kurgäste herum, in den Cafés flirteten sie mit ihren Kurschatten, und die Schüler vom Gymnasium verbrachten dort ihre Freistunden über heißer Schokolade. Inzwischen gab es mehr Altenheime als Hotels und mehr Rollatoren als Autos. Sie müssten Straßenschilder für die Alten aufbauen. Sie bräuchten Parkplätze für Rollstühle und extra lange Grünphasen an den Fußgängerampeln. Sie könnten die hoppeligen Gehwege im Kurpark endlich vernünftig teeren. Oder den Namen ändern: »Rollatordorf« oder »Zeitlupenhausen«. Anna rückte neben die Kasse auf. Welches Buch hatte Mama nur geworfen? In ihrem Zimmer befand sich bloß eines, das sie als Türstopper für die Balkontür benutzte, einen durch das ständige Herabwerfen völlig zerlumpten Gedichtband von Heinrich Heine.

Anna warf einen flüchtigen Blick auf die Schlagzeilen der Zeitungen, die neben dem Caféautomaten in einem Ständer aufgereiht waren. Popstars beichteten was. Politiker forderten was. Alles wurde teurer, und im Osten gab es Ärger mit Kampfhunden. Anna nahm eine Tasse und stellte sie in den Schacht der Kaffeemaschine, drückte auf Café Crème und wartete. Sie nahm ihr Portemonnaie aus der Handtasche und drehte es in ihrer linken Hand. Es hatte mehr erlebt, als je ein anderes ihrer Portemonnaies. Es war gewebt worden, vermutlich von indischen Maschinenwebstühlen, von Kindern vernäht und mit einem Schwung anderer Hippiesachen in die Welt der Plünnenläden verschickt worden, in einem

Container, gemeinsam mit Räucherstäbchen, Buddhafiguren und Holzketten. Sie hatte es 1995 am Greenmarket Square in Kapstadt gekauft. Es hatte ihr erstes DJ-Gehalt, ein halbes Gramm Kokain, enthalten. Es hatte auf einem Tisch in einer Weinbar in Camps Bay gelegen, als die Panzer vorbeifuhren. Es hatte zwischen Schallplatten gesteckt und im Sand von Noordhoek gelegen. Die bunten Fäden sahen abgegrabscht und fade aus. An der Seite löste sich ein gelbes Stück Stoff. Tina, ihre Kollegin, hatte mal gemeint: »Wie nett, ist das Vintage?« Anna hatte erst überlegt, ihr zu erzählen, warum sie an dem Ding hing, aber sie war sich dumm dabei vorgekommen.

Ihr Haus in Kapstadt hatte damals keine Vorhänge gehabt, und die Klingel hatte von Anfang an nicht funktioniert. Wer sie besuchen wollte, musste an der Vordertür bollern oder durch einen schmalen, beinahe zugewucherten Gang über alte Steinfliesen nach hinten in den Backyard gehen. Alex hatte immer behauptet, das wäre der Grund gewesen, warum nie einer eingebrochen hatte: Es war zu viel los. Zu den unterschiedlichsten Zeiten waren Leute vorbeigekommen, morgens trafen die DJs aus den Clubs ein, weil sie nicht schlafen wollten oder konnten, irgendwer fuhrwerkte immer in der Küche oder im Backyard herum – oder war gerade von zu Hause rausgeflogen, so wie Eric, der wochenlang das Zimmer der Maid bewohnt hatte. Jeden zweiten Tag klopften Bettler, die um Geld baten. Alex hatte sie immer weggeschickt, auf Afrikaans. »Die checken nur, wer alles da ist und ob es was zu holen gibt.« Als Annas Portemonnaie verschwand, war sie erst unschlüssig. Hatte sie es am Strand verloren, war es in der Stadt gestohlen worden? Nachmittags hatte das Telefon geklingelt. Eine Frau sagte, sie habe das Portemonnaie gefunden, Anna könnte es abholen, die Adresse lag in den Townships. Anna kannte die Townships nur aus der *Cape Times*, und Alex lag in der Hängematte und warnte, das wäre eine abgekartete Sache, die Frau habe das geklaut und wolle nur noch mal abkassieren. Natürlich fuhr Anna trotzdem hin.

So schlimm, wie sie es sich vorgestellt hatte, hatte es gar nicht ausgesehen. Arm ja, aber nicht bedrohlich. Sie war an einstöckigen Steinhäusern und an Holzhütten mit Blechdächern vorbeigefahren, die windschief aneinanderlehnten. Auf ungeteerten Straßen, zwischen alten Autos und Gestrüpp, waren ein paar Hühner rumgelaufen. Sie hatte vor einer Hütte geparkt, war ausgestiegen und hatte die Hausnummer gesucht. Sie hatte geklopft und gedacht, wie seltsam, dass sie dort auch keine Klingel hatten, bis ihr eingefallen war, dass es vermutlich keine gab, weil sie sich keine Klingel leisten konnten, und nicht wie sie zu faul waren, um die vorhandene zu reparieren. Eine schwarze Frau hatte ihr die Tür geöffnet und sie stumm angesehen. Anna hatte etwas sagen wollen, doch da hatte sich die Frau bereits umgedreht, sie war ins Haus gegangen, zurückgekommen und hatte Anna das Portemonnaie gegeben. Anna hatte es in die Hand genommen. Es war sonderbar leicht gewesen. Sie hatte es geöffnet. Alles Geld war weg gewesen, aber ihr Ausweis und die Kreditkarten hatten noch dringesteckt. Anna hatte einen Geldschein aus ihrer Hosentasche gezogen und der Frau hingehalten. Von drinnen hatte sie Stimmen gehört, die einen afrikanischen Dialekt sprachen, draußen hatten Autos gehupt, die Sonne hatte auf ihren Rücken geknallt, die Luft staubig geschmeckt. Muffig hatte es gerochen. Sie hatte sich beobachtet und gleichzeitig wie eine Schauspielerin gefühlt, die sich nicht sicher war, ob sie die Rolle richtig spielte. Sie hätte etwas sagen können, aber sie hatte nicht gewusst, was, und in ihrem Kopf hatte sich ein Knoten verfestigt: »Sie hat es geklaut. Nein. Sie ist ehrlich. Sie hat es gefunden. Ich beleidige sie. Kann sie sehen, was ich denke? Ich will ihr glauben. Aber wenn ich gegangen bin, lacht sie sich kaputt. Oder?« Sekunden waren vergangen. Anna hatte der schwarzen Frau den Geldschein hingehalten, die Frau hatte den Geldschein betrachtet, aber nicht genommen, und Anna hatte sich fortgewünscht. Sie hatte nicht herausfinden wollen, wie es gewesen wäre, ein Gespräch zu beginnen, oder ob die Frau gelogen hatte. Sie hatte das bunte Portemonnaie einstecken und schnell wieder in ihr Haus zurückfahren wollen, in eine Welt, die ihr vertrauter gewesen war als jene dort. Sie hatte hinter die Frau ins Haus geblickt. Im Halbdunkel hatte sie Gestalten gesehen, vielleicht Kinder. Auf einem Herd hatte etwas in einem Topf geblubbert, das Milliepop hätte sein können, Maismehl mit Wasser und Salz. Dann hatte die Frau endlich den Geldschein genommen, und Anna hatte das Portemonnaie eingesteckt und war nach Hause gefahren.

Mit einer Tasse Kaffee für drei unverschämte Euro fünfzig und einer Schachtel Zigaretten schlenderte Anna nach draußen. In der Nähe einer Sandkiste sah sie Plastiktische und stellte ihren Becher dort ab. Auf der Autobahn rauschte der

Verkehr. Sie müsste sich beeilen. Müsste. Sie warf einen Blick auf die Uhr. Kurz vor elf. Ihre Mutter saß jetzt vielleicht sogar schon vor dem Speisesaal und wartete. Heute gab es Eintopf. Anna trank einen Schluck und zündete sich eine Zigarette an. Sie holte ihr Handy hervor und tippte eine SMS an Ludwig. Sie schrieb: »Lieber Ludwig.« Dann löschte sie die Zeile. Stattdessen schrieb sie: »Aus?« Dabei gingen ihr Hannes' drei goldene SMS-Regeln durch den Kopf. Erstens: Nie betrunken SMSe schreiben. Zweitens: Nie SMSe schreiben, wenn man es nicht aushielt, keine Antwort zu kriegen. Drittens: Nie SMSe schreiben, wenn man sich in Wahrheit nicht traute anzurufen.

Sie löschte alles und steckte das Handy wieder in ihre Jacke. In ihrem Magen rumorte es. Hatte sie zu viel gefrühstückt? Manchen Leuten schlug alles auf den Magen. Anderen auf den Rücken. Sie war ein Rückentyp. Aber dem ging es gut. Sie lehnte sich im Stuhl zurück. Vor ihr versuchte eine Frau, zwei Kleinkinder auf dem Rücksitz ihres Fords anzuschnallen. Anna strengte sich an zu hören, was sie sagten, verstand aber nichts. Sie stellte sich vor, wie es sich anfühlten müsste, wieder so ein Kind zu sein, und wie sie versuchen könnte, sich gegen die pampige Mutter durchzusetzen, mit Beißen, mit Brüllen, dann schüttelte sie sich. Was war los? Sie sah nach oben. Vorbildlich blau. Herrliches Aprilwetter. Wohin die Frau mit den Kindern wohl fuhr? Hinter ihr öffnete sich die Tür des Cafés. Ein Mann kam heraus und setzte sich an den Tisch nebenan. Er war Mitte fünfzig, trug braune Cordhosen und eine dunkelblaue Windjacke. Er könnte aus Hamburg kommen, vom Meer oder aus dem Büro, vielleicht war er auf dem Weg nach Hause, zur Spätschicht, auf den Bau oder in ein Bauernhaus auf dem Land. Ein Allerweltsmann, von außen. Er nahm eine Zeitung aus der Jackentasche und fing an zu lesen. Anna konnte nicht erkennen, welche Zeitung es war. Sein Gesicht blickte konzentriert, seine Augen wanderten hin und her, dann drehte er die Zeitung um, las die Rückseite. Wusste der, was das für Leute waren, die seine Zeitung vollschrieben? Je länger Anna ihn betrachtete, umso stärker verspürte sie den Wunsch, aufzustehen und ihm die Zeitung wegzunehmen. Am Ende waren es Artikel von Leuten wie Ludwig oder Julius. Sie wollte ihm erklären, dass er genauso gut in einer Kneipe sitzen und dem Gerede fremder Leute zuhören könnte. Dabei hätte er möglicherweise mehr Spaß. Der Mann sah hoch, vielleicht hatte er Annas Blick bemerkt, schnell schaute sie zu Boden. Ihre weißen Nikes strahlten in der Sonne. Sie hatte sie im Juli gekauft, letztes Jahr, am Montag nach dem Treffen in der Amphore.

Im Nachhinein weiß man oft nicht, wie oder wann etwas begonnen hatte. Natürlich hatte damals in der Amphore noch gar nichts angefangen, aber sie hatte am Montag drauf diese Turnschuhe kaufen müssen. Warum? Hatte es an Ludwigs Blick gelegen? Hatte er sie mit einem Augenblitz so erschüttert und sämtliche Leitungen in ihrem Kopf kurzgeschlossen? Gab es einen Turnschuh-Hypnose-Blick, dem jeder Mensch zum Opfer fiel, wenn er sich nur lange genug in der Nähe von Poptrotteln aufhielt? Vielleicht war sie auch nur charakterschwach gewesen, hatte dazugehören wollen.

Dazu!

Wozu denn? Seit heute Morgen sicher nicht mehr zu Ludwig. Er hatte sie aus seiner Welt geworfen. Die Leitungen gekappt. Er dachte jetzt nicht an sie, sondern an seine Kumpel, an irgendein Event, an etwas, das Spaß machte. Garantiert plante er heute Abend ein schickes Essen. Er würde irgendeine Frau abschleppen, nur um sich zu beweisen, wie unwichtig sie gewesen war.

Damals war sie entschlossen in den Laden gegangen, es waren nur diese weißen, schlichten Nikes in Frage gekommen, andere hatte sie gar nicht erst betrachtet, und als sie die Schuhe abends nach Hause trug, hatte sie das Gefühl gehabt, etwas Wichtiges erledigt zu haben. Sie hatte sie Dante gezeigt, und der schwomm vor ihnen auf und ab und schlug fröhlich mit den Schleierflossen.

Sie würden Anna für immer an Ludwigs Blick erinnern, an diese Zehntelsekunden, in denen sie ihn zum ersten Mal richtig wahrgenommen hatte. Vielleicht hatte sie sich schon damals getäuscht. Vielleicht hatte sie sich mit einer Anna-typischen Wucht etwas eingebildet, was es nicht gab. Wenn man sich nach etwas sehnte, sah man es auch. So wie der Typ im Film »Pi« überall eine zweihundertsechzehnstellige Zahl fand, weil er nach ihr suchte. Wenn man nach einem Muster Ausschau hielt, war es plötzlich überall: in den Blättern der Bäume, in den Treppenstufen eines Hauses, in den Ziffern der Bahnhofsanzeige oder in der Anzahl der Atemzüge, die man brauchte, bis der Fahrstuhl kam. Im Film war der Mann darüber verrückt geworden. Sie wackelte mit den Füßen. Das weiße Leder wippte im Sonnenschein. An ein paar Stellen hatte es graue Striemen bekommen. Erinnerungen, abgeschabt. Sie schloss die Augen und hörte dem Rauschen zu.

Damals, als es mit Ludwig und ihr anfing, hatte sie mit Hannes in der Amphore gesessen, und er hatte sich tierisch aufgeregt. »Wie die jetzt alle über Hannelore Kohl schreiben. Vorher hat die Frau niemanden interessiert, und plötzlich sind alle betroffen. Das kotzt mich an. Was hatten die überhaupt mit ihr zu tun? Als wären sie Freunde gewesen!«

Er hatte auf den Stapel Zeitungen gehauen, die vor ihm ausgebreitet auf dem Tisch lagen. »Hier, überall isses drin, was die alle zu erzählen haben. Hannelore Kohl – Das Opfer. Deine schreibt sogar, dass ihr Mann für ihren Tod verantwortlich ist. Woher wissen die das überhaupt?«

»Das ist nicht meine Zeitung. Außerdem finde ich das auch scheiße. Du weißt, wie ich darüber denke.«

Hannes hatte erschrocken geschaut. »Entschuldigung. Da habe ich jetzt gar nicht dran gedacht.«

»Ist schon okay«, hatte Anna erwidert. Er dachte, er darf darüber nicht reden, weil es ihr etwas ausmachte, aber es machte ihr nichts, wenn *er* was sagte. Es störte sie nur, wie sich die anderen aufpusteten. »Kennst du die Regeln für die Berichterstattung beim Selbstmord?«, fragte sie.

»Nein.«

»Erstens: Den Ort geheim halten. Ansonsten wird er zu einem Treffpunkt, einer Kultstätte. Zweitens: Die Methode nicht beschreiben, wenigstens nicht ausführlich. Sie kann für andere eine Gebrauchsanweisung sein. In Japan bringen die sich dauernd mit Kohlenmonoxid um, hier wissen die Leute gar nicht, wie einfach das ist.«

»Du meinst das mit der Garage?«

»Nö. Du legst dich in ein luftdichtes Zelt, zündest ein paar Einweggrills an und schläfst ein. Tut angeblich nicht weh.«

»Ach.«

»Drittens: Den Abschiedsbrief nicht veröffentlichen. Sonst fühlen sich Leute, die bereits über Selbstmord nachdenken, bestätigt. Ah, der sah keinen anderen Ausweg? Stimmt, ich auch nicht.«

»Aber an diese Regeln hält sich doch keiner.«

»Du sagst es.«

»Na toll.«

»Du hast nie aufm Dorf gelebt, oder?«

»Nee, immer nur Berlin. Ist auch ein Dorf, aber warum?«

»Da interessiert man sich brennend für den Nachbarn. Wenn dem was passiert, ist die Kneipe voll. Und hier haben die Leute eben keine Kneipe, sondern eine Zeitung.«

»Apropos Zeitung. Wie läuft es denn jetzt im Job? Besser?«

»Es ist öde und anstrengend«, sagte Anna und ging im Geiste durch, ob es nicht auch Dinge gab, die ihr gefielen. Die Gehaltszahlungen. Die waren gut. Nein, die waren sehr gut. Die Anerkennung, die ihr entgegenschlug, wenn sie wildfremden Leuten erzählte, wo sie arbeitete. Auch die tat gut. Sie gehörte jetzt zu einem Club, der bewundert wurde, wenngleich ihr nicht einleuchten wollte, warum. Sie war wie ein Ersatzspieler beim FC Bayern. Es interessierte niemanden, ob sie auf der Bank saß oder nicht. Der Name des Clubs reichte, und schon schauten die Leute interessiert, erwähnten diesen oder jenen Artikel, oder sie erzählten von einem bestimmten Kollegen, und dass sie ihn auch kannten oder unglaublich gerne lasen. Und ob sie, Anna, denn diesen Faller kannte, einen Mordstypen. Kisch-Preisträger. Irre, was der konnte, nicht wahr?

»Öde und anstrengend gleichzeitig geht nicht«, hatte Hannes damals erwidert.

»Doch. Das Öde ist das Anstrengende. Heute musste ich den ganzen Tag kugelsichere Büstenhalter recherchieren.«

»Was? So was gibt es?«

»Ja, Queen Latifah trägt angeblich welche, aber eigentlich ist das nur ein PR-Gag.«

»Geil.«

»Jetzt fang du nicht auch noch an. Ich fühle mich da wie in einem Zirkus. Und in Konferenzen widerspricht nie einer dem Chef. Weißt du, was bei uns wichtig ist?«

»Nö.«

»Die Schuhe. Es gibt richtige Turnschuhe und falsche Turnschuhe.«

Hannes schaute nach unten, hob einen Fuß. »Sind meine richtig?«

Sie betrachtete seine Schuhe. Es waren auberginenförmige Reeboks aus metallicblauem Leder mit schwarz-goldenen Applikationen.

»Nein, die sind falsch. Das sind Reeboks. Nur Basketballspieler haben diese Schuhe getragen und auch nur ein paar Jahre in den frühen Neunzigern, irgendwo im Mittleren

Westen. Heute gibt es Vintage Nikes und Old School Adidas, die sind jetzt hip.«

»Und wer sagt das?«

»Die Poptrottel aus meinem Büro. Was gerade noch geht, sind Loafer. Die sind sozusagen die Verlängerung von Turnschuh im Hinblick auf den Anzug. Die Mädchen, es heißen alle Mädchen, nicht Frauen, die Mädchen tragen rosa Strickjacken und Ballerinas, neuerdings Bundfaltenhosen. Ach du Scheiße.«

»Was denn?«, fragte Hannes.

»Der Typ da. Das ist unsere Edelfeder.«

An der Bar stand Ludwig Faller. Er trug einen hellen Trench und trommelte mit der Hand gelangweilt auf den Tresen. Dann, als würde er ihre Blicke spüren, drehte er sich um.

»Mist, er hat uns gesehen«, sagte sie, doch Hannes winkte fröhlich. »Den kenne ich doch, von früher.«

»Was, woher?«

Hannes antwortete nicht. Langsam schlenderte Ludwig zu ihnen, er setzte seine Tasse Cappuccino ab und fragte Hannes: »Na, machst du Bekanntschaft mit unserem Wunderkind?«

Anna hätte im Boden versinken können. Wunderkind klang, als wäre sie ein Vollidiot. Sie hörte Hannes sagen: »Die kannte ich schon, als du noch in der Stabi Moos angesetzt hast. Setz dich. Wir reden gerade über Hannelore.«

»Kohl? Wer redet darüber gerade nicht?« Ludwig ließ sich lässig auf den Stuhl sinken. »Coole Schuhe«, fügte er hinzu. Hannes warf Anna ein breites Grinsen hin.

»Wehe«, dachte sie. Als Hannes weitergrinste, runzelte sie böse die Stirn.

»Was ist denn mit euch los?«, fragte Ludwig.

»Och, nichts«, erwiderte Hannes. Anna fixierte den Kaffee, in dem es nichts Interessantes zu sehen gab, während Hannes und Ludwig erst über Schuhe (»hab ich in Rom gekauft«, »'n bisschen over the top, aber cool«) und dann über Musik redeten. Anna hörte kaum hin. Sie betrachtete die Tasse und stellte sich vor, wie sie schrumpfen würde, so wie Alice im Wunderland, sie würde auf den Rand der Tasse krabbeln und in dem See aus schwarzem Wasser untertauchen. Sie schnappte DJ-Namen und Club-Namen auf, Hannes und Ludwig sprachen über Vinyl, das keiner mehr kaufte. Es fielen Worte wie City Rockers, 7inch, Damian Lazarus und Speed Garage. Sie kannten sich vermutlich von irgendeiner Szeneparty. Hannes hing inzwischen überall ab, aber Ludwig? Sie hatte bisher gedacht, er war ein Stubenhocker. Trank nicht, tanzte nicht, fickte nicht – das sagten die Strickjackenmädchen auf dem Flur. Verstohlen betrachtete sie ihn. Sie hätte nie gedacht, dass Hannes den kannte. Ludwig wirkte seltsam normal, nur ein bisschen besser angezogen als die anderen. Aber von ihm ging eine Aufmerksamkeit aus, die das ganze Lokal einbezog. Als habe er hinten im Kopf Augen.

»Und, wie macht sich Annilein bei euch?«, fragte Hannes. Anna widerstand dem Impuls, ihm gegen das Schienenbein zu treten.

»Vorzüglich«, antwortete Ludwig. Seine blauen Augen bohrten sich kurz in ihre Front, als wollten sie einen

Schnappschuss machen, aber dann schaute er sofort an ihr vorbei, hinter sie.

»Du weißt ja wohl, dass sie das größte Archiv an nennenswertem Hiphop seit der Geburt von Iceberg Slim besitzt?«

Ludwig zog die Augenbrauen hoch. Anna starrte Hannes wütend an, der sich nicht beirren ließ. »Die Frau hat mehr Rock'n'Roll im kleinen Finger als eure versammelte Belegschaft im Archiv, außerdem hat sie bessere Musik im Auto als alle Berliner DJs zusammen im Regal, davon kannste ausgehen.«

»Hiphop?«, fragte Ludwig.

Ihr blieb nichts anderes übrig, als zu nicken: »Ja, so ein paar Platten.«

Ludwig grinste, sah ihr in die Augen. Instinktiv wich sie seinem Blick aus. Mann, war das peinlich, dachte sie, und morgen kriege ich Sprüche im Büro zu hören. Danke, Hannes. Das Letzte, was ich brauche, sind die Poptrottel, die mich testen. Kennst du dies, kennst du das.

»Was hältst du denn von der Titelgeschichte?«, fragte Ludwig unvermittelt.

Sie konnte schlecht sagen, dass sie die Berichterstattung widerlich und abstoßend fand. Das hatte sie bereits in der Konferenz nicht gesagt. Feige war sie, ganz schön feige. Sie betrachtete ihre Hände.

»Es ist eine Schande«, mischte sich Hannes ein.

»Mir tut der Kohl leid«, sagte Ludwig.

Anna schaute ihn überrascht an. Leid?

»Und Hannelore etwa nicht?«, fragte Hannes.

»Die ist tot. Aber er nicht.«

»Dann ist das ja erst recht eine widerliche Heuchelei«, sagte Hannes.

»Genau deswegen tut er mir leid. Das ist schlechter Stil.«

»Schlechter Stil? Ist das alles?«, schimpfte Hannes. »Anna, was sagst du dazu?«

Sie konnte nichts dafür, der Satz kam aus ihr heraus, ohne dass sie darüber nachgedacht hätte, und als sie es bemerkte, war es bereits zu spät.

»Ein Selbstmord tötet immer zwei.«

Und als würde dieser erste Satz nicht einfach so schutzlos alleine dastehen dürfen, warf sie ihm welche hinterher: »Ist nicht von mir. Ist von Arthur Miller.«

Hannes und Ludwig schauten nun beide sehr aufmerksam und schienen auf eine Erklärung zu warten. Jetzt war es auch egal. Anna sagte: »Und um Stilfragen geht es hier überhaupt gar nicht. Wenn einer sterben will, haben Außenstehende nicht über ihn zu befinden. Das können wir gar nicht. Aber mir ist schon klar, dass man damit Zeitungen verkauft.«

Anna schaute wieder in ihren Kaffee und konnte Ludwigs Blick fühlen. Sie sah hoch. Seine Augen durchbohrten ihre. Plötzlich empfand sie Höhenangst, wie wenn man an einem Abgrund steht, der einen zu sich hinunterzieht, und wie um einen Schritt zurückzutreten, um nicht zu fallen, suchte sie einen Anschluss, ein schnelles Ende. »Und ja, ich finde die Titelgeschichte ehrlich gesagt zum Kotzen.«

Ludwig und Hannes schwiegen. Anna hätte sich auf den Mund hauen können. Sie sah auf die Uhr. »Ach, Mist. Ich muss ja längst auf der Bahn sein. Tut mir leid.« Ohne einem von den beiden Gelegenheit zu geben, etwas zu erwidern, stand sie auf, nahm ihren Mantel und zupfte ihre Baggy zurecht. »Ich zahl am Tresen. Macht euch noch einen schönen Nachmittag. Wir sehen uns heute Abend, Hannes!«

Es war dieser Blick gewesen, damit war etwas losgegangen. Es war etwas passiert, etwas Unerhörtes, in diesen winzigen Bruchteilen einer Sekunde, in der sie sich fühlte, als habe jemand durch sie hindurchgesehen und sie berührt.

Noch am selben Abend hatte Hannes sie auf den Treppen am Golden Pudel Club aufgeklärt. Er und Faller kannten sich aus dem Studium. Während Hannes nichts verstand, hatte Faller seinen Doktor in vergleichender Literaturwissenschaft über »Zeitkonzepte und deren Dynamiken in den Erzählungen von Thomas Bernhard und Samuel Beckett« gemacht. Als Hannes das Studium schmiss, veröffentlichte Faller bereits sein drittes Buch. Im zweiten war es um »Das Regressvokabular in der Technobewegung« gegangen, im dritten darum, »warum wir alle keine Peilung haben wie Ulysses«. Hannes hatte den Titel vergessen. Faller hing mit DJs ab und galt als Überflieger. Dass er nun bei einer Zeitung gelandet war, überraschte selbst ihn. Er dachte, der würde mal Professor werden. »Ich kenne wenigstens vier Mädchen, die an der Uni unsterblich in ihn verliebt waren, und weitere zwei, mit denen er was hatte. Lass die Finger von dem, der hat eine Meise. Ich meine, er ist ganz in Ordnung, aber ich glaube, als Freund kommt er nicht in Frage.«

»Ich will doch gar nichts von dem«, erwiderte Anna empört.

Hannes grinste. »Ja, ist klar. Und deswegen fragst du mich aus.«

»Man wird doch mal fragen dürfen.«

»Nie in der Firma was mit wem anfangen. Nie. Nie. Nie.« Hannes sah sie ernst an.

»Nein! Ich habe doch nur was gefragt«, hatte sich Anna gewehrt. Hannes kannte ihre Vorliebe für unzugängliche Typen. Er wusste, dass sie sich interessierte, noch bevor sie sich interessierte. Wenn andere Frauen kauzige Männer zum Teufel schickten, weil sie mürrisch oder unhöflich waren, kam garantiert Anna angelaufen und löcherte ihn mit Fragen, hatte er mal behauptet. Er hatte ja recht. Sie stand auf Lächelkrüppel. Man musste die Typen nur an der richtigen Stelle pieken, notfalls Abende lang mit Heiterkeit belästigen, dann kam irgendwann ein Lächeln zum Vorschein, es war nur eine Frage der Zeit. Hannes hatte dafür kein Verständnis. Männer, die sich gaben wie eine Eigernordwand, hatte er gesagt, die blieben auch wie eine: nicht zugänglich, stur und unbarmherzig.

»Als du weg warst, ging so ein Mädchen an unserem Tisch vorbei. Weißt du, was er gesagt hat? Er hat gesagt: Die habe ich auch gestylt.«

»Na und?«, hatte sie geantwortet.

Na und!

»Das war seine Exfreundin.«

»Und wie sah die aus?«

Hannes rollte mit den Augen. »Oh, Anna. Willste noch ein Bier?«

»Nee, Gin Tonic.«

In der Nacht hatte Anna im Sessel vor dem Aquarium gesessen und mit Dante gesprochen: »Der ist schon seltsam, aber zu dir würde er passen. Wir würden ihn Keef nennen, und du könntest ihm beibringen, wie man das Riff findet. Obwohl, er ist, glaube ich, eher bürgerlich. Wir nennen ihn Mick.« Ihr war, als runzelte Dante seine Stirn. In dieser Nacht träumte sie wirres Zeug. Sie war verwirrt.

Sie hatte überlegt, ob sie sich für Ludwig interessierte, und je länger sie darüber nachdachte, umso mehr interessierte er sie. Sie hatte auch überlegt, ob sie sich diesen Augenblick in der Amphore nur eingebildet hatte, doch umso öfter sie sich an ihn erinnerte, umso bedeutsamer wurde er. Am Montagabend hatte sie sich nach der Arbeit die weißen Nikes gekauft. Ludwig hatte im Büro so getan, als habe es das Treffen in der Amphore nie gegeben. Er behandelte sie wie alle, war sachlich, sprach kein Wort zu viel. Anna saß in den Konferenzen und wunderte sich, warum ihm das müde Palaver der Leute nichts ausmachte. Er musste es doch auch spüren, es musste ihn doch aufregen. Aber er hörte sich den Quatsch in aller Seelenruhe an und wirkte wie eine Steinfigur, zu der die anderen beim Reden verstohlen hinsahen. Selbst die Leute, die so taten, als würden sie es nicht tun, taten es. Sie redeten, um ihm zu gefallen. Wenn er dann etwas sagte, widersprach ihm keiner, noch nicht mal sein Kumpel Julius. Ludwig schien zu wissen, was da geschah. Er tat gelangweilt, wenn sich andere aufregten, als würde er allein das Bild des großen Ganzen sehen und wissen, es handelte sich bei dieser unwichtigen Sache, über die gerade ein Haufen Erwachsener erhitzt sprach, um ein Nebengefecht, einen zu vernachlässigenden Schauplatz. Sie stritten über Coolness und Filme, schlugen Geschichten vor, in denen echte

Menschen echt arm waren, da sagten sie ›Donnerwetter‹ und ›Oha‹. Dann ging es wieder um Design und Kunst, zwischendurch auch mal um Politik, dann hackten sie auf der FDP herum und diskutierten, was die Politiker trugen und ob sie in Audis oder in BMWs zu Staatsakten vorfuhren und was das über die Welt aussagte. Nie ging es in den Diskussionen um mehr als um – was eigentlich? Völlig einmütig verlief ein Gespräch über eine Anti-Corporate-Konferenz in München. Die seien viel besser als die 68er, sagten sie. Diese jungen Antikapitalisten waren, was das neue Jahrtausend brauchte: Menschen mit Visionen. Als jemand meinte, mit so einer Titelgeschichte könnte man sicher locker zehntausend Exemplare mehr verkaufen, hätte Anna beinahe laut losgelacht. Verkaufen! Sie versteckte ihren Lacher in einem Hustenanfall. Ludwig ließ sich nichts anmerken. Er blieb konzentriert wie ein Konzertpianist, ein Tänzer auf der Bühne, der keinen Fehler machte. Er ließ sie reden, und dann sprach er laut, bestimmt und tief. Intelligenz und Männlichkeit umgaben ihn wie eine Aura, und Anna konnte nicht aufhören zu überlegen, ob er diese Aura wirklich hatte oder ob sie ihm bloß durch das Duckmäusertum der anderen verliehen wurde.

Da war es bereits losgegangen. Zwecklos, sich etwas vorzumachen. Anna trank noch einen Schluck Kaffee und setzte den Becher wieder ab. Unaufhörlich rauschte der Verkehr vorbei. Hier durfte man nur hundert fahren, aber die Autos wirkten wie Geschosse, jedes hatte ein Ziel. Wie egal das war. Sie saß an dieser Tankstelle und hätte genauso gut im Nirgendwo feststecken können. Das Rennen ging ohne sie weiter. Sie war rechts rangefahren, um Zigaretten zu kaufen, und hatte den Fehler gemacht, einen Kaffee zu trinken und an diesem Tisch Platz zu nehmen. Ihr Hintern klebte an einem Plastikstuhl. Eigentlich könnte sie noch eine Minute hier sitzen bleiben, und noch eine, und dann noch eine, wieso denn eigentlich nicht? Sie könnte wie ein Kriminalkommissar schön der Reihe nach die Fakten auf diesem Plastiktisch ausbreiten. Was war das mit Ludwig und ihr gewesen, wenn es denn gewesen war? Was hatte es für eine Bedeutung, und was sollte sie jetzt tun? Das war ja das Praktische am Rumsitzen. Erinnerungen kamen hoch. Ludwig wollte nicht festsitzen, aber sie, Anna, war der stecken gebliebene Entwurf einer Exfreundin, wenn man sie denn überhaupt so nennen dürfte, das müsste der Kommissar in ihrem Kopf entscheiden, momentan war sie bloß eine fallengelassene, heimliche Geliebte. Sie könnte hierbleiben und weitere Café Crème kaufen, bis es Sommer wurde oder Herbst. Wer würde sie vermissen? Mama, sicher. Aber Ludwig? Vielleicht die im Büro. Aber nicht er.

Natürlich war sie damals schon in ihn verliebt gewesen. Sie hatte sich plötzlich jeden Morgen auf das Büro gefreut. Jeder Tag hatte die Chance auf etwas Neues geborgen, es war wieder spannend geworden. Wenn sie morgens aus dem Bus stieg, sah sie Ludwig manchmal mit dem Fahrrad an sich vorbeifahren. Er war wie ein Schauspieler, dem ein Regisseur unglücklicherweise keinen Streitwagen zugewiesen hatte. Ungelenk stieg er vom Rennrad, schloss es ab und ging mit eiligen Schritten in den Glasbau. Zielgerichtetheit umgab ihn wie eine Wolke. Er machte keine überflüssige Bewegung, plauderte nicht mit den Wachleuten, stand nicht im Flur herum und beteiligte sich an keinem Umtrunk, von denen es dauernd irgendeinen gab. Das hatte ihr gefallen. Er benutzte Worte wie »betrüblich« und »wehevoll«. Das war ihr vorher nie aufgefallen. Er sprach dann wie ein besonders alter, besonders präziser Roman.

Nach Büroschluss hatte sie die Stunden genutzt, um zu arbeiten. Tagsüber war das schlecht möglich, man wurde dauernd abgelenkt. Manchmal blieb Ludwig auch länger, dann steckte er auf dem Heimweg seinen Kopf in ihr Zimmer, sagte »N'Abend« und zog ihn aber immer schnell zurück, als wäre ihr Zimmer kontaminiert.

In den Nächten hatte sie mit einem Glas Weißwein vor dem Aquarium gesessen und für Dante Platten aufgelegt. Sie hatte die seit Afrika nicht angerührten Scheiben sortiert, aber nicht alphabetisch – niemand fühlte von A bis Z –, sondern nach Genre und innerhalb des Genres nach Stimmung. Dante vollzog abenteuerliche Salti und schien die Musik zu lieben. Sie spielte »Moloi« von Umanji, das Tape eines südafrikanischen Sängers, der vorher Polizist gewesen war, und Dante schlug rückwärtige Purzelbäume. An diesen Abenden, aber vor allem, wenn die helle Stimme Umanjis von etwas sang, das selbst in der Fremde Afrikas fremd geklungen hatte, waren ihr die schönen Momente eingefallen.

Einmal waren sie durch eine abgrundfinstre Nacht nach Kurland gefahren. Stunden um Stunden eine steile Bergstraße hoch, es gab schon längst keine Schilder mehr, und hinter jeder Abzweigung drohte die Straße in Geröll und Wald zu verschwinden. Alex und Ben hatten gepennt, Anna war gefahren und hatte das Gefühl gehabt, allein auf der Welt zu sein. Nachtschwarz gähnte der Abgrund neben der Straße, die Wälder ragten unsichtbar in den Berg hinein, es gab kein Handynetz, der Weg bestand nur noch aus tiefen Schlaglöchern, die letzte Tankstelle lag mehr als fünfzig Kilometer hinter ihnen, und obwohl Anna keine Ahnung mehr hatte, wo sie waren, fuhr sie weiter. Weiter, weiter, nur nicht anhalten. Gegen Morgen waren sie angekommen. Sie hatte den Wagen abgestellt und war allein ans Meer gelaufen, hatte sich in den Sand gesetzt und gedacht, dass sie sich ein Leben lang an diesen Moment erinnern würde. Der Wind zerrte an ihrer dünnen Jacke, Sandkörner flogen ihr in die Augen, es war keine Menschenseele am weiten Strand zu sehen, und sie, Anna, hatte sie hierhergebracht. Durch die Nacht.

Oder dieser eine Moment vor der Party bei Chapman's Peak. Ben hatte im Auto gekokst, Alex das Zelt für die Plattenspieler aufgebaut, die anderen Jungs ließen den Generator an, dessen Brummen das Geräusch der Brandung übertönte und der dann wieder erstarb. Anna hatte auf der Klippe gesessen und war im Geiste ihre Platten durchgegangen. Sie war immer die erste und die letzte. Sie legte auf, wenn die ersten Leute eintrafen und ihre Zelte aufbauten, wenn die Sonne unterging und die Menschen langsam begannen zu tanzen – und dann wieder morgens, wenn das Sternbild des Orion hinter dem Felsen verschwand, wenn die Leute müde und erschöpft waren, wenn ihre Nerven fein und bloß in der Luft lagen und man höllisch aufpassen musste, was man spielte. Sie hatte damals über das Meer geschaut und gedacht: »Fly Like An Eagle«, Photek, Air Liquide und Solar Quest. Es war so einfach gewesen, alles.

Und der Morgen auf der Farm im Freestate. Sie hatte damals nicht schlafen können und war aufgestanden, hatte den Campingtisch nach draußen geräumt und die Decks angeschlossen. Das Verlängerungskabel wand sich durch das taufeuchte, knöchelhohe Gras, und erst waren die Klänge der Streicher ins Tal geweht, dann die eines Orchesters. Hinter den Bergen war es hell geworden, das dunkle Grün der Wälder schimmerte, die rote Erde der Felder begann zu leuchten, die Wiesen funkelten, die Blätter trugen silberne Perlen, und dann waren die Pferde gekommen. Langsam waren sie auf Anna zugewandert. Sie mampften, machten ein paar Schritte nach vorne und mampften wieder. Kurz darauf hörte Anna die Glocken der Schafherde, dann hatte sie die Kühe gesehen. Sie kamen aus allen Richtungen, langsam, in aller Seelenruhe, wanderten die Tiere auf den Campingtisch zu. Mit keiner Bewegung verrieten sie, dass sie verstanden, was da aus den Lautsprechern kam. Aber am Ende hatten an die dreißig Pferde, Kühe und Schafe zugehört, wie die Moldau über den Bergen im Freestate verschwand.

Und schließlich das Fest, mit dem die Kapstädter den Beginn der »Season« feierten, das Motto in jenem Jahr war »The Twinkly Sea«, das Blitzen des Meeres, das Gefunkel, wenn die Sonne auf das Wasser schien. Die anderen Mädchen hatten Anna überredet, so wie sie als süße Nixe zu gehen, und hatten sie in den Kostümladen an der Main Road geschleppt. Der Typ hatte sie vermessen und Bustiers entworfen, die so aussahen wie das Gaultier-Oberteil von Madonna. Silberne Spitztitten, die zwanzig Zentimeter von der Brust abstanden. Und ein Tutu aus grünblauem Taft. Eine Woche vor der Party hatte sie den Fummel abbestellt. Sie war keine Nixe. Und sie war auch nicht süß. An der Shell-Tankstelle hatte sie sich einen Haufen leerer Öldosen besorgt. Sie band zwanzig Dosen an ihr schwarzes Minikleid, stülpte eine über ihren Dutt, umrandete ihre Augen rot, lackierte sich die Fingernägel schwarz und kam zum Entsetzen der süßen Nixen als Brent Spar zur Party. »Gestatten, Anna, kaputter Öltank. Hab grad einen Riesenspaß.«

Gott, war sie damals naiv gewesen. »Wenn es vorbei ist, wollen wir uns nur an die schönen Dinge erinnern.« Dieser Satz von Ludwig kam ihr in den Kopf. An die schönen Dinge! David Gray hatte einmal etwas Wahres über die Schönheit gesagt. Sie hatte ihn gefragt, warum er einen schönen Text zu einer schönen Melodie tat und das Ganze dann auch noch schön arrangierte. Er hatte geantwortet: »What's wrong with beauty?« Darauf konnte man nichts erwidern. Es war nichts verkehrt am Schönen, aber Scheiß auf die schönen Dinge. An das Glück erinnerte man sich doch nur, wenn sonst auch alles in Ordnung war. Es war eine Frage der Energiereserven. Anna stand auf, nahm den Becher und stellte ihn auf ein Tablett am Ausgang des Cafés.

Sie ging zurück zum Auto und schloss den Wagen auf. Vielleicht flog das Umanji-Tape irgendwo da herum. Sie setzte sich, öffnete das Handschuhfach, und eine Kassette fiel auf den Boden. Eine von Ludwigs Kassetten. Anna hielt die Luft an. Plötzlich war seine Stimme da, sein Gesicht und sein Grinsen, das Wort: »Aus«. Er hatte es ernst gemeint. Natürlich hatte er das. Sie betrachtete die Kassette, als ob diese sprechen könnte. »Falsche Abzweigung«, sagte das Tonband, »ich führe in die Vergangenheit, und die gibt es nicht mehr.« Sie prüfte ihren Herzschlag. Alles normal. Es war nur eine Kassette. Eilig stopfte sie sie zurück ins Handschuhfach und machte es wieder zu. Sie sollte seine Tapes wegwerfen, aber das machte man nicht. Was hatte sie sich wegen irgendwelcher Typen alles für einen Mist angetan, und was dümpelte nun in ihren Schränken herum: Lemonheads. Stanley Clarke. Heather Nova. Und Oasis, die Superblender. Sie suchte die Seitenablagen ab, fand aber nur Kugelschreiber, Feuerzeuge, alte Straßenkarten und zerknitterte Parkzettel. Kein Tape von Umanji. Sie ließ den Wagen an und schaltete das Radio ein. Die letzten Takte eines Liedes wurden jäh von einer Fanfare unterbrochen. Dann kam Werbung. Kein Sender spielte heutzutage mehr irgendwelche Lieder zu Ende. Hannes nannte das Musikprogramm den kleinsten gemeinsamen Refrain. Anna fand, es war die größte gemeinsame Langeweile. Ludwig hatte gesagt, das müsse man konnotativ betrachten. Anna drehte das Radio leiser und fuhr los.

Als Teenager hatte sie Musik aus dem Radio aufgenommen, saß mit Kassettenrecordern bis weit in die Nacht vor dem Fernseher, weil Talk Talk bei Rockpop in Concert auftraten. Sie hatte Ludwig gefragt, ob er das früher auch so gemacht hatte. Ludwig hatte mit den Achseln gezuckt und gemeint, dass er bis zu seinem achtzehnten Lebensjahr eigentlich nur atonale Musik gehört habe. Kein Pop, hatte Anna scherzhaft gefragt. Keine 12inches, auf die man drei

Wochen lang warten musste? Keine New Romantics, kein Cure, noch nicht mal Front 242? Ludwig hatte den Kopf geschüttelt. Als Anna einmal erwähnte, dass sie acht Jahre lang nach dem Vinyl von Cissy Houstons »Cajun Moon« suchen musste, bevor sie die Scheibe für sechzig Dollar in einem Secondhandladen an der B-Avenue fand, fragte Ludwig, wer denn Cissy Houston sei. Er interessierte sich nur für Kraftwerk, New Order und schwule Housemusik. Seinetwegen hatte sie sich die Manchesterbands noch mal angehört, sie hatte versucht, Melodien zu finden, wo keine waren, sie hatte ihre OMD-Platten versteckt und das pickelige Gejaule unreifer Jungs irgendwann sogar gemocht. Wenn sie hörte, was er hörte, war sie ihm nahe. Aber wenn sie ehrlich war, hatte sie seine Housemusik nie leiden können. Es gab nur wenige wirklich gute Houseplatten. Seine bestanden aus schmelzkäsehaften Stimmen, lieblos gesampelten Fetzen Soul über ambitionslosen 808s. Fröhlich? Ja. Aber doch nicht stundenlang! Sie fädelte sich wieder auf die Autobahn ein und beschleunigte. Jetzt AC/DC.

Je nach Wochentag betrug die Fahrzeit zum Sankt Annen eindreiviertel Stunden. Zweieinhalb, wenn es am Buchholzer Dreieck Stau gab. Anna erwischte sich dabei, wie sie wieder zum Handschuhfach tastete, und zog ihre Hand zurück. Nein. Nicht jetzt auch noch Ludwigs Musik hören. Vielleicht in fünf Jahren, und dann würde sie merken, was für einen Mist sie da reininterpretiert hatte. Wahrscheinlich hatte er ihr gar nichts gemixt. Er hatte irgendwo ein Masterband und kopierte davon immer nur Tapes für die Mädchen, die er beeindrucken wollte. »Blödmann!«, sagte sie laut, aber es nutzte nichts. Als gäbe es nicht genug Strom in ihrem Körper, blieben die Aggregate für Wut und Trauer ausgeschaltet. Seufzend zündete sie sich eine Zigarette an. Hinter Sittensen gab es BFBS, wo die Leute wenigstens Englisch sprachen, wenn sie Unsinn redeten. Aber bis dahin war es noch weit. Sie beschleunigte, drehte an den Senderknöpfen und fand einen Klassiksender. Etwas, das wie Verdi klang, aber garantiert Vivaldi war, füllte das Auto mit Glissandos. »Hab Spaß. Geh einkaufen. Sei heiter. Guck romantische Filme«, hatte Ludwig immer gesagt. Anna ließ die flache Landschaft an sich vorbeiziehen. Was für ein schöner Tag, eigentlich.

Plötzlich scherte ein Laster vor ihr nach links aus. Anna trat auf die Bremse, griff das Lenkrad mit beiden Händen, dabei fiel Zigarettenasche ab, ihr Wagen verlangsamte sich nur wenige Meter vor dem Dreckslaster. Wütend nahm Anna einen Zug. Ohne zu blinken, der Arsch. Sie wischte über das Hosenbein und schmierte dabei eine längliche, graue Schliere auf den dunkelblauen Stoff. Als sie die Hose gekauft hatte, war sie noch eng gewesen. Jetzt saß sie bollerig, beinahe so lose wie eine Baggy. »Geh einkaufen«, murmelte Anna, als der Laster wieder einscherte, und trat aufs Gas.

Natürlich sahen die Poptrottel gut aus. Die gingen ja auch dauernd shoppen. Am Anfang hatte sie sich gewundert, sich gefragt: Wie machten die das nur? Egal, was sie anzogen, es wirkte nie angezogen. Sie waren nicht modisch, sie waren modern. Instinktsicher kombinierten sie Parkas und Loafer, Stoffhosen und einfarbige, enge Pullunder mit V-Ausschnitt. Ludwig trug schwarze Hemden unter braunen Pullovern.

Tina einen kamelhaarfarbenen Staubmantel über einer dunkelblauen Kapuzenjacke von Ralph Lauren. Sie war freundlich zu Anna, doch Anna fühlte sich jedes Mal wie ein Versager, wenn Tina von den Wochenenden sprach. »Wir waren auf dem Darß.« »Wir waren bei Julius' Eltern im Alten Land.« »Wir waren in Büsum und haben Krabbenbrot gegessen.« Anna dachte dann: »Ich war im Sankt Annen, und es gab Eintopf.«

Morgens hatte sie länger gebraucht, um fertig zu werden. In ihrem Schrank gab es ausschließlich hässliches Zeug. Baggys, die in der Wüste praktisch und beim Tanzen sexy gewesen waren, sahen an ihr nun aus wie Müllsäcke und Karnevalskostüme. Man sah jedes Brandloch, den schäbigen Stoff, den unmodernen Schnitt. Das meiste hatte sie noch dicker gemacht, als sie ohnehin schon war. Dick! Man war als Frau immer in den gleichen zwei blöden Situation zu dick: wenn man verlassen worden war oder wenn man sich gerade verknallt hatte. Sie hätte die Sachen weitertragen sollen. Sie hätte stolz darauf sein sollen, eben nicht so auszusehen wie die anderen. Aber was hatte sie getan? Sie war damals in den Flagshipstore hinterm Gänsemarkt marschiert und hatte sich auch so eine Ralph-Lauren-Kapuzenjacke für ungeheuerliche zweihundert Mark gekauft, dann diese blaue Stoffhose und ein paar pastellfarbene Blusen bei H&M und bei Bennetton vier Pullover mit V-Ausschnitt. Als sie zum ersten Mal in einem neuen Outfit ins Büro gekommen war, hatte ihr Tina ein Kompliment gemacht. Anna hatte sich gerade noch zusammenreißen können, um nicht zu erwidern: »Die Hose habe ich von H&M, hat nur zwanzig Mark gekostet.«

Ein dummer Reflex, bei Komplimenten immer genau das zu erwidern: Wo hatte man es her, und wie billig war es gewesen. Das hätte aufs Dorf gepasst, aber nicht dorthin.

»You get the Mädchen out of the Dorf, but you never get the Dorf out of the Mädchen«, hatte sie an Hannes geschrieben. »Und ich habe noch immer keine Ausgehroutine in dieser Stadt, vielleicht will ich auch keine mehr haben. Letzte Woche habe ich Q-Tip verpasst, David Holmes UND Funkstörung. Wenn es Dante nicht gäbe, würde ich gar nicht mehr wissen, wo auf dem Mixer der Fader ist. Ich kann noch nicht mal aus Frust essen; ich habe gerade zwei Kilo abgenommen, um in diese blöde Stoffhose reinzupassen. Und wenn ich ans Wochenende denke, werde ich depressiv.« Hannes hatte ihr ein Mixtape geschickt und geschrieben, sie solle mehr Punkrock und Reggae hören, so was mache selbst Frustköttel wieder froh.

»Kommst du mit shoppen?«, hatte Tina sie an einem Freitagnachmittag gefragt. Anna hatte am Rechner gesessen und versucht, Ordnung in ihre chaotische Ablage zu bringen. Ihr Desktop hatte ausgesehen, als habe eine Horde von digitalen Maulwürfen überall Ordner und Dokumente hochgebuddelt. Zu viele Themen, zu viele Faxe und E-Mails, außerdem kam sie mit der bekloppten Software nicht zurecht. Tina hatte in der Tür gewartet und ihre schwarze Aigner-Handtasche hin- und hergeschwenkt. Sie war unendlich hübsch gewesen, wie sie da stand und höflich auf eine Antwort wartete. Elegant wie Jackie Onassis, apart wie Grace Kelly, liebreizend wie ein kleines Mädchen, so unbeschwert, einfach richtig nett. Mürrisch hatte Anna erwidern wollen:

»Binzufett«, doch sie hatte sich zusammengerissen, stattdessen Tinas heiteren Ton nachgeahmt und gefragt: »Oh. Shoppen. Wohin denn?«

»Mal bei Petra Teufel gucken. Dann wollen wir alle ein bisschen in der Schanze abhängen, im Nil«, hatte Tina geantwortet.

Anna war unschlüssig gewesen. Sie wollte sich nicht im Beisein von Tina in irgendwelche Klamotten reinzwängen. Außerdem hatte sie schon genug Geld für Anziehsachen ausgegeben. »Vielleicht komm ich nach, okay?« Tina hatte genickt, gewunken und dann das Büro verlassen.

Sie saßen am Fenster. Anna hatte sie sofort gesehen. Sie konnte Ludwigs Hinterkopf erkennen, daneben den von Julius, vor den beiden saß ein Kumpel, der Anton hieß und wild mit den Armen vor Ludwigs Gesicht herumfummelte. Sie stellte sich hinter einen Stromkasten und beobachtete die drei. Eine Blondine kam an ihren Tisch, stellte Gläser ab, setzte sich dazu. Anton grinste, die Blondine verzog das Gesicht zu einem Lächeln, senkte den Kopf und schaute aus halb offenen Augen keck in die Runde. Ludwig lehnte sich in dem Stuhl zurück und breitete die Arme aus, reckte sie nach hinten, wie ein Sportler, der eine Dehnübung machte. Dann verharrte er schief im Stuhl. Scheu sah ihn die Blondine an und strich sich eine lange Haarsträhne aus dem Gesicht.

Anna schaute und fühlte sich wie bei ihrem Abi-Ball. Sie hatte damals im Auto gewartet, vor der Schule, dort wo sonst die Busse hielten, und durch die Windschutzscheibe beobachtet, wie ein Mitschüler nach dem anderen in die Aula ging. Die Mädchen trugen fast alle die gleichen schwarzen Samtkleider: schulterfrei, enganliegend, und auf Oberschenkelhöhe bauschte sich ein knallfarbener Satin-Puffrock. Die Jungs trugen Anzüge, die ihnen eine seltsam unpassende Würde verliehen. Alle waren von ihren Eltern begleitet worden, manche auch von den Großeltern. Sie kamen mit feierlichen Mienen, einige lachten und sahen dabei aus wie frisch geschlüpfte Erwachsene. Je länger sie im Auto saß und die anderen beobachtete, umso fremder kamen sie ihr vor. Sie war frei und gleichzeitig ausgeschlossen, von allen im Stich gelassen, was idiotisch war, denn sie besaß eine Einladung zu diesem Ball. Sie hatte eine Zigarette nach der anderen geraucht, bis alle drin waren. Dann hatte sie den Motor angelassen und war zu ihrer Mutter in die Klinik gefahren.

Vor dem Restaurantfenster hatte Anna den gleichen Impuls gespürt: Jetzt gehen. Gehen können. Gehen müssen. Doch dann hatte sie Tinas Stimme gehört: »Hey, du bist ja schon da!« Anna hatte sich umgedreht. Auf Tinas Wangen glänzte ein rosafarbener Schimmer. Sie trug mehrere Einkaufstüten in der Hand. »Komm«, sagte sie, »ich bin halb verdurstet, ich hab eine wahnsinnig schöne Tasche gefunden, zeig ich dir gleich.« Dann ging sie zum Restaurant, und Anna musste ihr wohl oder übel hinterher.

Julius hatte sie als Erster erspäht und gefragt: »Hey, Anna. Warst du noch fleißig?«

»Nee, ich hab vier Stunden Tetris gespielt, und dann habe ich das Büro in die Luft gejagt.«

Julius hatte sie ausdruckslos angesehen, langsam mit

dem Kopf genickt. Ludwig tat so, als wäre sie gar nicht da, und blickte interessiert aus dem Fenster. Anna hatte sich schnell auf einen Stuhl gesetzt. Nicht lustig. Sie war einfach zu blöd. Dann nahmen die anderen eine Unterhaltung wieder auf, die sie offenbar unterbrochen hatten. Irgendein Magazin hatte einen Artikel über die RAF gebracht, den sie groß fanden. Baader fanden sie auch groß. Anna hörte zu, beobachtete insgeheim Ludwig, und es kam ihr wieder vor, als würden sie alle nur für ihn reden.

Palästinensertücher, hatte Anton geschimpft, die dürfe man aber echt nicht tragen, das ginge einfach zu weit. Wieso nicht, hatte sich Anna gewundert, die Frage aber nicht laut gestellt. Vielleicht wunderte sich noch jemand anders und würde fragen. Doch Anton hatte bereits weitergesprochen, das wäre Antisemitismus, und überhaupt sähen die lächerlich aus. Julius grinste und zupfte an den Troddeln seines schwarz-weiß karierten Tuches. Dann sah Ludwig zu ihr hin. Schnell guckte sie weg.

»Und was machst du jetzt im Sommer? Fährst du mit deinen Eltern weg?«, fragte Tina. »Sommer?«, sagte Anna, um Zeit zu gewinnen. Konversation. Das war doch ganz einfach, das hatte sie einmal in einem Artikel über Kreuzfahrtschiffe gelesen. Wenn man beim Captain's Dinner mit dem Kapitän an einem Tisch saß, musste man Themen wie Politik, Sex, Religion, Geld, Krankheit und Sport vermeiden. Stattdessen positive Allgemeinplätze abfragen: Wie es sich so wohnte, da wo man wohnte. Welche interessanten Begegnungen man kürzlich hatte. Was Saisonales, Restaurants, Essen gehen, Reisen. Aber sie wollte nicht über ihre Eltern oder ihre Reisen sprechen. Sollte sie sagen, dass ihre Mutter im Altenheim wohnte? Altenheime waren in diesen Kreisen nicht angesagt. Zudem ging die Mamas Elend nichts an. Sie sah kurz in die Runde und registrierte, dass sich außer Tina ohnehin niemand für sie zu interessieren schien. Die diskutierten noch immer das Tuch.

»Ich weiß es noch nicht. Vielleicht fahre ich gar nicht weg«, hatte Anna gesagt und hörte Ludwig im Hintergrund über die Bedeutung der Ironie sprechen.

»Willst du nicht wieder nach Südafrika? Da warst du doch, oder?«, hatte Tina gefragt.

Drogen und Knast waren ihr durch den Kopf geschossen. Verzweifelt hatte sie nach einer harmlosen Antwort gesucht. Sie zwang sich zu einem lässigen Tonfall. »Ja, eben. Da komme ich gerade her. Das reicht erst mal. Sowieso ist da jetzt Winter.«

»Es soll doch so schön sein. Wir überlegen, da hinzufahren, hast du vielleicht Tipps?«

Wenn du bei einem Junkie wohnen willst. Sie hatte Stoßgebete für spontane Konversationsinspirationen in den Himmel geschickt. Gegenfrage, fiel ihr ein. Man musste einfach eine Gegenfrage stellen. Nur welche?

»Kommt drauf an, was ihr machen wollt«, hatte sie lahm erwidert. »Auf den Tafelberg steigen, Straußensteak essen, Wein trinken, auf Partys gehen, rumfahren?«

»Du hast da als DJ gearbeitet, nicht wahr?«

Beim Wort DJ horchten die anderen plötzlich hin. Anna fühlte ihre Blicke und stellte sich vor, wie es jetzt wäre, auf den Tisch zu springen und die Gläser ins Fenster zu treten.

Doch dann hatte sie einen Geistesblitz. »Ja, ein bisschen. Wo geht ihr denn so hin? Ich meine, tanzen.«

Tina lachte und machte mit ihrem Kopf eine Bewegung zu Ludwig, Julius und Anton. »Die da tanzen nicht. Die stehen nur rum. Aber wenn du mal ausgehen willst, mit uns, sagen wir dir gerne Bescheid.« Er habe einen tierischen Laden entdeckt, meinte Anton, und sofort drehte sich die Unterhaltung um diesen, und was man noch auflegen konnte und was nicht, und ob man noch in den Mojo Club gehen durfte, wo sie jetzt nur noch rückständige Hippiemusik spielten, und Anna schaltete ab.

Eine Stunde später war sie nach Hause gefahren und hatte sich im Bus wiederholt gesagt: »Die anderen wollten nur freundlich sein. Sie stellten Fragen, um mich besser kennenzulernen.« Sie hatte aus dem Fenster geschaut und den Winterhuder Marktplatz betrachtet. Menschen waren mit Einkäufen an bunten Schaufenstern vorbeigelaufen. Wohin sie dieses Jahr in den Urlaub fuhr? Wo es doch so schön war in Südafrika.

Zu Hause hatte sich Anna mit einer Flasche Sancerre und einem Glas vor die Anlage gesetzt und die alte LTJ Bukem gehört, die mit dem Conrad Remix. Wie hätte sie die Stadt beschreiben sollen? Sie war dieser Geruch von Meer, von Gras und Süße, der Geschmack von Lagerfeuer und Sand. Es war der Blick in den Himmel, wenn man in einem Liegestuhl lag und die fremdartigen Blätter betrachtete, die sich in einem warmen Wind hin- und herbewegten und einen ansahen, als würde man hier wohnen, der Dialekt der Suthu, das Schnalzen der Xhosa, das Afrikaans hochnäsiger Mittelstandsweiber, und irgendwann begriff man, dass man tatsächlich hier wohnte, dass man Nachbarn hatte, eine Hausnummer und ein verbeultes Auto in der Auffahrt, weil irgendein bekiffter Postbeamter neulich mit seinem Laster dagegen gefahren war. Natürlich war das ein anderes Kapstadt als das der Touristen, die den Tafelberg bestiegen und ein Foto machten, wenn sie oben waren. Die Straußensteak essen und Elefanten sehen wollten, afrikanische Masken mit nach Hause nahmen und Blechspielzeug an der Ampel kauften. Sie wollten Wein und Sonne tanken, Golf spielen, billiges Koks in ihre Nasen ziehen, vögeln, wandern und surfen. Die meisten wollten surfen.

Und als DJ gearbeitet! Wie das klang. Die meiste Zeit hatten sie Amps hin- und hergeschleppt und die Planen festgehalten, damit ihnen die Plörren nicht wegwehten. Und den Rest der Zeit hatten sich die Jungs darüber gestritten, wer wann auflegte und wer den Dealer bezahlen würde. Sie hätte Tina sagen sollen, dass sie sich da nicht auskannte. »Kenn ich nicht, weiß ich nicht. Ich habe ein Jahr lang im Transvaal auf einem Affenbrotbaum gesessen und runtergespuckt.« Kapstadt. Die hatten keine Ahnung. Und sie würden auch nie eine Ahnung bekommen.

In den Rückspiegeln sah Anna ein Blitzen. Ein Wagen näherte sich mit hoher Geschwindigkeit von hinten, der Fahrer flackerte mit seiner Lichthupe, aber wo sollte sie hin? Dachte der Vollidiot, sie könnte sich in Luft auflösen? Neben ihr fuhr ein Laster. Sie trat das Gas durch, der Blitzer hing ihr nun fast an der Stoßstange. Audipisser. Die Tachonadel ihres alten Opels schob sich langsam auf die 140 zu. Sie spürte Kribbeln im Nacken und versuchte, den Wagen hinter sich zu ignorieren, aber es gelang ihr nicht. Endlich fiel neben ihr der Laster zurück, dann blinkte sie, scherte nach rechts rein, hörte von links ein lautes Röhren und sah einen weißen Porsche an sich vorbeiziehen. Porschepisser. Wenn der einen Unfall baute, würde es wieder Stau geben, und es würde noch länger dauern, bis sie im Sankt Annen ankam. Aber es war uncool, vorsichtig Auto zu fahren. Es war sowieso uncool, sich zu kümmern. Eine Bekannte von Anna hatte letztes Jahr ein Buch über eine Behindertenwerkstatt geschrieben und ihr ein Leseexemplar ins Büro geschickt. Ludwig hatte das Buch auf ihrem Schreibtisch gesehen, einen Blick darauf geworfen und gesagt: »Die soll mit ihrem Gutmenschmüll die Schnauze halten.« Ja. Es war lächerlich, sich für etwas einzusetzen, das nicht »groß« war. Es war betulich. Bemüht. Man fiel damit ohnehin nur aufs Maul. Sie sollte das inzwischen wissen.

Sie hatte Alex im Dezember halb bewusstlos unter dem verdammten Bild gefunden. Ben hatte am Telefon gesagt: »Bring ihn auf die Farm. Bring ihn aus Kapstadt raus, weg vom Drachen. Kommt auf die Farm.« Und sie hatte zugestimmt, obwohl es auf der Welt nichts Nervigeres gab, als mit einem heroinsüchtigen Irren zu verreisen. Erst hatte Alex sechs Plattenkisten in den Kofferraum geladen, dann wieder ausgeladen und einen Amp in den Kofferraum gewuchtet. »Wie willst du damit durch die Gräben fahren?«, hatte Anna wissen wollen. »Wir kommen ja nicht mal durch ein Schlagloch.« »Willst du etwa ohne Platten los?«, hatte er gejammert und dabei immer mehr Platten in den Kofferraum geladen, bis der Uno gefährlich tief auf der Straße lag. Am Anfang war der Drache noch so etwas wie eine Mode gewesen, hatte Ben ihr damals erzählt. Man bekam die Plastikröhrchen billig, eins kostete dreißig Rand. Alex hatte das Zeug geraucht, so wie die meisten aus der Clique. Kein Gras, kein Speed, kein Koks, kein Liquid Acid und auch keine Pilze erschütterten einen so massiv. Man spürte den Tod, man fühlte, wie lebensgefährlich das Zeug war, wenn es sich in jeder Zelle des Körpers ausbreitete wie goldenes Schmieröl. Ben hatte auch gemeint, dass sie das Zeug nahmen, weil es zum Land passte, zu ihrem Leben. Der Drache war wie die Schönheit und der Tod, der an jeder Ecke lauerte, und schließlich auch wie die endlose Langeweile, die sie spürten, wenn sie merkten, dass ihr Abfeiern genauso sinnlos war wie zu versuchen, eine Firma zu gründen, deren Produkte sich neunzig Prozent der Bevölkerung ohnehin nicht leisten konnte.

Anna hatte damals herumtelefoniert und die alte Clique befragt. Niemand wollte sich einmischen. Bowie, Tanja und Wendy, alle meinten, Alex wäre alt genug. Nein, sie wüssten nicht, wo seine Eltern wohnten. Und nein, sie hatten mit dem Scheiß von früher nichts mehr zu tun. Aber wie schön, dass sie wieder zurück war. Wie lange sie denn dieses Mal bleiben würde? Nur zu Besuch? Wie schade. Ob sie sich auf einen Wein in Clifton treffen wollte?

Bis hundert Kilometer vor Lesotho hatte Alex gelabert wie ein Aufziehpapagei, dann war er eingeschlafen. Auf der Farm waren sie gerade angekommen, da wollte er unbedingt nach nebenan, nach Filchers Valley. Kein Wunder. Die Businesshippies verkauften die besten Pilze im Freestate. Keiner von ihnen konnte einen Bruch ausrechnen, aber komplexe Systeme hatten sie drauf. Seelenwanderung. Hypothetische Elementarteilchen. Permakultur. Ein Mal im Monat tranken sie Ayahuasca und verbarrikadierten sich in Schwitzhütten. Keine hundert Meter hätten sich Anton, Julius und Ludwig denen genähert. Eine Minute Trance und die gingen doch stiften.

Und am Ende der Knast. Wie hätte sie das erzählen sollen? Anna zog an ihrer Zigarette. Der Frauenknast in Bethlehem hatte ein absolut stimmiges Sounddesign: einen Knall, der aus Scheppern und Rumms bestand. Dazu kam sofortige Dunkelheit und eine fette Wand aus Gestank. Die Zelle war winzig gewesen, keine vier mal vier Meter, es gab ein kleines Schachtfenster über einem Stahlklo, in einer Ecke stand ein Eimer, daneben lagen zwei Klopapierrollen und ein paar graue Decken auf dem Steinfußboden. Im Halbdunkel hatten sie drei Augenpaare angestarrt. Instinktiv hatte Anna ihre Handtasche geöffnet und sie ihnen gezeigt. Die Augenpaare starrten weiter. Dann war ihr eingefallen, dass die anderen möglicherweise mehr Angst vor ihr hatten als sie vor ihnen. Sie sagte ihren Namen. Die Frauen hatten geschaut, als hätte sie nicht mehr alle Murmeln im Sack.

Eine hieß Gertrud, erinnerte sich Anna. Sie war Ende vierzig und hatte kaum noch Zähne. Sie saß wegen Dacha, wegen Gras. Die andere hieß Angela. Sie war noch sehr jung, vielleicht siebzehn, und trug nur ein Leibchen. Ihre Schlüpfer trockneten an den Gitterstäben. Sie war wegen Einbruchdiebstahls dort. Die dritte stand den ganzen Abend auf dem Klobecken und brüllte irgendwas nach nebenan. Vivienne? Valerie? Sie hatte ihren Freund krankenhausreif geprügelt. Und sie, Anna, hatte auf ihrer Decke gesessen und nacheinander sich selbst, die Beamten vom Einwohnermeldeamt, die Zelle, die Umstände und dann wieder sich selbst verflucht. Sie war naiv gewesen. Sie hatte gemeint, sie könnte mal eben einen Junkie retten und ihr Visum nachträglich verlängern. Sie war in ein Amt auf dem platten Land marschiert und hatte gedacht, dass die sich dort an die Regeln hielten. Sie Vollidiot. Tina hätte vielleicht noch gefragt: Hattest du Angst? Nein. Sie hatte die Angst ausgelassen. Sie hatte einen Stift aus ihrer Tasche geholt, wundersamerweise hatten die Bullen ihr ihre Tasche nicht weggenommen, auch ihr Notizbuch nicht. Und dann hatte sie geschrieben.

Einer der Therapeuten ihrer Mutter hatte Anna einmal versichert, sie würde unter einer reaktiven Depression leiden. Oder war es depressive Repression? Solche Leute mussten in Momenten großer Angst immer irgendetwas tun, egal was. Kuchen backen. Schreiben. Reden. Anna stierte auf die Fahrbahn und sah vor sich die Rückseite eines Lasters. Hinter ihr näherte sich ein anderer. Sie stellte sich vor, wie der vor ihr abrupt bremste und sie von den beiden zerquetscht würde. Sie fühlte wieder dieses Kribbeln im Nacken. Es war etwas Zwanghaftes. Genervt schaltete sie einen Gang zurück.

Damals war das Notizbuch irgendwann voll gewesen, und sie hatte Klopapier benutzt, um weiterschreiben zu können. Sie hatte die kruden Schmierereien an den Wänden betrachtet, Mondlicht fiel durch den Schacht in der Wand, und dann war das Gepolter losgegangen. Nebenan schlugen

Männer mit Eisenketten gegen die Wand und sangen dabei: »Malele Kami So. Ohau Kami So.« Sie klangen wie Galeerensklaven. Anna hatte gefroren und sich vorgestellt, wie die Wand aufbrechen würde, wie Steine auf sie hinabfallen und die Typen langsam durch die Öffnungen kriechen würden. Aber die Wand hielt, die ganze Nacht. Sie hatte sich immer wieder neue Erklärungen ausgedacht, warum sie dort gelandet war. Leichtsinn. Zufall. Fluch. Ja, vielleicht hatte sie einen Tokoloshi, so nannten die Suthu böse Kobolde. Schwarze Sangomas stahlen manchmal kleine Kinder und verwandelten sie in Tokoloshis, winzige Sklaven mit langen Ohren und einem Schwabbelbauch über den dünnen Beinchen. Wenn einem in Südafrika ein Tokoloshi folgte, hatte man dauernd unerklärliches Pech. Oder das Ganze war ein Weckruf des Universums. Möglicherweise hatte irgendein karmischer Knoten nicht gehalten. Im Nachhinein hatte Anna gelacht, als sie ihre Notizen jener Nacht durchgesehen hatte, aber genau so ein Mist war ihr durch den Kopf gegangen.

Am nächsten Morgen hatten die Polizisten sie zum Eingang zurückgebracht. Drei Beamte vom Einwohnermeldeamt hatten an der Tür gewartet, um sie abzuholen und zu deportieren, aber Anna hatte gezögert. Es war ein ganz normales Büro, ein ganz normaler Tag. Die ganze Welt war da draußen, und draußen war alles. Da gab es das Owl House in Nieu Bethesda. Den Spielplatz am Hafen von Kapstadt. Die Farm bei Filchers Valley. Draußen fuhren Touristen die Garden Route hoch und freuten sich auf Delphine. Ein eisklarer Ruck war durch ihren Kopf gegangen. Tina hatte wissen wollen, ob sie Tipps hatte. Ja, hatte sie. Einen. Wenn nichts mehr ging, musste man schreien. Die Suthu fanden das lustig. Die Bullen im Freestate auch. Anna hatte sich damals auf den nächstbesten Stuhl gesetzt und gebrüllt. Auf Deutsch, auf Englisch, sie wusste nicht mehr, was sie alles schrie, aber immer, wenn ihr einer zu nahe kam, brüllte sie noch lauter. Die Männer waren verdutzt. Mehrere Polizisten kicherten. Dann hatte sie Alex und Ben auf der Straße stehen sehen. Bens Vater war da, ein paar Bauern aus dem Tal, andere Männer. »Wir haben die ganze Nacht versucht, dich freizukriegen«, hatte Ben später im Auto gesagt. »Dad wollte sogar mit den Bauern losfahren und das Gefängnis stürmen, aber dann haben wir den Boss vom Einwohnermeldeamt erreicht, und der hat sich furchtbar aufgeregt und sofort bestätigt, dass dein Visum verlängert werden muss und sie dich nicht deportieren dürfen«, er hatte gegrinst und den Jeep bei Ficksburg auf die Schotterpiste gelenkt. Viel nachdenklicher hatte Anna gestimmt, dass sie nun frei war, weil jemand für sie gebürgt hatte. Alex, ausgerechnet.

Eine Woche später hatte das Telefon geklingelt, und jemand hatte ihr diesen Job in Hamburg angeboten. Sie hatte sofort zugesagt. Sie hatte gedacht: Das ist die Rettung. Und einen Tag, nachdem sie mit Hannes sämtliche Koffer und das Aquarium und Dante in ihre alte Wohnung geschafft hatte, rief Alex an. Er sagte, Tanja wäre gestorben. Herzversagen. Sie hatte sich an den Strand gelegt und war nicht mehr aufgestanden. Sie war sechsundzwanzig. Alex klang so wie immer. Dann starb Eric, an einer Überdosis in einem Hotelzimmer in Durban, erzählte Ben kurz vor Weihnachten. Und

Alex? Sie wusste es nicht. Sie wollte es auch nicht mehr wissen. Sie sah in den Rückspiegel, blinkte und scherte wieder aus. Als sie die Laster hinter sich kleiner werden sah, fühlte sie sich besser.

Anna drehte am Radioknopf. Irgendein Beatgewitter. Britney Spears, weg. Eminem, »Stan«, bloß weg. Sie konnte diesen Didosenf nicht mehr hören. Es kam nerviges Soulgeplärre. Macy Gray, auch weg. Dann wurde geredet. Jemand sprach langsam und umständlich. Sie drehte weiter. »Und jetzt hört ihr …«, quatschte eine entsetzlich gut gelaunte Frau. Jingle, Hölle. Anna drehte das Radio leiser. Was war nur mit ihren Ohren los? Nirgendwo fand sie einen Sender, sie ertrug es noch nicht einmal, wie die Leute im Radio sprachen. Ging es ihr inzwischen schon so wie Ludwig? Er hatte ihr mal erklärt: »Du benutzt die Worte falsch. Du bist nicht genau.« Er hatte sie damals halb flehend, halb böse angesehen. Sie sollte nicht so dahinreden. Wände hatten keine Gesichter, Häuser keinen Klang. Ein Bürgersteig war keine Hebebühne, ein Schreibtisch war kein Freund. »Wenn du so redest, macht mich das unruhig«, hatte er gesagt. »Es ist schon schlimm genug, dass du so schreibst. Du versteckst deine Sätze hinter Formulierungen, die keiner versteht.« Er hatte ihre Texte gemeint. Es gäbe in ganz Deutschland sowieso nur drei Frauen, die schreiben konnten. »Wen denn«, hatte sie gefragt. »Kennst du nicht«, hatte er geantwortet. Und heute Morgen hatte sie »okay« gesagt. Er hatte gemeint, dass sie nun alles verstanden hätte. Wegen »okay«? Anna schaltete das Radio ab und bis zum Sankt Annen nicht mehr ein.

Sie blinkte und fuhr von der Autobahn runter. Sie folgte der Landstraße, die sich wie ein Teerwurm durch ein paar verschlafene Dörfer schlängelte und zur Mittagszeit kaum befahren war. Vor dem Sankt Annen parkten ungewöhnlich viele Autos. Sie fuhr die Auffahrt hinauf zum Haupteingang, doch hinter allen freien Parkplätzen hingen Nummernschilder. Vermietet. Die brauchen das Geld echt nötig. Letztes Jahr hatte die alte Direktorin die Übernachtungskosten für Gäste auf fünfzig Mark erhöht und dafür das Frühstück gestrichen. Seit Neuestem nahmen sie den Alten zwei Euro für das Reinbringen eines Tabletts ab. Anna wendete den Wagen und fuhr auf den Parkplatz hinter das Haus. Zwei Männer rollten silberne Container in den Hintereingang. Die Wäsche. Sie wurde zum Waschen nach Thüringen geschickt, das war billiger, aber es gingen dauernd Nachthemden verloren. Die Pullover der Alten hatten inzwischen mehr Kilometer auf der Uhr als ihre Besitzer.

Anna parkte, stieg aus, und sofort spürte sie den Unterschied, als wäre sie in eine andere Atmosphäre eingetreten. Es gab keinen Lärm. Aus der Ferne plätscherte das Wasser des Springbrunnens. Selbst die Luft schmeckte hier anders. Man roch den Regen, der heute Morgen auf das Gras gefallen war. Die Spazierwege waren breit, und vor jedem Haus in der Gegend gab es einen Garten mit einer Hecke oder einer kleinen Mauer. Alles wirkte deutlicher, übersichtlicher. An den Wochenenden rupften hier die Leute in der Nachbarschaft mit kleinen Messern das Unkraut zwischen den Steinen ihrer Auffahrt heraus, sie fegten die Straßen vor ihren Häusern, in jedem Fenster hingen Gardinen, es gab keine Graffitis an den Häuserwänden. Anna hatte in den vergangenen zehn Jahren auch nur einen Punk gesehen, und der arbeitete als Friseur in der Fußgängerzone. An manchen Tagen, wenn sie ihre Mutter im Rollstuhl zum Kurpark schob, wenn sie beobachtete, wie die Menschen hier spazieren gingen, in welcher Seelenruhe sie ihre Autos einparkten, spürte Anna, wie zäh die Zeit hier verging und wie sie ihren Gedanken die Flügel ausriss.

Langsam ging sie zum Spazierweg, der einmal ums Haus herum nach vorne führte. »Hattest du gestern einen schönen Tag?«, würde sie Mama gleich fragen. Und Mama würde antworten: »Ja.« Aber das wäre gelogen.

Vor der Umwandlung zur Seniorenresidenz war das Sankt Annen ein großes Herrenhaus mit Erkern, Wintergärten, hübschen Zinnen an den Ecken und einem riesigen, zugewucherten Park gewesen. Das Gebäude war Anfang der Neunziger von einem Konsortium gekauft worden. Es waren Fahrstühle eingebaut und die Wände versetzt worden, an der rückwärtigen Seite hatte man Balkone angebaut und im Erdgeschoss vor den breiten Fenstern der Pflegegruppen kleine Gärten angelegt, so dass es von innen wie eine Klinik aussah, von vorn aber noch immer wie eine mächtige Villa aus einem Film von Ingmar Bergman. Ludwig hätte der Park gefallen. Im Sommer öffneten sie die Flügeltüren, die über eine Terrasse zu den alten Eichen führten. Wären die Leute nicht gewesen und die weißen Plastikmöbel, es hätte beinahe poetisch ausgesehen.

Zwei Damen mit Rollatoren kamen Anna entgegen. Sie schritten wie kreuzlahme Grashüpfer, wie Insekten mit überlangen Greifarmen, die gemächlich ihre Rollatorendrahtmäuler vor sich herschoben. Artig sagte Anna »Mahlzeit«. Müde erwiderten die beiden den Gruß. Erschöpft schauten sie dann wieder auf den Gehweg. Anna versuchte, sich Julius, Tina und Ludwig als Senioren vorzustellen. Sie würden auf ihrem Flur wohnen und im Café füreinander Plätze freihalten. Sie wären die mit den richtigen Puschen.

Von vorn näherte sich eine Stimme. Die dicke Blonde. Manche Menschen hatten tragende Stimmen, die durch die Luft stachen wie Messer. Die dicke Blonde hatte eine Stimme wie eine Machete. Anna hörte sie: »… uns haben sie ja die schönsten Jahre genommen, … nächste Woche gibt es Schlachteressen, von der eigenen Schlachtung, … in unserem Alter, wer ist da noch gesund …« Niemand beschwerte sich über die dicke Blonde, weil sie nur die Dementen ausfuhr, und die Dementen konnten sich nicht wehren gegen die dämlichen Ratespiele und Rechenaufgaben, gegen das Gequassel über ihre Söhne, der eine Pilot, der andere Sparkassendirektor. Die dicke Blonde war wie die Sekretärin mit der Bicolor-Frisur, die Ludwig hasste. Er konnte schwatzhafte Frauen nicht ausstehen.

Anna ignorierte die beiden, schnippte ihre Kippe in die Rhododendronbüsche und ging weiter. Der frisierte Rasen umarmte einen unförmigen Springbrunnen, der nie länger als bis achtzehn Uhr Wasser spuckte. Die Gartenanlage war gut in Schuss, sagten sie hier. Nirgendwo wuchsen wilde Blumen, stand ein Stück Busch im Weg, in dieser außerordentlich beruhigten Natur konnte man einschlafen.

Der Hausmeister trug Kisten ins Haus. Die Kellnerin,

Frau Brandt, lief ihm hinterher und winkte Anna: »Na, wieder im Lande?« Anna winkte zurück und rief: »Mahlzeit.« Zwei Omas belagerten die Rezeption. Die eine hatte das Wochenblatt in ihrem Rollatorkörbchen, eine andere wollte Wechselgeld. »Mahlzeit«, grüßte Anna beflissen. Die Omas taten so, als wären sie taub. Vielleicht hatten sie Streit mit Mama. Oder sie hatten sie einfach nur nicht gehört. Anna ging zum Büro und fand die Hausdame. »Ich bin jetzt da. Der Direktor wollte mich sprechen.« Die Hausdame nickte. Sie wusste sofort, worum es ging. Anna grinste. Hier wusste sowieso jeder über alles Bescheid, als wären die Leute mit unsichtbaren Nachrichtenkabeln verbunden. Fiel vor der Apotheke am Bahnhof eine Kuh um, wusste das der Kioskbesitzer am Ortseingang schneller, als die Kuh wieder auf den Beinen war. Anna ging durchs Foyer und betrat den Speisesaal.

Immer, wenn es im Sankt Annen Mittag gab, schien es so, als ob die Bewohner wie Dumbos mit Riesenohren an der Decke des Speisesaals schwebten. Sie lauschten. Jemand wurde hineingeschoben. Mahlzeit. Jemand bekam eine zweite halbe Portion. Mahlzeit. Der Klappermann ließ sein Besteck fallen. Mahlzeit. Die Gräfin beschwerte sich über die lauwarme »Bulljong«, plötzlich wurde es still, alle horchten aufmerksam in die Luft, hörten mit, wie überall, beim Friseur, im Café. Sie klebten mit ihren Hörgeräten an den Mündern fremder Töchter und unbekannter Besucher. Sie lauschten, und natürlich ging sie das nichts an, aber wenn die so laut sprachen, da konnten die ja nichts für, richtig? Und sie beobachteten einander heimlich. Wenn Mama beim

Mittagessen ein besonders großer Happen von der Gabel kullerte, schauten sie hin und schnell wieder weg. Sie sahen auch schnell weg, wenn sich jemand in die Hose pinkelte. Sie taten so, als würde die Demente nicht »Hehehe« machen, wenn sie einatmete, »Hehehe«, wenn sie ausatmete, »Hehehe«, sie gaben vor, das nicht zu hören, das »Hehehe«, das mal anschwoll, wenn sie sich aufregte, dann wieder leise wurde und verstummte, wenn sie schlief. Niemand mischte sich ein, wenn die Demente mit entsetzlich böser Stimme rief: »Du Arschloch.« Die Bewohner taten sogar so, als würde der Flur morgens nicht nach Scheiße riechen. Wurde eine Bewohnerin nach ihrem verstorbenen Mann gefragt, versicherte sie stets, er war ein Bild von einem Gatten. Keine war mit einem Mistkerl verheiratet gewesen. Keine war je betrogen, vernachlässigt, verlassen oder geschlagen worden. Keine war mit einem Selbstmörder verheiratet gewesen, so wie Mama.

Stimmengewirr erfüllte die Luft, Besteck klapperte, grelles Neonlicht ließ die Schatten auf dem hellbraunen Linoleumboden verschwinden, und an den Wänden starrten pastellfarbene Engel verträumt in den Saal, in dem etwa dreißig Personen zu Mittag aßen. Es war kurz vor eins. Anna schaute nach rechts, sagte »Mahlzeit«, schaute nach links, »Mahlzeit«, ging weiter, nickte »Mahlzeiten« hin und her, bis sie den Tisch sehen konnte, wo normalerweise ihre Mutter saß. Der Platz war leer. Anna machte kehrt und spähte auf dem Weg nach draußen auf die Teller der Bewohner. Die Betreiber des Sankt Annen ließen das Essen inzwischen größtenteils vorgekocht aus Bremen liefern, das hatte dem Spinat keinen Gefallen getan. Was es heute gab, war dickflüssig und braungrau. Calenberger Pfannenschlag?

Im Café saß die Demente und schlief. Der Klappermann wartete im Foyer. Er hieß so, weil er im Speisesaal immer mit dem Besteck klapperte, wenn er was wollte, so wie ein Drummer die Schlagstöcke aneinanderhaute, um den Takt vorzugeben. Er saß im Rollstuhl wie ein zusammengefallenes Zelt und richtete sich nur mittwochs und freitags auf, wenn ihn die Frau besuchte, mit der er hinter zugesperrter Zimmertür Sex hatte. Es hieß, die Frau wäre seine Nichte. War sie natürlich nicht. Aber es regte sich niemand auf. Im Gegenteil. Die Hausdame hatte einmal zu Anna gesagt, dass sich Männer schneller aufgaben, wenn sie allein lebten. Anna hatte genickt. Frauen kamen vielleicht besser mit dem Alleinsein zurecht. Sie pflegten sich, sie verschwendeten Zeit und Aufmerksamkeit auf ihre Garderobe, gingen zum Friseur, ließen sich die kurzen Haare dauerwellen und toupieren, und auch wenn die Frisur nach wenigen Tagen wie ein grauer, müder Mopp aussah, waren es solche Kleinigkeiten, die sie aufrecht hielten. Als würde die Fassade das Haus stützen und nicht andersherum. Vielleicht hatte Ludwig recht. Es waren Äußerlichkeiten, die einem das Leben retteten.

Einmal hatte Anna in einer Konferenz vorgeschlagen, eine Geschichte über ein Altenheim zu machen. Eine Woche da wohnen, beobachten, beschreiben. Keine Skandalgeschichten, nur den Alltag. Einige Kollegen meinten, das müsse aber auch irgendwie was mit Pflegenotstand zu tun haben. Oder irgendwie auch politisch sein. Andere, unter ihnen Julius, fanden die Idee super. »Freiwillig in den Rollstuhl«, rief er. »Das mache ich!« »Und wirst du dann auch freiwillig dement?«, hatte Anna zickig erwidert. Ludwig beendete die Diskussion: »Anna, recherchier doch noch mal ein bisschen, vielleicht gibt es da ja einen neuen Aspekt.« Am Abend hatte er gefragt: »Was sollte das denn? Ein Altenheim. Das ist was für gestandene Reporter.« Verletzt war sie in sein Wohnzimmer gegangen und hatte »Closer« von Joy Division aufgelegt. Ein neuer Aspekt. Der hatte keine Ahnung, aber sie hatte mal wieder nichts gesagt.

Anna durchquerte das Foyer. An den Wänden hingen neue Bilder. Die Direktorin war vergangenes Jahr wegen Unfähigkeit rausgeflogen, seitdem entschied das Kulturforum, in dem Annas ehemalige Deutschlehrer saßen, über die Ausstellungen. Letzten Monat hatten Pinguinbilder aus der nahe liegenden Grundschule da gehangen. Jetzt waren es Aquarelle in halb richtigen Perspektiven, nachgemalte Modefotos von Cameron Diaz, romantisches Vorpommern, verwischte Pierrots mit nachtschwarzen Tränen. Die Bilder taten den Augen weh. Fanden die Leute so etwas gut? Wieso beschwerte sich keiner? Rasch ging Anna vorbei. Sie fand ihre Mutter beim Friseur. Über ihrem Kopf hing eine eiförmige Trockenhaube, sie trug Lockenwickler im Haar, las in einem Magazin und lutschte ein Bonbon. Die Haube brummte. Langsam näherte sich Anna und legte ihren Kopf auf die Schulter ihrer Mutter. Wie in Zeitlupe schaute ihre Mutter erst nach vorn in den Spiegel, erkannte sie und lächelte. »Kind, wie schön!«

»Alles klar?«

»Alles klar«, grinste sie und schob schmatzend das Bonbon von der einen dünnen Backe in die andere. Anna hätte sie am liebsten sofort ganz fest in den Arm genommen. Sie an sich gedrückt wie ein kleines Kind, aber ihre Mutter war kein Kind, und wenn sie nicht aufpasste, tat sie ihr weh. Trotzdem, wie großartig: beim Friseur abhängen, in Magazinen blättern, Bonbons lutschen, sehr gut. Sie lag nicht im Bett. Sie weinte nicht. Sie hatte keine Schmerzen. Scheiß auf die Nachtwache.

»Wie lange musste noch?«, fragte Anna.

»Wir sind in einer Dreiviertelstunde fertig«, flötete eine Stimme, die Friseurin stand in der Tür. »Nicht wahr, Frau Born?« Aber ihre Mutter betrachtete bereits wieder Königin Sylvia und antwortete nicht. Anna nahm ihren Zimmerschlüssel aus dem Netz, das hinter dem Rollstuhl hing, verließ den Friseursalon, ging zum Fahrstuhl und fuhr in den ersten Stock. An der Wand des Fahrstuhls las sie die Aushänge. Es gab wieder Sitztanz. Am Mittwoch Klönrunde. Samstag Gottesdienst und nächste Woche einen romantischen Abend mit Kerzenschein. Für Pflegebewohner umsonst, alle anderen mussten Eintritt zahlen. Sie betrachtete ihr Gesicht im Spiegel. Sah sie traurig aus? Sah so das perfekte Mädchen aus? Anna versuchte, sich anzulächeln, aber das Gesicht im Spiegel schaute regungslos zurück.

Es piepte. Anna ging den Flur hinab. An den Türen der Bewohner hingen Namensschilder, manche von ihnen waren mit Plastikblumen verziert. Frau Klopp hatte ein Foto von sich unter ihrem Namen. Piep. Anna schritt schneller. Man musste drüber weghören, durfte nicht hinhören, sonst ging es einem auf den Geist, weil es dauernd piepte, irgendwer wollte immer was, aufs Klo, vom Klo weg, ins Bett, aus dem Bett. Das Piepen hörte erst auf, wenn eine Pflegekraft die rote Lampe auf Grün drückte. Das konnte aber dauern. Seit letzter Woche arbeiteten schon wieder zwei Neue von der Zeitarbeitsfirma auf der Station. Die hier hatte rosa Haare und räumte gerade die silbernen Wannen mit dem Essen zurück auf den Rollwagen. Im Aufenthaltsraum saß ein alter Mann und schaute ratlos auf einen leeren Teller. Zwei Frauen dösten am Tisch neben der Balkontür. Dann hörte Anna eine leise Stimme: »Hilfe.«

Sie drehte sich zum Schwesternzimmer um, es war leer. Die mit den rosa Haaren tat so, als habe sie nichts gehört. Anna überlegte, sie anzusprechen, dann hörte sie wieder: »Hilfe.« Die Tür des Berliners stand offen. Es kam von dort. Sie ging hinein.

Sein Bett war leer und zerwühlt. Hinter einem Sessel ragten zwei Pantoffeln hervor. Anna war mit wenigen Schritten bei ihm. Der Berliner lag auf dem Rücken, zwischen Fernsehschrank und Couchtisch. Sie kniete sich zu ihm hin.

»Was haben Sie denn gemacht? Haben Sie sich verletzt?« Er hob den Kopf, erkannte sie und lächelte.

»Schwerhörige Tusneldas«, schimpfte er. »Nie da, wenn man sie braucht.«

Anna hielt ihm beide Hände hin. »Ich helfe Ihnen hoch, okay?«

Der Berliner nickte, streckte ihr seine dünnen, schmalen Hände entgegen. Als sie ihn hochzog, merkte sie, wie leicht er war. Unsicher kam er auf die Beine, trippelte auf der Stelle, keuchte: »Sessel.« Sie drehten sich wie zwei unbeholfene Walzertänzer, dann ließ er sich nach hinten in den Ohrensessel fallen.

»Danke«, flüsterte er atemlos. »Bin hingefallen. Wollte die Rappelkiste ausmachen, Scheißteppich.«

Anna lehnte sich an die gegenüberliegende Sessellehne. »Soll ich trotzdem noch mal klingeln?«

»Um Gottes Willen. Dann kommt das Unheil.«

Anna grinste. Der Berliner berührte ihre Hand und tätschelte sie, als wäre nicht er, sondern sie eben hingefallen. Er strich sich ein paar fusselige weiße Haare aus dem Gesicht.

Der Berliner hieß in Wahrheit Paul Kosolke und war siebenundneunzig Jahre alt. Es war ein Zufall, dass er ins Sankt Annen gekommen war: »Ausgerechnet hierher musste meine Verwandtschaft ziehen. Ich könnte jetzt so schön am Wannsee sitzen, aber nein. Die wollten nach Norddeutschland, und mich haben sie mitgenommen!«, hatte er mal erzählt. Natürlich freute er sich, wenn sein Großneffe zu Besuch kam, und er sah auch ein, dass es dämlich gewesen wäre, allein in Berlin zu bleiben, falls mal was passierte (dabei lachte er immer und sagte: »Wenn denn mal wenigstens wat passieren würde!«), aber er vermisste Berlin, den einzigen Ort auf der Welt, an dem man leben konnte wie ein Mensch. Auch jetzt fragte er Anna: »Na, und was macht Hamburg? Schon die Nase voll?«

Anna lachte. »Wenn Sie so fragen: Ja. Ich glaube, ich ziehe wirklich bald nach Berlin.«

»Mach das, Mädchen. Dünn bist du geworden. Arbeitest zu viel, was?«

Anna ließ sich ihm gegenüber in den Sessel fallen. »Wie geht es Ihnen denn? Alles okay?«

»Ich habs im Rücken. Und ich krieg meine Zeitungen nicht mehr.«

»Wieso?«

»Keine Ahnung. Neulich wollte ich *Die Zeit*. Da sagt eine von diesen Tusneldas ›halb neun‹. Pah.«

Sein »Pah« machte Anna immer gute Laune, genauso wie sein »Tach«. Er sagte nie »Mahlzeit«.

»Und du?«, fragte er. »Zu Besuch? Du warst doch letzte Woche erst da?«

Anna nickte. »Ja. Mama. Gab Ärger.«

»Die sind hier oben nicht mehr das, was sie mal waren. Hat mir deine Mutter erzählt. Benehmen sich, als wären wir im Straflager.« Der Berliner schüttelte den Kopf. »Deine Mutter hat jetzt immer schlimmere Schmerzen, sagt sie.«

Anna wusste nicht, was sie darauf erwidern sollte. Der Hausarzt weigerte sich, ihrer Mutter mehr Novalgin zu verschreiben, das vertrüge sich nicht mit den anderen Medikamenten. Anna schwieg und betrachtete den Berliner. Hinter seinen Augen mussten Millionen von Erinnerungen ruhen. An was dachte er gerade? Und wieso war er immer gut drauf? Wenn sie hier übernachtete und in einem der Besucherzimmer im Bett lag, versuchte sie, sich vorzustellen, wie es wäre, wenn sie hier leben müsste. Sie konnte es nicht. Nicht ohne Widerwillen. Wie bekam man das hin, mit all diesen Leuten, die man ein Leben lang vermieden hatte, mit denen man auch nichts gemein hatte, nur dass man eben alt war? Die Bewohner mit Alzheimer und die Dementen merkten nicht mehr viel. Oder doch? Hörten sie, wie übertrieben freundlich die Stimmen laberten, wenn sie von »mehr Lebensfreude«, »Zuwendung« und »gemeinschaftlichem Miteinander« sprachen? Und wenn ja, machte es sie froh? Machte irgend jemandem hier Bingo wirklich Spaß? Anna hatte den Berliner mal gefragt, ob es ihm nicht auf den Geist ging, das Gerede, die Spielgruppen, das Essen, alles. Der Berliner hatte gelächelt und genickt. »Doch, 'türlich«, hatte er gesagt. »Da muss man die Ohren ausmachen. Wenn die mich stören, schalte ich meinen Kopf um. Ich höre, was die sagen, aber ich bin dann innerlich ein Ausländer.«

Er wirkte zerbrechlich. Würde sie auch einmal so winzig werden? Frauen entschieden sich hier zwischen Ziege oder Kuh, hatte der Berliner mal gemeint. Deswegen würden die im Café auch kleine Herden bilden. Er gehörte zu keiner Clique. Er hatte keinen Kumpel. Anna dachte an Ludwig. Wäre er nett, im Alter? Oder würde er als alter Mann seine Pfleger beschimpfen? Vielleicht bekam er mit siebzig einen Tick. Oder er würde in den Heimbeirat gewählt und die Farbe Beige verbieten.

Ludwig fand es erbärmlich, sich mit so etwas wie der eigenen Rentenversicherung zu befassen. Senioren waren relevant, wenn sie in einer Kolumne vorkamen. Ein Altersheim war nichts weiter als ein gigantisches Simulacrum, und »in Würde altern«, das wäre überhaupt das Allerschwerste, das bekämen nicht mal Männer hin. Ob er mit alten, coolen Männern befreundet war, hatte sie ihn einmal gefragt. »Nein«, hatte er geantwortet. »Ich meide alte Menschen. Ich habe Angst, mich mit dem Tod anzustecken.«

Anstecken! Damals hatte sie gedacht, er wolle sie verarschen. Dann hatte sie vermutet, er hatte vielleicht wirklich Schiss vorm Älterwerden. Sie hatte etwas sagen wollen, doch er hatte den Fernseher lauter gemacht. Es lief eine Dokumentation über Thomas Bernhard, es ging um weiße Wände, und Ludwig hatte dem großen Schriftsteller verträumt zugehört und gesagt: »Krankheit ist das Wetzmesser eines scharfen Verstandes.«

Was hatte überhaupt Würde mit dem Altwerden zu tun? Ludwig hatte keine Ahnung. Nichts war daran würdevoll. Altsein war eine bodenlose Gemeinheit. Die Alten hatten einen Grund, auf die Welt wütend zu sein, weil sie nur noch aus Bingo, Schmerzen, Piepen und nassen Laken bestand. Was wäre, wenn sie noch kräftig wären und allen gleichzeitig der Kragen platzen würde? Der Berliner könnte eine Revolte anzetteln und den Laden auf den Kopf stellen. Er vorneweg, mit Schiebermütze und Spazierstock, gleich hinter ihm die Gräfin und Mama in ihren elektrischen Kampfrollstühlen, bewaffnet mit Schrubbern und Besen. Sie würden die Schäfchenecke zertrümmern, die albernen Aquarelle abfackeln und die Zeitarbeitsmonster mit Bettpfannen vom Hof jagen. Die dicke Blonde würden sie an die Lerche fesseln, wo sie Rätsel und Rechenaufgaben lösen müsste. Sie würden den Koch in den Fischteich schubsen und die Lieferanten des Fertigessens gleich mit. Aus den Bildern des Kunstvereins entstünde im Foyer ein hübsches Feuer. Die Hausordnung würde abgeschafft, von wegen, die Türen um neunzehn Uhr abschließen, und die Herren Direktoren aus Frankfurt sollten nur kommen. Lebensabend.

Altersglück. Der Lebensabend war nicht schön, er war nicht würdig, und das Alter war nur dann ein Glück, wenn einem nichts wehtat, wenn Körperteile und Erinnerungen die Klappe hielten.

»Sie freut sich immer so, wenn du da bist«, sagte der Berliner, und Anna schreckte aus ihren Gedanken.

»Mama? Ja. Wir reden nur nie viel. Sie sagt mir das nicht oft, das mit den Schmerzen. Sie denkt, es würde mich belasten.«

»Ach, reden. Hilft doch auch nix.«

Anna lächelte. »Soll ich Ihnen noch was holen? Haben Sie Durst?«

»Schnaps, Mädchen.« Der Berliner grinste. »Einen Eimer voll Schnaps. Bleibst du bis morgen?«

Anna schüttelte den Kopf und log: »Ich muss arbeiten. Ich fahre heute Abend wieder.«

»Schade«, sagte der Berliner traurig.

Anna fühlte, sie könnte gleich die Beherrschung verlieren, und sie würde ihm von Ludwig erzählen. Unsinn, würde er sagen. Nein, Unsinn würde er nicht sagen. Er wäre nett, er würde ihr nicht wehtun wollen, aber er würde den Kopf schütteln. Würde er es verstehen? Wenn ihr Großvater noch am Leben gewesen wäre, Scheiße, jetzt kamen ihr doch die Tränen hoch. Unterhalb ihres Brustkorbes zog sich etwas zusammen. Es war stickig hier drinnen. Sie stand rasch auf und sagte: »Ich bin dann drüben. Bei Mama im Zimmer. Wenn was ist, rufen Sie drüben an, okay?«

Er nickte, schloss die Augen und lehnte sich zurück. Als sie in der Tür stand, spürte sie einen Stich. Wie jedes Mal, wenn sie den Raum verließ, in dem Mama zurückblieb, in dem irgendein Bewohner des Sankt Annen zurückblieb, schämte sie sich. Sie konnte laufen, die anderen nicht. Sie ging nach Hause, die blieben hier. Sie hatte etwas vor, die lagen im Bett. Sie fuhr los, und Mama blieb allein. Wie machten die Pfleger das bloß? Sie nahmen es nicht mehr wahr. Sie hatten kein schlechtes Gewissen. Sie hatten Feierabend. Du bist kein Altenpfleger, sagte sie sich. Du bist verwandt.

Im Flur sah sie Schwester Petra im Schwesternzimmer herumfuhrwerken. Sie ging hin und klopfte an die Glastür.

»Hallo, alles in Ordnung?«, fragte sie.

Schwester Petra tat so, als habe sie nicht gehört. Konzentriert und offensichtlich unter großem Zeitdruck füllte sie Tabletten in kleine Plastikpöttchen. Es lief immer gleich, hatte ein Pfleger einmal erzählt. Zuerst bekamen die Alten Tabletten wegen des Blutdrucks, die schlugen ihnen auf den Magen, dann bekamen sie welche gegen die Übelkeit, davon bekamen sie Kopfweh, dagegen bekamen sie wiederum andere Tabletten.

Schwester Petra wirbelte mit gehetztem Gesichtsausdruck zwischen zwei Ablagen hin und her, als würde sie von unsichtbaren Armen gezogen, sah kurz hoch, dann sah sie wieder runter, seufzte. Was für eine Show, dachte Anna. Früher hatte sie angenommen, Schwester Petras flinke Augen würden vor lauter Anteilnahme dauernd hin- und herwandern, dann aber stellte sich heraus, dass Schwester Petra nur neugierig war. Oft ließ sie sich von den Bewohnern was schenken, alte Pullis, Obst, Schokolade, irgendwas. Sie mischte sich ungefragt in Unterhaltungen ein oder zwang sie den Leuten auf. Sah sie einen Bewohner beim Lesen, fragte sie in einer Lautstärke, der niemand entkam: Welches Buch er da habe, einen historischen Roman, nein, wie aufregend, ginge es denn gut aus, ein Märchen, ach! Sah sie eine Bewohnerin stricken, wollte sie erfahren: Was wird es denn, für wen, und wann wird er denn, man könnte ja auch einen Pullunder draus machen, nicht? Der Berliner nannte sie alte Schrippe.

»Was war denn mit Mama?«, fragte Anna.

»Ach«, seufzte Schwester Petra und schüttelte den Kopf, was so viel heißen sollte wie: Achwiefurchtbar.

In Anna kroch wieder der Unmut hoch. Ja, die wurden schlecht bezahlt. Ja, sie hatten zu wenig Personal. Sie propagierten zwar in jedem zweiten Rundbrief, dass die Quote ihrer Pflegeversorgung drei Prozent über dem von den Krankenkassen geforderten Durchschnitt lag. Aber das war eine glatte Lüge.

»Hören Sie mal, ich muss nachher mit dem Direktor sprechen. Was ist hier los gewesen?«

Schwester Petra setzte die Tablettenpöttchen ab, kam ein paar Schritte auf Anna zu, wischte sich die Hände am Kittel ab und sah ihr ängstlich ins Gesicht. »Fräulein Born«, fing sie an.

Oh, Gott, die weint ja gleich, dachte Anna.

Dann setzte sich Schwester Petra auf den Drehstuhl und fing tatsächlich an zu heulen. Sie schluchzte: »Ich kann auch nicht mehr. Das ist hier nicht mehr auszuhalten.«

Anna stand daneben und wusste nicht, was sie tun sollte. Sollte sie die Schwester trösten? Das waren doch nur Krokodilstränen. Oder war sie wirklich verzweifelt und konnte nur so dermaßen aufgesetzt rumheulen? Am liebsten hätte sie die Frau geschüttelt und gehörig angeschrien. Was sollte das? Dann bekam sie sofort wieder ein schlechtes Gewissen, weil sie nicht empfand, wie es sich gehörte: mitfühlend, verständnisvoll.

Schwester Petra schluchzte. Die arme Mama sei doch so krank und immer so allein. Dabei zog sie die Nase hoch. *Sie* wurde ja damals auch erst vom Mann, dann vom Kind, man könne das natürlich nicht vergleichen, einen Selbstmord mit einer Scheidung, aber es wäre einfach irgendwann für jeden doch mal zu viel.

Anna stellte sich vor, wie Ludwig reagieren würde. Er würde gar nicht auf diesen versteckten Vorwurf eingehen. Er würde cool bleiben. *Immer so allein.* Schnepfe Petra wusste ganz genau, dass sie so oft kam, wie sie konnte. Oder war das nur ein Standardsatz, so nach dem Motto: *Sie* können Ihre Familie ja nicht so gut kennen wie *wir*, weil *wir* wischen ihnen den Hintern ab, wenn *Sie* nicht da sind. Nein, Schwester Petra wusste, dass sie damals nach Südafrika gezogen war, dass sie über ein Jahr weggeblieben war und danach immer mal wieder länger als drei Wochen verschwand. So etwas machte man nicht als Tochter. Kein Wunder, dass es ihrer Mutter so schlecht ging. Sie hatte doch niemanden mehr. Anna wurde wütend. Sie musste sich zusammenreißen. Dann piepte es wieder.

Schwester Petra zog ein Papiertaschentuch aus der Hose, schnäuzte sich geräuschvoll, dann schaute sie wieder hoch. »Sie müssen mit Frau Wirtz sprechen. Die ist jetzt Pflegedienstleitung. Wir haben hier nichts mehr zu melden.«

»Wer hatte denn gestern Nachtwache?«, fragte Anna.

Schwester Petra holte eine DIN-A4-Mappe aus der Schreibtischschublade und blätterte. »Martin. Station 1. Flügel B. Kenn ich nicht«, sagte sie jammerig.

Anna nickte und wollte sich gerade wieder wegdrehen, da rief Schwester Petra: »Aber bitte nichts sagen.«

»Wovon?«

»Dass ich geweint habe. Bitte.«

»Nein. Aber wenn was mit Mama ist, rufen Sie mich bitte gleich an. Meine Handynummer steht in der Akte. Rufen Sie *mich* an. Ich kümmere mich. Okay?«

Schwester Petra zog noch einmal die Nase hoch, nickte ernst und ging wieder zu den Tablettenpöttchen.

Anna ging zum Zimmer ihrer Mutter, schloß auf und rümpfte die Nase. Wie hielt Mama das nur aus? In der Kochnische im Flur stapelten sich Klamotten, die ihrer Mutter nicht mehr passten. In den Regalen Fotoalben, die sie nicht ansah. Porzellanminiaturbilder hingen an den Raufaserwänden, ein Sparkassenkalender und ein Foto von Anna bei Hagenbecks, aufgenommen vor dem Gehege von Antje, dem Fernsehwalross. Seit zwei Jahren ging ihre Mutter nur noch die wenigen Schritte von Rollstuhl zum Bett, vom Bett ins Bad, vom Bad zum Sofa, von dort in den Sessel. Der stand am weitesten vom Bett weg, oft saß sie dort nicht mehr. Das Wanken war ein Problem, und wenn sie hinfiel, lag sie da, auf dem Perserteppich vor der Schrankwand mit der Glasvitrine, in der goldene Mokkatassen standen, aus denen nie jemand getrunken hatte.

Anna stand unschlüssig im Zimmer und versuchte, sich

vorzustellen, wie es sich anfühlte, jeden Abend hier hinein nach Hause zu kommen. Es ging nicht. Man konnte es nicht wissen, keiner konnte das wissen. Genauso wenig, wie sie wissen konnte, was der Berliner dachte oder was in Ludwig heute Morgen vorgegangen war. Was im Körper ihrer Mutter vorging, hatte sich Anna im Lauf der Jahre zusammenreimen können: Plötzlicher Druck. Ziehen. Rostige Nägel. Dumpfes Pochen. Beißen. Stechen. Und dieser zähe Nebel, der sich breitmachte und alles trübe färbte, gleich morgens nach dem Aufwachen, noch bevor Mama die Augen aufschlug, noch bevor sie bemerkte, dass sie auf einem nassen Laken lag, noch bevor sie aus dem Treibsand ihres traumlosen Schlafes in die Sonne blinzelte. Möglicherweise war das ein bleibender Schaden.

Anna öffnete die Balkontür, nahm den zerlumpten Gedichtband von Heinrich Heine von der Fensterbank und warf ihn hinter sich auf den Boden, damit die Tür nicht zufiel. Sie setzte sich auf den Gartenstuhl. Draußen lag die müde Stille der Mittagszeit über den geklinkerten Häusern des Neubaugebietes. Das Feld gehörte früher dem Bauern Bredemeier. Niemand wollte dort bauen. Aber dann irgendwann doch. Wie viel hatte der wohl verdient, als er es der Gemeinde verkaufte? Und dann ist er gestorben.

Sie zündete sich eine Zigarette an. Es war so ruhig. Man hörte noch nicht einmal die Autos auf der Hauptstraße. Nur ein paar Vögel und die Stimmen der Dementen aus dem zweiten Stock schnitten ab und zu die Luft entzwei. Ein Kaninchen kam aus dem Gebüsch, streckte seinen Oberkörper nach oben, schaute sich um, dann piepte es wieder irgendwo, und blitzschnell verschwand er wieder unter den Ästen. Was wusste sie schon? Es war doch schön hier. Vielleicht war alles in bester Butter, wie man hier sagte. Sie bildete sich alles nur ein.

Damals, eine Woche nach dem Treffen im Nil hatte sie wieder länger im Büro gesessen, als Ludwig seinen Kopf in ihr Zimmer steckte, ihn dieses Mal aber nicht sofort herauszog, sondern in der offenen Tür verharrte und fragte: »Ist eigentlich alles in Ordnung bei dir?«

Überrascht hatte sie geantwortet: »Klar, wieso.«

»Du arbeitest immer so lange.«

»Tagsüber kommt man zu nichts. Abends ist es leise.«

»Na dann«, hatte er gelacht. Was bedeuten konnte: Weiter so. Auch gut. Du kannst mich mal. Oder eben bloß: Na dann.

Als er verschwunden war, hatte sie sich gefragt, was das sollte. Warum hatte er gefragt? War ihre Arbeit schlecht? Es war ein Zeichen von Unfähigkeit, wenn man seine Aufgaben nicht in der vorgegebenen Zeit erledigte. Auch wirkte es nicht souverän, wenn der Schreibtisch aussah, als wäre gerade eingebrochen worden. Unschlüssig hatte sie ein paar Runden Tetris gespielt und sich ausgemalt, wie er jetzt allein nach Hause fuhr. Wo wohnte er überhaupt? Sicher hatte er eine Playstation. Möglicherweise hing er aber auch mit irgendwelchen coolen Leuten im Cox ab und trank Fanta. Dann hatte ihr Handy geklingelt. Hannes war wieder in der Stadt. Anna hatte den Rechner runtergefahren und war zu Fuß durch die Nacht zur Reeperbahn gelaufen.

Im Docks war es heiß, schwül und stickig. Hannes hatte sich zu ihr geschoben und vorgeschlagen: »Lass uns noch einen in der Hafenbar trinken. Daft Punk kommen erst gegen elf.« Anna hatte genickt. Hannes war vorausgegangen. Plötzlich war er verschwunden. Sie hatte ihn gesucht und seine braunen Locken an der Tür erspäht. Er sprach mit einem Typen. Ludwig, ausgerechnet. »Fuck«, hatte sie gedacht, »warum habe ich mich nicht wenigstens geschminkt?« Sie hatte überlegt zu verschwinden, doch die beiden schauten sie bereits an. Entkommen, unmöglich. Sie war hingegangen, und grinsend hatte Hannes gemeint: »Komm Anna, Ludwig will auch noch einen trinken.«

In der Hafenbar fanden sie einen freien Tisch, setzten sich und bestellten. Die Kellnerin war außergewöhnlich hübsch, jung, sehr schmal, mit blonden, langen Haaren im Wasted Look. Sie hatte dunkle Ringe unter den Augen. Anna fragte sich, ob die geschminkt waren. Ludwig und Hannes sprachen über elektronische Musik. Sie sah sich um und erblickte Menschen, die es scheinbar irre freute, hier zu sein und laut miteinander zu reden. Der Laden war voll. Sie stellte sich vor, was passieren würde, wenn jetzt eine Bombe hochgehen würde, und suchte die Zeichen für die Notausgänge.

Als die Blondine zurück an ihren Tisch kam, servierte sie Hannes ein Bier, Ludwig eine Cola, dann wurde sie angerempelt, und das Weißweinglas schwappte über, sie bekam es noch zu fassen, aber zu spät. Anna war durchnässt. Sie blinzelte, wischte sich den Wein aus dem Gesicht. Die Kellnerin entschuldigte sich. »Nichts passiert«, sagte Ludwig zu ihr. Anna traute ihren Ohren kaum, dann sah sie, wie Hannes und Ludwig das Mädchen angrinsten. Es kümmerte sie überhaupt nicht, dass sie jetzt ein halb nasses T-Shirt trug. Anna hätte ihre Köpfe packen und gegeneinanderstoßen können, wie in den Dick-und-Doof-Filmen. Mit gequältem Grinsen bestellte sie erneut einen Weißwein und beobachtete weiter resigniert das Treiben in der Bar. Warum war sie überhaupt hier? Sie wurde ignoriert, sie stank wie ein Alk, also konnte sie sich auch direkt betrinken. Sie hatte sich nur eingebildet, dass sich Ludwig für sie interessierte. Es genügte ein Blick in den Spiegel, um das zu kapieren. Er hatte andere Dinge im Kopf, und die waren blond. In ihrem Gehirn wütete eine Horde aggressiver Vandalen und zertrampelte jede Knospe Verliebtheit, die töricht vor sich hingeblüht hatte. Luftschlösser. Sie hatte sich mal wieder vergaloppiert. Sie spürte Ludwigs Blick auf ihrem Gesicht, als sie den dritten Weißwein trank. Es war ihr scheißegal gewesen.

Um Mitternacht stand sie im Docks vor der Bühne, trug einen Zigarettenfilter im linken Ohr und starrte wie hypnotisiert ins Licht. Sie spürte die Bässe in ihren Beinen, im Bauch und in der Brust. Kinderliederhafte Melodien schraubten sich in ihr Ohr. Die Band war wie Science-Fiction-ELO, und sie war eine urbane Alice im Technowunderland. Sie tanzte und vergaß sich.

Als sie die Augen wieder öffnete, sah sie ihn. Er stand inmitten der Menschen am Bühnenrand, direkt vor der Band, und schaute ihr regungslos ins Gesicht. Er wankte nicht, er stand da wie eine Säule, rührte sich nicht, niemand schubste ihn. Dann nickte er ihr zu. Er lächelte. Sie lächelte zurück. Gewaltiges Stroboskopgewitter tauchte sein Gesicht in flackerndes Licht, dann war er verschwunden. Das Konzert war vorbei.

Anna hatte Hannes gesucht, ihn aber nirgendwo gefunden. Sie hatte sich durch die Menge zum Ausgang geschoben, er ging nicht an sein Handy, und draußen regnete es wie aus Eimern. Sie rannte zum Taxistand. Auf dem Heimweg hatte sie an Ludwig und an die Lichter gedacht, und dann wieder an seine Augen und an den Weißwein. Irgendwie war das süß gewesen. Die friedlichen Straßen waren ihr seltsam schön vorgekommen. Es war zwei Uhr morgens, und in ihr konnten sich Freude und Angst nicht über die Vorherrschaft einigen. Zu Hause hatte sie sich ein weiteres Glas Weißwein eingeschenkt, eine Zigarette angezündet und zu Dante gesetzt. Er schwebte in der linken unteren Ecke des Aquariums und tat so, als wäre sie nicht da. Sie hatte ihm ein Kotelett an die Flossen gelabert: »Ich bin nicht verknallt. Außerdem ist er mein Kollege. Er sieht noch nicht mal gut aus, er sieht okay aus. Nein, stimmt nicht, er sieht schon gut aus. Aber er tut immer so, als wäre ich unsichtbar. Er lebt auch ein anderes Leben. Er trinkt nicht, und er geht normalerweise nie aus. Wenn ich dem erzählen würde, was ich in Afrika erlebt habe, bekommt er entweder Ausschlag oder einen Kotzanfall. Ich glaube, das Schlimmste, was ihm jemals passiert ist, war 'ne Zwei in Mathe. Wenn er mich ansieht, weiß ich nicht, was er von mir will. Wahrscheinlich findet er mich total beschuppt. Und dann macht er diesen Job. Ich meine, das ist doch nichts für immer, was man ein Leben lang machen kann, oder? Und diese Leute. Und seine Freunde. Ich wiege doppelt so viel wie die Tussen aus der Moderedaktion, außerdem kommen die alle aus Akademikerfamilien. Der steht nur auf Models. Aber er hat mir zugelächelt. Dante, sag, meinst du, er hat mich verwechselt? War er nicht in Wahrheit erschüttert, weil ich so scheiße aussah? Wie eine Wurst? Dante. Sag doch was. Dante?«

Der Fisch schwamm mit schlängelnden Bewegungen elegant zur Mitte des Beckens, umkreiste die Höhle und verschwand in ihr. Das konnte alles Mögliche bedeuten.

Anna hatte eine SMS an Hannes getippt. »Bist du noch wach?«

Er hatte sofort zurückgerufen. »Gerade angekommen.«

»Bist du allein?«

»Würde ich sonst anrufen?«, fragte er. Im Hintergrund hörte Anna, wie leise Musik anfing zu spielen.

»Mich hat es erwischt.«

»Du hast BSE.«

»Nein. Ich glaube, ich bin verliebt.«

»Jetzt sag nicht, in Professor Ticktack.«

»Doch.«

»Neeeeeinnnn«, heulte Hannes am Telefon. »Kannst du das nicht abschalten? Bitte, Anna, nicht in die Knalltüte. Der ist kurios, seltsam, komisch, cool, vielleicht auch interessant, meinetwegen alles zusammen, aber bitte, bitte nicht dein nächster Freund!«

»Warum denn nicht?«

»Hör mal, diese Aushilfsrapper, die mir hier gerade auf die Nerven gehen, haben *einen* guten Doppelreim. Einen, und der geht so: *Ich muss das mit Bedauern sagen, du hast einen Dauerschaden.*«

»Du bist gemein.«

»Nicht du. Er. Ludwig. Der hat einen Dauerschaden.«

»Mh«, sagte Anna. Dann fragte Hannes: »Weiß Professor Ballaballa denn überhaupt von deinem entflammten Frontallappen?«

Sofort war sie auf hundertachtzig. »Wehe, du sagst was! Wehe! Versprich mir sofort, dass du kein Wort sagst, dass du keine Andeutungen machst, nicht versuchst zu kuppeln und dass du ihm keine peinlichen Geschichten über mich erzählst. Nein, warte, du erzählst ihm am besten gar nichts über mich, versprich es.«

»Und wenn er mich was fragt?«

»Hat er dich was gefragt? Was wollte er denn wissen? Was hat er gesagt?«

»Gar nichts. Er hat mich gar nichts gefragt.«

»Versprich mir sofort, dass du nichts sagst.«

»Natürlich sage ich nichts. Bin ich dein bester Freund?«

»Ach, Hannes. Was soll ich denn machen?«

»Auswandern. Schnell.«

»Ehrlich?«

»Ja. Ich sehe am Ende dieses, deines, neuen Weges Tränen, Wut und Verzweiflung. Warte, nein, ich sehe noch etwas: Ruin, Krankheit und Krieg. Ich weiß, dass du das auch siehst, und ich weiß auch, dass du dafür blind bist. Und nein, sag mir jetzt nicht, es ist alles ganz anders und überhaupt nicht so wie bei Bongo.«

»Er hieß Hugo.«

»Meinetwegen Hugo. Gab es nicht auch einen Bongo?«

»Das war Ben, und das war in Südafrika, und wir waren nicht zusammen.«

»Wenigstens fängt dieser hier nicht mit B an. B wie Blödmann.«

»Nein. L wie …«

»Lutscher?«

»Hannes! L wie …«

»Lord Voldemort?«

»Gute Nacht.«

»Schlaf! Vielleicht hast du morgen alles vergessen.«

Vergessen. Als würde das bei ihr funktionieren. Anna nahm ihr Handy aus der Jackentasche. Keine Nachricht. Natürlich nicht. Sie tippte eine SMS: »Lieber Ludwig.« Dann löschte sie die Buchstaben und steckte das Handy wieder in ihre Jacke. Wieder piepte es irgendwo. Ein krankes hohes C.

Mitte September war sie ins Chefzimmer gerufen worden. Madonna saß in Strapsen und Korsage auf einem antiken Stuhl vor einem rotgoldenen Brokatvorhang.

Anna hatte sich über das Foto gebeugt und gefragt: »Und?«

»Gardinen!«, riefen Ludwig und der Chef. »Wir machen ein Designheft. Und du sprichst in deinem Interview mit Madonna über Gardinen.«

»Nein«, sagte sie sofort.

»Doch«, widersprach Ludwig euphorisch und schnippte mit den Fingern. »Du musst das machen.«

»Warum?«

»Weil es sonst keiner kann.«

»Das ist ein Scoop«, rief der Chef.

»Was ist ein Scoop?«

»Damit werden wir, damit wirst du zitiert.« Ludwig hatte ihr zugezwinkert. Sie hatte gedacht: Wieso zwinkerte er, das tat er doch sonst nie. Sie war verlegen geworden und hatte versucht zu lächeln, damit er nicht sah, wie sie sich fühlte. Machte er sich über sie lustig? Flirtete er? Vor dem Chef? Irritiert faselte sie das Erste, was ihr einfiel: »Das Foto ist doch uralt. Das Bild ist vom vorvorletzten Album.« Aber sie wusste, das war denen egal. Die schrieben Gurke unter ein Foto von einem Rentier und fanden das cool. »Ich mag Gardinen nicht«, hatte sie am Schluss gesagt.

Ludwig hatte gegrinst: »Das wird groß.«

Anna verbrachte die darauffolgenden Abende mit Büchern und Platten und suchte nach Ideen, wie man so ein beknacktes Gespräch anfangen konnte, ohne aus dem Zimmer zu fliegen. Es war nur ein Round-Table-Interview, sagte sie sich. Aber war das am Ende nicht noch schlimmer, wenn sie sich vor lauter anderen Journalisten blamierte?

»Hannes, was soll ich tun?«, jammerte sie am Abend vor dem Interview ins Telefon. Hannes lachte: »Mach es.«

»Wenn du jetzt sagst, das wird groß, lege ich auf.«

»Nein, das ist der größte Mist überhaupt. Aber es ist lustig.«

»Für euch alle vielleicht.«

»Geradeaus ist immer am besten.«

»Ist klar.«

Im Foyer eines Düsseldorfer Hotels hatte sie dann die anderen fünf Journalisten getroffen, sich vorgestellt und von ihrem Auftrag erzählt. Der Typ von der *Bild* schaute mitfühlend, so einen Schwachsinn musste selbst er nicht machen. Die fünf Männer boten an, ihr die ersten Minuten abzutreten. Sie würden schweigen.

Als Madonna ins Zimmer kam, wirkte sie apart und irre nett. Sie erinnerte Anna an Tina. Als sie dann auf dem Sofa Platz nahmen, sah Anna, wie die Hände des Typen vom Rundfunk zitterten. Der vom Boulevard hatte Schweißperlen auf der Stirn. Eine Stimme in Annas Kopf fragte: Warum machst du das? Sie dachte: Ich mache es jetzt einfach. Ich weiß, dass ich mich manipulieren lasse und ausgerechnet die Frau vorführe, die dafür steht, dass man sich als Frau nicht vorführen lassen soll. Obwohl, nein. Ich tu's nicht. Doch. Ich tu's, und dann kündige ich. Ich könnte einen Würgereiz vortäuschen, aufstehen und gehen. Dann hatte Madonna freundlich gefragt: »Herrschaften, wer möchte denn anfangen?«

»Ich«, hatte sie gesagt, tief Luft geholt und gefragt: »Wenn Musik eine Wand aus Klang ist, so wie bei Phil Spector, wie würde dann wohl eine weiße Wand klingen?«

Falls Madonna in der Lage war, verwirrt zu schauen, hatte sie das in den darauffolgenden Minuten nicht getan. Routiniert und höflich antwortete sie auf Annas Fragen nach Stoffen, Vorhängen und Stores. Ihr Blick wurde aber immer durchdringender und schien sich durch Annas Stirn zu bohren. Anna dachte: Sie kann Gedanken lesen. Sie weiß, dass ich eine Verräterin bin. Sie hasst mich. Was tue ich hier? Doch aus ihrem Mund kam Frage um Frage. Bald rutschten die anderen Journalisten nervös auf den Sesseln herum. In einer Ecke machte sich Madonnas Agentin, Liz Rosenberg, Notizen. Die schreibt meinen Namen auf, ich stehe jetzt schon auf der schwarzen Liste, hatte Anna gedacht und sah im Geiste fünf bewaffnete Bodyguards den Raum stürmen, um sie wegen grober Blödheit zu entfernen. Langsam mussten die fünf Minuten doch um sein.

»Haben Sie mal was genäht?«, fragte sie.

»Genäht? Ich? Selbst? Nein. Haben Sie noch irgendwelche Fragen zu Gardinen?«

»Ja.«

»Wissen Sie, ich bin echt kein Fan von Gardinen.«

»Aber warum denn nicht?«

»Weil sie eklig sind.«

»Aber sie machen einen Raum doch gemütlich?«

»Nein. Sie brauchen keine Gardinen, um ein Zimmer warm zu gestalten. Streichen Sie es einfach in einer hübschen Farbe an. Oder kaufen Sie sich einen Hund.« Die Männer lachten erleichtert. Sie wollten auch, dass das endlich aufhörte.

Am nächsten Tag hatte sie das verschriftete Interview ins Sekretariat gebracht, war zurück in ihr Zimmer gegangen und hatte immer noch da gesessen, als Ludwig gegen Abend im Türrahmen lehnte. Jacke an, Tasche über der Schulter.

»Das war groß.«

»Das war Scheiße«, hatte sie erwidert, ihm fest in die Augen geschaut und dann wieder auf den Bildschirm. Alle fanden es jetzt super, aber es blieb, was es war: Mist. Nur weil die mit Musikern nicht über ihre Musik reden wollten, weil sie keine Terz von einer Quinte unterscheiden konnten, war es noch lange nicht geil, diesen Selbstdarstellungsquatsch zu inszenieren. Natürlich war Madonna keine Musikerin. Sie war ja selbst inszeniert. Und vielleicht war die Geschichte doch genial. Aber musste man die Leute so verarschen? Als sie wieder zur Tür sah, war Ludwig verschwunden. Anna schüttelte den Kopf. Nein, das war Mist gewesen. Er müsste das wissen. Aber sie hätte Ludwig nicht so anmachen dürfen. Was jammerte sie hier überhaupt rum? Sie klang wie ein Bauer, der sich darüber beschwerte, dass er die Kühe melken musste. Deprimiert fuhr sie den Rechner runter, packte ihre Sachen und ging die geschwungene Treppe hinunter zum Ausgang. Auf der letzten Treppenstufe kauerte eine Gestalt. Ludwig.

»Es gibt Gesprächsbedarf«, hatte er gesagt.

Gesprächsbedarf.

Sie hatte genickt. Natürlich gab es Gesprächsbedarf. Zwischen ihr und Ludwig schwebte ein hässlicher Misston, und es war gut, dass er den auch wahrgenommen hatte.

Er hatte sein Fahrrad geschoben, sie war nebenhergegangen, und dieses Nebeneinanderherlaufen war seltsam erhebend, und dann wieder total verkehrt, und schön und falsch und richtig. Ihm schien es nichts auszumachen, mit ihr durch die Gegend zu latschen. Er marschierte stumm geradeaus. Die Häuser ragten neben ihnen auf, ein kühler Wind fächerte durch ihre Baggy. Am Botanischen Garten bogen sie ab und durchquerten einen Wald aus Palmen und exotischen Bäumen. Sie war müde, doch jemand hatte Sprudel in ihr Nervensystem gekippt. Je länger sie liefen, umso verkehrter kam sie sich vor. An einer Bank blieb sie plötzlich stehen und setzte sich. Sie brauchte eine Pause, das war nicht mehr auszuhalten. Ludwig drehte sich um. »Es ist zu kalt. Mädchen erkälten sich.«

»Ich bin schon erkältet«, hatte sie gesagt, patziger als beabsichtigt. »Ich habe einen Popschnupfen.«

»Hast du Hunger? Magst du Hähnchen?«

Sie hatte genickt. Essen half immer. Da hatte man wenigstens was zu tun. Auf der Langen Reihe hielten sie an einer Imbissbude, und Ludwig kaufte zwei halbe Hähnchen.

Eine Viertelstunde später waren sie bei ihm. Sein Flur hatte nach Meister Proper gerochen und war bis auf einen wandhohen Spiegel leer. Ludwig hatte sein Fahrrad an eine weiße Wand gelehnt. Im anliegenden Zimmer hatte Anna einen Schreibtisch gesehen, eine schwere Glasvitrine, an den Wänden hohe Regale voller Bücher. Endlose Reihen Bücher. Bei ihr lag alles kreuz und quer durcheinander, Märchen zwischen Gedichtbänden, die Russen neben den Engländern, Mojo-Rezensionen über alten Mathebüchern. Was er wohl las?

Um irgendetwas zu tun, hatte sie gefragt, ob sie sein Bad benutzen dürfe. Er hatte genickt und war mit den Hähnchen in die Küche gegangen. Sein Badezimmer war blank, weiß, klinisch sauber. Alle Produkte waren von Chanel. Nirgendwo ein Lippenstift oder eine Wimpernzange oder eine zweite Zahnbürste. Er hatte also keine Freundin. Aber vielleicht war er auch camp so wie Robert Smith oder asexuell wie Morrissey. Vielleicht gab es eine Ex, vielleicht. Manche Männer hoben die Puderdosen der Exfreundinnen noch Jahre später auf, teils aus Faulheit, teils aus Angst vor dem Wurf in den Abfalleimer.

Sie war wieder in den Flur gegangen. Die leeren Räume hatten jedes Geräusch verstärkt: Klack, er stellte Teller auf den Tisch. Schubladen gingen auf. Besteck klirrte. Von der Straße her hörte man leise ein Auto vorbeifahren. Während sie in die Küche ging, überlegte sie, ob sie erzählen sollte, dass es in ihrem Elternhaus auch so leer gewesen war, nachdem sie alles ausgeräumt hatte, und dass dieser widerliche Typ von der Haushaltsauflösung sie geleimt hatte, weil er den antiken Bierkrug für fünfzig Mark mitgehen ließ, und dass sie nicht hatte wissen können, wie wertvoll der gewesen war, ihre Mutter war zu der Zeit nicht ansprechbar, und sonst war niemand zur Stelle, keiner, weder die Nachbarn, noch Freunde ihrer Eltern, auch ihre Großeltern waren ja bereits tot gewesen, und dass sie heute immer an diesen Bierkrug denken musste, wenn sie durch leere Räume ging. Nein. Natürlich würde sie das nicht erzählen. Er musste wissen, warum das Interview in Düsseldorf grässlich gewesen war. Wie banal, vom Job anzufangen. Aber was wäre nicht banal? Weil ihr nichts Besseres einfiel, hatte sie sich an den Tisch gesetzt und gesagt: »Der Gesprächsbedarf?«

Ludwig stellte einen Teller mit einem halben Hähnchen vor sie. »Das Madonna-Ding, das war ganz groß. Das sollst du wissen. «

»Mich hat es klein gemacht.«

Er stellte einen zweiten Teller auf den Tisch, setzte sich und sagte: »Quatsch. Wenn du wüsstest, was die anderen jetzt von dir halten. Du wirst schon sehen. Das ist erst der Anfang. Du musst nur aufhören, dir dauernd Notizen zu machen.«

»Was?«

»Du schreibst immer alles auf, wenn man mit dir redet. Das wirkt so bemüht. Das kommt nicht gut.«

Anna fühlte sich mickrig. Bemüht. Sie schrieb mit, weil das meiste nicht von allein in ihrem Kopf bleiben wollte. Sie riss etwas Haut vom Hähnchen ab und kam sich so entblößt vor wie das Brustfleisch. Er runzelte die Stirn, und Anna überlegte kurz, ob sie nach Messer und Gabel hätte fragen sollen, dann zog auch er von seinem Hähnchen die Haut ab, stopfte sie sich in den Mund und fragte kauend: »Du willst doch schreiben, oder?«

Nein, wollte sie sagen. Ja, wäre die richtige Antwort. Was sollte sie tun? Ihm erzählen, wie deplatziert sie sich vorkam? Er musste denken, sie wäre ein Psycho oder unfähig. Jeder Satz verwandelte sich in eine Komplikation. Sie sah auf, seine Augen schauten in ihre. Sie schluckte.

Wie um sie zu retten, sagte er dann: »Ich hab übrigens jetzt ein neues Fahrrad. Heute Morgen habe ich mit dem Föhn die Aufkleber abgelöst und die ganze Zeit gedacht, was für ein Herbst auf diesem Rad. Findest du es zu leer?«

»Wo?«

»Hier, bei mir.«

»Nö«, log sie.

»Ich wohne erst seit ein paar Monaten hier. Für das Schlafzimmer kaufe ich mir noch ein Bettgestell. Das hole ich mir aus dem Stilwerk, da habe ich auch die Vitrine her, in der liegen die Uhren.«

»Sammelst du alte Uhren?«

»Kommt drauf an. Die hier ist nicht ganz alt, aber alt genug.« Ludwig hielt ihr seinen Arm hin. Sie betrachtete den matten Glanz des goldenen Gehäuses. Auf dem Zifferblatt las sie Rolex. Blöd stellte sie fest: »Eine Rolex.«

»Die Oyster Perpetual Explorer. Damit sind Edmund Hillary und Tenzing Norgay 1953 auf den Mount Everest geklettert. Nicht mit der. Die hier ist aus dem Jahr 1965.«

»Oha«, entfuhr es ihr, und sie hätte sich sofort danach ins Gesicht boxen können. Oha!

Er aber stand grinsend auf und ging zum Kühlschrank. Sie pulte im Hähnchen und fühlte sich beobachtet. Er hatte sie im Auge, ohne hinzusehen. Und still war es. War es bei ihm immer so ruhig? John Cage hatte 1952 das Klavierstück »4'33"« geschrieben. Dabei saß ein Klavierspieler vier Minuten und dreiunddreißig Sekunden lang vor einem aufgeklappten Klavier und tat nichts. So wie sie jetzt vor dem Hähnchen saß und nichts tat. Aber »4'33"« war noch nie still aufgeführt worden, weil ja das Publikum da war, und das atmete, hustete, räusperte sich, Regen fiel auf das Dach des Konzerthauses und so weiter und so fort. Hier aber war es wirklich ruhig. Ludwig war lautlos. Eine Leerstelle. Wenn es kein Geräusch gab, war das Leben weg. Cage hatte das auch herausgefunden. Solange man lebte, hörte man einen hohen Ton, den des Nervensystems, und einen tiefen, den eigenen Blutkreislauf. Anna lauschte in sich hinein und hörte den Kühlschrank brummen. Sie könnte eine Frage stellen. Ein Risiko eingehen. Bei dem Gedanken wurde ihr warm. Bevor sie der Mut verließ, fragte sie schnell: »Hast du eigentlich eine Freundin?«

Ludwig blickte erstaunt.

Sie trank einen Schluck Fanta, ohne Durst zu haben. Das ging sie nichts an. Er war nur ein Kollege. Nein, er war ein kauziger Typ, mit dem sie zufällig gerade Hähnchen aß. Bei ihm zu Hause Hähnchen aß. Wer hier wohl vor ihr gesessen hatte? Eine Blondine? Hatte er Gäste? Kamen Julius und Anton abends mal vorbei? Was machten die dann? Saßen sie auch an diesem Tisch und bekamen ein Hähnchen?

Er setzte sich wieder, stellte eine Flasche Ketchup auf den Tisch. »Ich kann keine Freundin haben.«

»Warum nicht?« Anna studierte das Brustfleisch, als wäre es jetzt gerade besonders interessant.

»Weil es nicht geht. Das würde ich keinem Mädchen antun wollen.«

Er riss seinem Hähnchen das Bein ab und lachte hämisch, als habe er gerade verraten, er sei in Wahrheit Jack The Ripper. Sie wusste nicht, was sie erwidern sollte. Die Gesprächspause dehnte sich aus, wurde immer größer und füllte den Raum. Sie lud sich mit immer mehr Bedeutung voll, je länger sie nichts sagte und er nichts tat. Dann schaute er nervös auf seine Uhr.

»Soll ich gehen?«, fragte sie schnell.

»Weiß nicht.« Er legte das Bein wieder auf seinen Teller.

Aus Verlegenheit schob sie sich noch ein Stück Huhn in den Mund. Dann redete er wieder, sah dabei aber an ihr vorbei.

»Alles, was ich tue, soll einen Sinn ergeben. Für mich muss es das. Ich betreibe Gedankenhygiene: Duschen. Abtrocknen. Desinfizieren. Aufschreiben. So bin ich, und ich ändere mich nicht. Nicht, weil ich es nicht will. Ich will es nicht können, und ich kann es nicht wollen. Es gibt kein Mädchen für mich.«

Was er sagte, klang traurig. Es war traurig. War er vielleicht gar nicht so cool, so souverän? Sie fragte: »Du hast noch nie eine getroffen?«

»Nein.« Er verzog das Gesicht. »Sie sagen die falschen Sachen. Sie sehen falsch aus. Das macht mich nervös. Ich kann damit nicht gut umgehen.«

»Was machst du dann?«

»Ich haue drauf.«

»Du prügelst?«

»Nein! Ich wehre mich. Ich zerstöre den Moment. Ich brauche diese Befreiungsschläge wie andere die Luft zum Atmen. Das ist das Hermetische an mir.«

»Hermetisch?«

Prüfend betrachtete er Anna. Sollte sie wissen, was er meinte? Oder suchte er nach dem Funken Falschheit, der allen Menschen eigen war.

»Es gibt Dinge, die sind für andere normal, aber in mir lösen sie Lawinen aus, sie begraben meinen Verstand. Ich muss dann kämpfen, um wieder an die Oberfläche zu kommen. Kannst du das verstehen?«

Sie hatte das Gefühl, dass er zum ersten Mal wie ein Mensch klang. Vielleicht war er ehrlich. Wenn Leute zugaben, dass es ihnen mies ging, konnte man ihnen eher glauben, als wenn sie einem vormachten, dass alles dufte war. Es gab keinen Menschen ohne Abgründe. Aber offenbar hatte er den Eindruck, sie hatte ihn nicht verstanden. Er fügte hinzu: »Ich mache einen Spruch, damit sie mich in Ruhe lassen.

Die Leute sind dann meistens beleidigt. Einmal hat mir eine eine runtergehauen.«

Anna musste plötzlich lachen. »Wirklich?«, fragte sie. Dabei war es vermutlich gar nicht lustig.

»Beim Verve-Konzert. Ich habe ihr gesagt, dass sie mit ihrer Hippiescheiße aufhören soll.«

»Was hat sie denn gemacht?«

»Sie hat vor mir getanzt. Barfuß.«

»Magst du denn niemanden?«

»Mögen?« Ludwig rümpfte die Nase, als würde es stinken. »Was redest du da? Man kann niemanden mögen. Menschen sind klein. Man muss sie durchschauen. Was tut ihnen weh? Was wollen sie? Man muss mit ihnen Schach spielen.«

Er konnte das nicht ernst meinen. Er testete sie. Aber hatte seine Stimme nicht etwas gezittert? Normalerweise sprach er immer so tief und fest, und jetzt klang er fast schüchtern. Noch nie hatte Anna ihn so reden hören. Auch wenn ihr nicht einleuchten wollte, was er da behauptete, hörte sie ihm gerne zu.

»Ich will nichts«, lachte Ludwig leise, als hätte jemand einen Witz gemacht. »Ich will eigentlich gar nichts. Meine Ruhe vielleicht. Wäre es möglich, Frieden. Aber das ist ausgeschlossen.«

»Es ist unerheblich, was die anderen wollen«, erwiderte Anna. »Es geht nur darum, dass man in allem, was man tut, ehrlich mit sich ist. Dass nichts Falsches in einem ist, wenn man spricht, wenn man handelt. Alles andere ist mir egal. Ich will wahr sein.«

Ludwig sah sie an, und sie erschrak. Es kam ihr vor, als

würde sie etwas Unerreichbares betrachten. Als stünde er weit weg an einem Abhang, und sie befand sich auf der anderen Seite, zwischen ihnen klaffte eine bodenlose Schlucht. So saßen sie einander eine Weile gegenüber, keiner sagte was. Dann stand er auf, verließ die Küche, und aus dem Wohnzimmer hörte sie Musik. Gitarren und Synthies. Sie kannte die Scheibe nicht.

Als sie später auf seinem Balkon stand und rauchte, waren lauter nicht ausgesprochene Gedanken durch ihren Kopf gerauscht. Er war hermetisch. Er wollte seine Ruhe. Er hatte sie nur eingeladen, weil er ein Interesse an ihrer Arbeit hatte. Der Gesprächsbedarf hatte sich erledigt. Sie hörte, wie er durch die Küche schritt und näher kam. Dann trat er auf den Balkon. Sie konnte seinen Atem in ihrem Nacken spüren. Dann drehte sie sich um.

Gegen ein Uhr morgens lagen sie nackt auf einem Berg Klamotten und Decken im Flur. Ludwig rauchte. Anna starrte an die Decke.

»Es geht nicht«, hatte er geflüstert.

»Ich weiß.«

»Das musst du verstehen.«

»Ich verstehe das.«

»Es geht vielleicht irgendwann. Aber noch nicht. Sie würden dich auseinandernehmen. Und mich auch. Es ist unmöglich. Ich will es nicht.«

Sie hatte sich auch eine Zigarette genommen und sie angezündet und an den Tag gedacht, und in ihr waren Szenen aus einer bunten Abziehwelt mit wohlgeformten Dialogen und kontrollierten Gesten aufgetaucht. Bis eben hatte sie unter einer Käseglocke gelebt, und nun war die Glaskuppel weg. Sie wusste nicht, was als Nächstes passieren würde, und es war ihr auch egal. Zum ersten Mal nach langer Zeit hatte sie die Gewissheit, sie war vollständig da.

»Und was machen wir jetzt?«, fragte er vorsichtig.

»Gar nichts«, erwiderte sie.

Er hatte gelächelt. »Ich möchte, dass du hierbleibst. Bei mir. Würdest du das für mich tun?«

Sie hatte genickt.

Vielleicht hätte alles ganz anders laufen können. Wenn sie am nächsten Morgen im Büro etwas gesagt hätte, wenn ihr eine Vertraulichkeit entwischt wäre. Hätte sie sein Spiel nicht mitgespielt, wer weiß, möglicherweise wäre es dann ganz schnell vorbei gewesen. Aber sie hatte vor lauter Euphorie nicht klar gedacht. Sie hatte ihm mit einer an Schwachsinn grenzenden Selbstverständlichkeit zugestimmt. »Sie würden dich auseinandernehmen.« Anna schüttelte den Kopf. Nein, das war kein Schwachsinn gewesen. Sie hatte es beschützen wollen. Sie wollte das Besondere vor dem Spott und dem Gerede der anderen verbergen. Es war sein Blick gewesen. Der Begriff »sehenden Auges« fiel ihr ein. Sie hatte den tiefen Graben gesehen, war aber geradewegs darauf zugelaufen. Hibbelig und glücklich, wie von Sinnen, leicht panisch, aber eben nicht ängstlich genug, um anzuhalten. Als sie an jenem Morgen durch die Stadt fuhr, schienen sogar die Farben deutlicher als sonst, die Geräusche klarer, und in dieser herrlichen Präzision war die Welt zur Nebensache geworden. Als hätte sie jemand mit Liquid Acid gespikt. Sie war pünktlich im Büro erschienen, war in die Konferenz gegangen und noch nicht mal erschrocken, als Ludwig bereits dort saß. Aufmerksam hatte sie ihn registriert, die anderen, und sorgfältig hatte sie seinen Blick gemieden. Er sollte nicht denken, sie würde ihn verraten. Anna erinnerte sich deutlich an diese Stunden, die ihr länger und intensiver vorgekommen waren als zuvor. Die anderen plapperten miteinander, lachten, kritzelten Worte auf ihre Blöcke. Sie hatte sich gewundert, warum niemand merkte, welche Nähe ihre Kühle barg. Sie hatte sich den ganzen Tag nicht konzentrieren können und sich zum Schreiben und Telefonieren nahezu gezwungen. Sie lachte über Witze, wenn die anderen darüber lachten, aber immer eine Zehntelsekunde zu spät. Ständig hatte sie gedacht, dass die anderen ihr doch irgendwas ansehen mussten. An ein paar möglicherweise passenden Stellen hatte sie Bemerkungen gemacht, doch niemand hatte ihre Veränderung bemerkt. Wie einfach das gewesen war. Sie log mit jeder Geste, jeder Bewegung, sie war eine Lüge mit braunen Augen, deren Brauen dringend gezupft werden musste. Abends hatte sie erschöpft im Sessel gelegen, als das Telefon klingelte.

»Ist alles okay?«, hatte Ludwig gefragt.

»Ja. Und bei dir?«

Ludwig hatte gelacht. »Bei mir ist alles wie immer. Weißte doch.«

»Na, dann ist ja gut.« Sie hatte sich Mühe gegeben, entspannt zu klingen, aber innerlich hatte ihr Herz einen Freudensprung gemacht. Er hatte sich um sie gesorgt. Das hieß, es bedeutete ihm etwas. Unerheblich, was es war, solange es dabei blieb. Sie war ihm nicht egal. Das hatte ihr gereicht.

Anna sah auf die Uhr. Noch keine halbe Stunde war vergangen. Sie lehnte sich im Gartenstuhl zurück. Ihr Magen rumorte, aber sie verspürte keinen Appetit. Wenn Ludwig wenigstens mal gefragt hätte, wo ich an den Wochenenden immer hinfahre, dachte sie. Ich hätte ihm sagen können, dass Mama gerne irgendwo einschläft, im Sessel, im Café, tagsüber, beim Mittagessen. Und dass sie wartet. Darauf, dass die Schreitante aufhört, um Hilfe zu rufen. Dass die Schmerzen verschwinden. Dass Maria einkaufen geht. Aber Maria hätte ihn auch nicht interessiert. Maria ist nur eine Aushilfe. Sie besorgt Mett für den Berliner, Abendbrötchen für die Gräfin. Bier für den Klappermann. Heringshappen und Süßstoff für die anderen. Sie kauft Diätkekse, Schnaps, Schmerztabletten, Nagellack, Duschgel, Pflaumen, Apfelsinen, Nektarinen. Für Mama geht sie zur Reinigung. Die anderen nennen sie die Polackin, obwohl sie aus der Ukraine stammt. Nie würden sie ihr das ins Gesicht sagen. Sie ziehen über andere her, wenn die nicht dabei sind. Genau so wie die im Büro.

Anna tastete nach ihrem Schlüsselbund und zog ihn hervor. Ludwigs Hausschlüssel hing an dem silbernen Ring. Er hatte heute Morgen nicht danach gefragt. Vielleicht hieß das, dass sie doch wiederkommen sollte? Nein, sie sollte nicht wiederkommen. Es war aus. Sie könnte den Schlüssel vom Balkon schleudern. Sie könnte ihn im Park verbuddeln. Oder heute Abend, wenn sie über die Elbbrücken fuhr, aus dem Autofenster werfen. Aber was, wenn er ihn wiederhaben wollte? »Habe ich weggeworfen«, könnte sie sagen. Würde er ihr das glauben? Nein. Er würde nicht fragen. Eher würde er umziehen. Anna seufzte. War sie jetzt endlich traurig?

Schon nach wenigen Wochen hatten sie diese Routine gehabt. Sie fuhr nach Büroschluss nach Hause, zog sich um, zupfte ihre blöden Augenbrauen oder tat sonstwas für ihre Optik, fütterte Dante und machte sich wieder auf den Weg zu seiner Wohnung. Sie parkte ihren Wagen in einer Seitenstraße. Dann: Essen, Sex, Tee, Wanne, später ging sie zu Bett, und er setzte sich an den Schreibtisch und schrieb.

An einem dieser Abende hatte sie geklingelt, aber niemand hatte geöffnet. Sie hatte sich auf die Treppenstufen gesetzt, sich möglichst klein und unsichtbar gemacht und gehofft, dass kein Jogger vorbeihecheln würde, der sie oder Ludwig kannte.

Ludwig war um die Ecke gebogen. »Na, Walfisch. Schon so schnell?«

»Ich bin kein Walfisch, du Ente.«

Er stieg vom Rad und umfasste ihre Hüften. »Nein, eine Waschtrommel.«

Sie hatte gelacht. Er hatte ihr nichts anhaben können. Nicht mit Waschtrommel, Walfisch oder Dorftrottel. Auch nicht mit Putze, Pfannkuchen oder Provinzbeule. Sie wusste, dass er es nicht so meinte. Sie hatte den Tisch gedeckt, er hatte in den Küchenschubladen herumgewühlt und ihr einen Bindfaden hingehalten, an dem ein silberner Schlüssel baumelte. »Hier, für dich. Damit du nicht mehr draußen warten musst und dich erkältest.« Sie hatte sich über den Schlüssel gefreut, natürlich hatte sie das. Es war kalt gewesen auf den Stufen.

Sie hatte die Stimmung in seiner Wohnung geliebt, es war

etwas Leises, Exklusives in diesen Räumen. Sie hatte das selbst Dante nicht erklären können. Es spielte keine Rolle, was wer vorher gesagt hatte, wer sie tagsüber gewesen waren. In seiner Wohnung löste sich das auf und machte Platz für etwas – Inniges? Seine Sprüche blieben aus. Er entspannte sich. Sie musste nur dableiben und abwarten, dann ging es ihm gut, dann ging es ihnen beiden gut. Sie besaßen eine Insel, die nur für sie da war.

In einer Nacht, sie hatte in der Badewanne gelegen, war Ludwig hereingekommen und hatte sich auf die Fliesen gesetzt. Sie planschte im Wasser, blies die Schaumkronen von sich weg, ließ heißes Wasser nach und wartete. Dann hatte Ludwig angefangen zu erzählen. Zuerst redete er von Julius. Er erzählte, wie er ihn bei der Aftershowparty zum Metallica-Konzert kennengelernt hatte. Julius war von zwei Hells-Angels-Ordnern aus dem Cateringbereich geworfen worden, er hatte versucht, Beck's-Bierdosen mitgehen zu lassen. In jener Nacht hätten sie sich angefreundet. Sie besaßen den gleichen Musikgeschmack und liefen nachts durch den Stadtpark und redeten über Literatur und Philosophie. Julius hatte bereits diesen Job bei der Zeitung gehabt und ihm von einer neuen, modernen Art des Journalismus vorgeschwärmt. Er hatte ihn ermutigt, auch was zu schreiben. Sie hatten sich gegenseitig ihre Geschichten redigiert, und dann war ihm, Ludwig, dieser Posten angeboten worden, und Julius war eifersüchtig geworden. Ludwig beschrieb, wie Julius versucht hatte zu verhindern, dass er den Kisch-Preis bekam. Er hatte auf Kollegen eingeredet, sich plötzlich mit einflussreichen Redakteuren zum Mittag verabredet, am

Ende hatte er sogar ihren Chef bekniet, die Einreichung der Reportage zurückzuziehen. Das war im Cox passiert, das wusste Ludwig von dem Typen, dem der Plattenladen am Gänsemarkt gehörte. Der hatte daneben gesessen und das Ganze mitangehört. Die Idee, ein Kunstheft zu machen, hatte Julius von ihm geklaut, sowieso hatte er dauernd Themen vorgeschlagen, die eigentlich von ihm stammten, wie um ihn herauszufordern, aber Ludwig war mit Absicht nie darauf eingegangen. Dann hatte Julius Tina kennengelernt, und es hatte aufgehört: die langen Spaziergänge, die intensiven Gespräche über Ideen und schließlich auch der Themenklau. Das habe ihn noch härter gemacht. Deswegen sei er so fleißig. »Man muss wachsam sein«, hatte er gesagt. »Man muss sich immer auf sich selbst verlassen können. Kannst du das verstehen?« Anna hatte genickt und sich gefragt, was er überhaupt an Julius gefunden hatte.

Julius hatte auch so einen schlendernden Gang wie Ludwig und war immer vorzüglich verwahrlost gekleidet. Doch das war es auch schon. Ludwig schrieb Denkstücke. Julius machte Selbstversuche. Gerade jetzt waren seine 24-Stunden-Kolumnen der Renner. Er tat vierundzwanzig Stunden lang das Gleiche. Er hörte ununterbrochen Elvis. Lief auf Stöckelschuhen. Trank ausschließlich Champagner. Verkleidete sich als Obdachloser. Guckte nonstop RTL2, und einmal sagte er vierundzwanzig Stunden lang nur die Wahrheit. An jenem Tag hatte er sinnigerweise im Büro gefehlt. War diese Kolumne etwa auch Ludwigs Idee gewesen? Anna hatte in der Wanne gesessen und gespürt, wie das Wasser immer kälter wurde, wie die Kühle in ihren Körper kroch, aber sie rührte sich nicht, und Ludwig redete weiter. Heute hatte der Chef die Makulatur mal wieder nicht abnehmen können, er war zu besoffen gewesen. Deswegen war er, Ludwig, vorhin auch zu spät gekommen, er hatte die Korrekturen machen müssen, das durfte aber keiner wissen. Und der Modechef, dieser talentlose, affengesichtige Parvenü, hatte letzte Woche falsche Abrechnungen in Höhe von fünftausend Mark eingereicht, Ludwig wusste es genau, konnte aber nichts beweisen. Anna hatte in dem kalten Badewasser gezittert, doch Ludwig redete immer mehr. Er sprach von Tina, und was für ein Luder sie war, und dass Julius das nicht einsehen wollte. Sie hatte sogar versucht, ihn zu verführen. Ihn! Seinen besten Freund! Sie hatte sich bei ihm auf dem Sofa ausgezogen, und er hatte sich damals darauf eingelassen. Nur ein Mal. Aber jetzt hatte er wenigstens etwas gegen sie in der Hand. Dann hatte er geschwiegen.

Anna hatte sämtliches Entsetzen verschluckt. Das Gute, wenn man die Klappe hielt, war ja, dass man auch keinen Scheiß redete. Sie hatte gewartet, irgendwann das kalte Wasser nicht mehr ausgehalten und gefragt: »Und was machen wir jetzt?«

Er war aufgestanden und rausgegangen. Hatte sie das Falsche gesagt? Sie hörte aus dem anderen Zimmer seinen Schreibtischstuhl quietschen. Ratlos war sie aus dem Wasser gestiegen, hatte sich abgetrocknet und in ein warmes Handtuch gewickelt. Er saß am Schreibtisch, sah auf den Bildschirm seines Computers.

»Du glaubst also wirklich, es gibt eine Zukunft für uns?«, fragte er, ohne sich zu ihr umzusehen.

Sie war im Türrahmen stehen geblieben. Merkte er nicht, dass sie schon längst gegangen wäre, wenn er ihr nichts bedeuten würde? Ganz offensichtlich war er so etwas wie sie nicht gewohnt. Er verbarg seine Gefühle unter einer Gerölldecke aus blöden Sprüchen, aber dass er welche verbarg, war ihm in jede Bewegung hineingeätzt. Jede Geste, jedes Wort entlarvte, was er tagsüber mit eiserner Willenskraft in Schach hielt: seine Einsamkeit. Die Ordnung, der Fleiß, die Strategiespiele – das waren doch nur Leibwächter, die ihn vor Schwäche bewahrten. Imposante und eindrucksvolle Leibwächter, ja, aber wenn die mal frei hatten, verwandelte sich alles. Man konnte es fühlen. Man musste es doch fühlen.

Ludwig hatte sich zu ihr umgedreht: »Wenn wir damit nach außen gehen, darf das erst passieren, wenn einer von uns einen anderen Job macht. Dann müssten wir eine Zeitlang warten. Und dann so tun, als würde es gerade anfangen.« Er hatte so tonlos geredet, als würde er einen Paragraphen zitieren oder ein Gedicht, das ihn nicht betraf. Sie war zu ihm gegangen, und er hatte sie an sich gedrückt und so fest umarmt, dass es ihr wehtat. Wieso hatte er bloß so viel Schrott im Kopf? Wer hatte ihm bloß eingeredet, dass alles anstrengend und schwierig sein musste?

»Au«, sagte sie, dann ließ er sie plötzlich los und sah auf die Uhr. »Kannst du mir was versprechen? Bitte. Ich muss um elf noch Julius treffen, aber ich bin in einer Stunde zurück.«

»Das soll ich versprechen?«

»Nein. Du sollst mir was anderes versprechen. Dass du

in der Sekunde weg bist, in der du weißt, dass es für dich das eben nicht ist. Das Wahre. Die da draußen sind nicht dein Feind. Ich bin es. Das, was in mir wächst. Du glaubst es nicht, aber ich sage es dir. Ich will nur, dass du heile aus der Sache rauskommst. Also versprich es.«

»Ich verspreche es«, hatte Anna gesagt. »Ich verspreche es.«

Als er Stunden später zurückgekommen war, hatte sie abgewaschen, die Peel Sessions von New Order aufgelegt. Sie saß auf dem Sofa, las in der »Kreutzersonate« und wunderte sich, dass die Musik so gut zu dem Roman passte. Ludwig stand ruhig im Türrahmen und betrachtete sie. Es kam kein Spruch. Vielleicht war er von der Abwesenheit sämtlicher Abwehrimpulse überwältigt, vielleicht war er nur müde. Sie hatte den Mund gehalten. Ob er sauer war, dass sie abgewaschen hatte? Sie hatte extra nicht abgetrocknet, damit es nicht so aussah, als wäre sie ein Hausmütterchen. Nach einer Weile fragte er, noch immer im Türrahmen stehend: »Warum magst du mich so sehr?« Seine Stimme klang weich, gar nicht wie sonst.

Verwundert hatte sie ihn angesehen. Kapierte der denn gar nichts?

Schwankend war er ein paar Schritte auf sie zugekommen und hatte sich aufs Sofa fallen lassen. Seine Augen fixierten sie, seine Schultern wiegten sich ganz leicht hin und her. Wenn sie es nicht besser gewusst hätte, hätte sie gedacht, er hatte was genommen. Dann ließ er seinen Oberkörper auf ihre Beine fallen und kuschelte seinen Kopf auf ihren Bauch. »Sag, warum«, forderte er. »Weil es nicht schiefgehen darf?«

»Nein, das ist scheißegal.« Sie streichelte seinen Kopf.

»Weil du nicht mehr zurückkannst?«

An dieser Stelle hätte sie sagen können, dass sie ihn liebte. Stattdessen hatte sie feige erwidert: »Vielleicht.«

Schrilles Klingeln erschreckte Anna. In allen Zimmern waren die Telefone so laut eingestellt, dass jeder, der nicht sofort ranging, unweigerlich die Ruhe der anliegenden Zimmer störte. Sie ging hinein und nahm ab. »Born.«

»Fräulein Born?«, fragte eine Stimme.

»Ja.«

»Der Herr Direktor hätte jetzt Zeit.«

»Ich komme runter.«

Herr Lugdorf war ein kleiner Mann mit Glatze und einem Gesicht, das so aussah, wie eine Grapefruit schmeckt. Er trug einen schlecht sitzenden Anzug aus keinem Zeitalter, eine weinrote Krawatte und lächelte routiniert. Neben ihm saß eine mollige Frau und grinste.

»Das ist Frau Wirtz, Pflegedienstleitung, sie hat bei uns letzten Monat angefangen«, sagte Lugdorf mit fester Stimme und bat: »Nehmen Sie doch Platz.«

Die Situation erinnerte Anna an früher. Nein, ihre Mutter könne man nicht therapieren. Nein, es würde nicht besser, aber den Zustand könne man halten. Nein, die Tabletten, das ginge nicht anders.

Um den beiden gar nicht erst die Möglichkeit zu geben, von irgendwelchen Nebensachen anzufangen, fragte Anna sofort: »Was ist denn nun passiert?«

»Ihre Mutter verweigert die Pflege«, sagte Lugdorf, als wäre damit alles gesagt.

»Was heißt das genau?«

Frau Wirtz' weiche Stimme erklärte: »Sie lässt sich nicht versorgen. Nicht duschen. Waschen. Sie hat bereits Stellen unter der Brust.«

»Mama kann duschen nicht ausstehen.«

»Sie muss sich aber doch waschen lassen.«

»Das tut sie, sofern man sie gut behandelt.«

»Ihre Mutter hat vergangene Nacht die Nachtwache mit einem Buch beworfen.«

»Mit welchem?«

»Bitte?«

»Hören Sie, Mama hat Osteoporose, und selbst wenn sie es könnte, ich weiß, dass meine Mutter nicht grundlos mit Büchern in der Gegend herumwirft. Es muss einen Anlass gegeben haben.«

»Hat es nicht.«

»Kann ich mit der Nachtwache sprechen?«

»Die ist heute nicht da. Ihre Mutter macht das aber mit jedem. Wir wissen nicht mehr weiter.«

Mit jedem?

»Es kann ja wohl nicht sein, dass es keine Pflegekraft gibt, die mit Mama zurechtkommt?« Anna dachte an die dreitausend Euro, die jeden Monat von Mamas Konto abgebucht wurden. Für das Blumengießen nahmen sie pro Woche sieben Euro. Wenn sie jemand zum Zahnarzt begleitete, kostete das einen Stundensatz von dreißig. Der Typ, der den Rollstuhl reparierte, hatte neulich für fünfzig

Euro eine Schraube reingedreht. Allein der Stuhl hatte so viel gekostet wie ein Kleinwagen. Wenn ihr Papa nicht so viel Geld hinterlassen hätte, könnte sich Mama keine Woche hier leisten.

»Es gibt niemanden«, sagte Lugdorf unwirsch. »Sie werden niemanden finden, der nicht früher oder später mit Ihrer Mutter aneinandergerät.«

»Also ist Mama schwererziehbar. Sie müsste woandershin? In ein anderes Altenheim, vielleicht?«

»Frau Born. Umziehen ist das Schlimmste, was Sie einem alten Menschen antun können«, sagte Frau Wirtz.

»Wenn Sie die umtopfen …«, murmelte Anna leise. Diese Phrasen. So etwas ließen die doch immer nur dann vom Stapel, wenn sie nicht sagen wollten, dass sie genauso überfordert waren wie die Angehörigen. Laberbacken.

»Bitte?«, fragte Lugdorf.

»Schon gut. Ich überlege schon länger, sie nach Hamburg zu holen, dann könnte ich sie öfter besuchen.«

»Davon müssen wir abraten«, mischte sich Frau Wirtz besorgt ein. »Ihre Mutter ist ja eigentlich fröhlich.«

»Mir sagt sie, dass sie im Café immer alleine sitzt. Dass sich niemand um sie kümmert.«

»Wir haben ein vielfältiges Angebot«, widersprach Frau Wirtz.

Anna musste an den Aushang im Fahrstuhl denken. »Ja, romantische Abende.«

»Ihre Mutter ist auch nicht alleine. Immer, wenn ich am Café vorbeigehe, sehe ich sie mit den anderen«, widersprach Lugdorf.

»Können Sie nicht mit Ihrer Mutter sprechen? Wir kommen nicht weiter«, bat Frau Wirtz.

»Okay. Aber Mama ist offenbar unzufrieden. Müssten Sie nicht in eigenem Interesse herausfinden, warum? Möglicherweise geht es anderen ebenso«, sagte Anna.

»Die schubsen aber keine Pflegekraft«, meckerte Lugdorf.

»Sie klingen so, als wäre Mama Rambo. Das ist doch Unsinn.«

Anna stellte sich vor, wie ihre Mutter Lugdorf mit Donauwellen bewarf, mit Joghurttörtchen und Schwarzwälder Kirsch.

»Sie kennen Sie nicht, wenn sie alleine ist«, sagte Frau Wirtz wieder.

»Ich dachte, sie ist nicht alleine.«

Genervt trommelte Lugdorf mit dem Bleistift auf den Schreibtisch. Er hatte sicher noch einen Termin. Anna schaute aus dem Fenster. Draußen marschierte eine Frau in einem weißen Kittel den Spazierweg entlang.

»Gut, ich rede mit Mama«, sagte sie.

Wieso dachten die eigentlich alle, dass Mama auf sie hörte? Instinktiv wünschte sich Anna nach Hause, aber der Gedanke an Hamburg verdoppelte ihre schlechte Laune. In ihrer Wohnung wartete Dante. Und sonst?

Sie stand auf und verließ das Büro des Direktors. Missmutig ging sie durch das Foyer und grüßte ein paar Alte. Doch die lauwarme Luft, die leise Musik, die Bilder verursachten ihr Übelkeit. Ihre Umgebung erschien ihr in allen Einzelheiten widerwärtig. Es war zum Kotzen hier, sie sah es nun ganz genau, wie hässlich alles war, wie praktisch die braunen Steinfliesen, wie miserabel die Bilder, die Radiomusik tat in den Ohren weh. Das Gejammer, die Scheinheiligkeit, die ockerfarbenen Türen, der ekelhafte Speisesaal, der aussehen wollte wie ein Restaurant, nur um den Alten vorzugaukeln, sie gingen mal eben essen. Sie wollte etwas treten, anzünden, kaputtmachen, aber das ging nicht. Sie riss sich am Riemen und rief sich zur Ruhe: Die waren hier nicht alle doof, und die Alten waren auch nicht alle gemein. Aber so eindringlich sie sich das auch versicherte, es gelang ihr nicht, wieder zurückzurudern. Die Fratzen der Leute gingen ihr auf den Geist. Reintreten. Am liebsten wäre sie explodiert oder tot umgefallen. Oder beides, nacheinander.

Es war fast zwei. Mama war sicher direkt vom Friseur zum Mittagessen gefahren. Anna ging ins Café, um sich zu beruhigen. Frau Brandt hievte einen Kuchen nach dem anderen in die Auslage. Frankfurter Kranz. Herrentorte. Mandarinenkäse. Anna stellte sich an den Tresen und wartete. Stachelbeerschnitten. Mandelhörnchen. Zitronenrolle. Dann nahm Frau Brandt die Plastikabdeckung von einem Stück Zuckerkuchen und fragte: »Na, wieder im Lande?«

Im Lande. Warum sagten die das hier dauernd? Kam sie etwa aus Hamburg aus dem Ausland? Frau Brandt meinte das nicht böse, aber Anna wusste, was gemeinhin damit gemeint war. Im Lande bedeutete: Du bist nicht von hier. Du bist anders als wir. Du bist mit dreißig noch immer nicht verheiratet, du hast kein Kind, du hast mal im Ausland gelebt, und du arbeitest in einem seltsamen Beruf.

»Haben Sie schon einen Kaffee für mich?«, fragte Anna.

»Pott?«

Anna nickte.

»Und? Wie lange bleiben Sie?«

»Ich fahre heute Abend wieder.«

»Da ist die Mutti aber traurig.«

Anna zuckte mit den Achseln, nahm den Kaffeebecher und setzte sich an einen Tisch am Fenster. Am Nebentisch saß eine kleine dicke Frau mit weißen Haaren und schaute ins Foyer. Sie gehörte zur Clique, die sich jeden Nachmittag hier traf, immer am gleichen Tisch. Es waren fünf (ehemals sieben) Frauen mit gräulich-weißen Haaren. Sie ließen niemand anderen dort Platz nehmen, auch Mama nicht. Manchmal konnte Anna verstehen, worüber sie redeten. Was hatte die an, was hatte der gemacht, wie sah die denn aus, das ist doch die Tochter von Frau Born, hat die immer noch keinen Mann? An den Wochenenden erfüllten ihre und andere Stimmen das Café. Die Luft war dann angefüllt mit aufgesetzt heiterem Lachen, Kinderstimmen, »Guck mal, wie niedlich« und »Wer kommt denn da«. Wenn Anna in diesem Meer aus Geräuschen absoff, wurde ihr Gehirn watteweich. Sie saß in einer Geisterbahn. Alles klang falsch, die Schlager, die aus dem Radio plärrten, der freundliche Ton der Bedienungen. Die Demente saß dann auch im Café, und ihr »Hehehe« durchzog den Brei der Stimmen wie eine Rhythmusmaschine mit synkopischem Schluckauf. Einige meinten: »Die merkt das doch nicht.« Andere schimpften: »Halten Sie doch endlich den Rand.« Anna hatte sich einmal neben die Demente gesetzt, mit ihr gesprochen, einen Kaffee bestellt. Langsam war das »Hehehe« leiser geworden, irgendwann ganz verschwunden. Anna hatte gedacht, dass sie nur deswegen so viel Lärm machte, weil sie einsam war, das »Hehehe« war ein Funksignal wie ein S.O.S. Aber dann hatte sich die Frau plötzlich erschrocken und gebrüllt: »Hau ab, du Nutte!«

Vielleicht waren sie alle irre, oder ihr, Anna, fehlte der gesunde Menschenverstand, um zu erkennen, was irre war und was nicht. Letzten November war sie mit Tina und Anton zu einer Vernissage gegangen. Sie hatte in diesem grell erleuchteten, ranzigen Laden gestanden, in einer Seitenstraße nahe dem Hans-Albers-Platz, und die Bilder betrachtet: Beck's-Bierdosen, Hunde mit drei Beinen, Dosen mit Prada-Logo, alles in Öl.

Tina und Anton hatten draußen auf den Treppenstufen gehockt. Sie war rausgegangen und hatte sich danebengesetzt. Auf dem Kopfsteinpflaster hatte sich das Laternenlicht gebrochen, in der Ferne ein Schiff getutet, Krankenwagensirenen hatten sich entfernt.

»Und, was meinste?«, fragte Anton.

»Der hat es mit Dosen«, sagte Anna. Tina lachte.

»Geiler Typ«, nickte Anton.

»Das haben die bei Warhol auch gesagt«, murmelte Anna.

»Hä?«, fragte Anton.

»Warhol«, wiederholte sie.

»Geiler Typ«, nickte Anton.

Anna hatte an das Bild mit der Suppendose gedacht, das berühmte Campbell's-Suppendosenbild, und wie sie es einmal in der Tate Modern gesucht und nach einer halben Ewigkeit gefunden hatte. Es war unscheinbar und fleckig gewesen. Anna hatte keine Ahnung von Kunst, sie wusste nichts von Pop Art, außer dass die meisten ihrer neuen Kollegen – offenbar auch Anton – Warhol schwer ernst nahmen. Diese Dose mache ich jetzt hier nicht auf, hatte sie gedacht und war jäh aus ihren Gedanken gerissen worden, als sie etwas angerempelt hatte. Tina war zurückgewichen, Anna hatte ihr Weinglas hochgerissen. Über Antons Knien hatte ein Mann gelegen. Anton hatte ihn von sich geschubst. Der Typ war ein paar Schritte nach hinten gestolpert. Er hatte eine Wolke aus Alkohol und Parfum zurückgelassen.

»Entschuldigung«, hatte der Mann gestammelt, sich aufgerichtet und nicht vorhandenen Schmutz von seinem Anzug geklopft. Sein Gesicht war gerötet, er hatte geweint, oder war er betrunken? Seine Haare waren schlohweiß, doch sein Gesicht jung. Er hatte ihnen sein Handy hingehalten, dann hatte er den Arm nach oben gestreckt: »Ich war der größte Fan meiner Frau!« Anton hatte Tina beruhigt, die hektisch in ihrer Handtasche nach etwas gesucht hatte. Der Mann hatte sich an Anna gewandt und weinend gestammelt: »Es tut mir furchtbar leid, wenn ich Sie gestört habe. Ich heiße Mike. Eben kam der Anruf. Meine Frau ist tot.« Er hatte das Handy geschüttelt, als wäre es eine tote Puppe. Anna war aufgestanden.

»Lass das«, hatte Tina gerufen.

Anna war zu ihm gegangen: »Können Sie einen Freund anrufen. Jemand, der Sie nach Hause bringt? Oder ein Taxi?«

Er war zurückgewichen, als hätte sie ihn geschlagen. »Ich brauche eine Limousine und kein Taxi!«, hatte er sich empört, war fortgetaumelt und hinter einem Kiosk verschwunden. Anna hatte sich wieder umgedreht. Tina hatte ihre Tasche fest umklammert. Anton hatte Tina fest umklammert.

»Der kommt wieder«, hatte Anton geschimpft. »Das war ein Penner. Ich ziehe solche Leute an.«

»Und was, wenn er die Wahrheit gesagt hat?«, hatte Anna gefragt.

Tina hatte gelacht. »Hast du nicht gesehen? Seine Fingernägel waren gelb und dreckig, und seine Schuhe waren ganz schmutzig. Der läuft schon seit Tagen so rum. Was denn, Anton? Ja, das Geld ist noch da.«

»Komm, wir gehen«, hatte er gesagt und war aufgestanden. »Das war ein Penner. Oder der war irre. Anna, kommst du mit?«

Sie hatte dem Reden und Lachen aus der Galerie gelauscht und in die Richtung geblickt, in die Mike verschwunden war. »Ich gehe heim«, hatte sie gesagt.

Ein helles elektronisches Sirren näherte sich. Mama. Schwungvoll kam der Rollstuhl um die Ecke. Frau Brandt musste ausweichen. Mama sah es nicht. Sie konzentrierte sich auf das, was unmittelbar vor ihr lag. Sie verlangsamte vor einer Sitzgruppe, steuerte geschickt zwischen zwei Stühlen hindurch, gab wieder Gas und kam abrupt vor Annas Tisch zum Stehen.

»Gut siehst du aus«, sagte Anna.

Mama lächelte. »Ach, wie immer. Was ist, Kind? Hast du was gegessen?«

»Nee. Ich war eben beim Direktor, erzähle ich dir draußen.«

»Aber irgendwas ist doch?«

»Nein, Mama. Alles okay.« Anna gab ihrem Gesicht den Befehl, sich zu entspannen. Guck gefälligst normal, verdammter Mist! Sah man, was ihr heute passiert war? Aber was war das schon? Sie war heute Morgen verlassen worden, und ihr Herz war so hart wie die Brötchen von vorletzter Woche. Keine Gründe, um hier das Jammern anzufangen.

»Alles gut! Wollen wir einen Gang machen?«

Ihre Mutter nickte. »Es gibt nachher Waffeln. Der Kneipp-Gesangsverein kommt.«

»Bis dann sind wir zurück.« Anna stand auf, nahm aus dem Netz einen Metallgriff, schraubte die Steuerung vorne am Rollstuhl ab und baute sie hinten wieder an. Ihre Mutter sagte währenddessen nichts, beobachtete Frau Brandt hinter dem Tresen, und im Gegenzug beobachtete die Frau am Nebentisch jede Bewegung von Anna.

»Wo möchtest du hin?«

»Ist mir egal.«

»Füße?«, fragte Anna. Langsam hob ihre Mutter die dünnen Beine an und stellte ihre Füße auf den Plastiktritt. Anna schaltete in den höchsten Gang und fuhr los. Draußen griff sie mit einer Hand in ihre Handtasche, holte das Handy hervor. Noch immer keine Nachricht. Ach, Scheißkerl.

Sie fuhren über den Spazierweg hinter dem Sankt Annen zum Kurpark. An der Ampel mussten sie warten. Langsam fuhren Autos an ihnen vorüber. Alle waren sauber und fast wie neu. Was wollten die Leute bloß hier? Einkaufen? Zum Doktor? Oder Angehörige besuchen, so wie sie es tat? Sie könnte ihre Hamburger Wohnung aufgeben und wieder hierher zurückziehen, aufs Land. Sie würde ein sauberes Auto fahren, und sie könnte irgendeinen Job machen. Pressearbeit für den Tourismusverband. Wieso nicht. Sie könnte Mama jeden Tag besuchen, vielleicht gäbe es sogar eine kleine Einliegerwohnung in der Nähe des Sankt Annen. Aber nein. Sie müsste Mama zu sich holen und sie pflegen. Das wurde von ihr erwartet, so machte man das hier. Es wäre in jedem Fall sinnvoller, als über Vasen, Gardinen und kugelsichere BHs zu schreiben. Aber Anna schauderte es bei dem Gedanken.

Die Ampel schaltete auf Grün. Sie überquerten die Straße und fuhren in den Park, am großen Springbrunnen vorbei zum Schachspiel, auf dem die Figuren fehlten. Unter den Eichen parkte Anna den Rollstuhl. Sie setzte sich auf die Bank. Neben ihr schaute Mama zufrieden in der Gegend herum.

Annas Mutter besaß die seltene Fähigkeit, beinahe regungslos und endlose Ewigkeiten lang auf einer Stelle sitzen und in den Himmel schauen zu können. Anna war das nie so vollendet gelungen. Als sie sich noch nicht lange kannten, hatte sie neben Ludwig auf einer Bank in Othmarschen gesessen. Ludwig hatte nichts gesagt, als wäre es das Normalste von der Welt, neben einer Frau zu sitzen und nicht mit ihr zu reden. Das war seine Art, hatte sie damals gedacht. Ihr war dabei alles Mögliche durch den Kopf gegangen. Zum Beispiel, wo wohl die vielen Sorten Himmelgrau produziert wurden: Das milchige Grau im Frühling. Das nasskalte Grau im Herbst. Das bedrohliche Dunkelgrau, kurz vor einem Gewitter. Aber sie hatte befürchtet, er würde sie auslachen, wenn sie es sagte, und wie ihre Mutter einfach in den Himmel geschaut. Er hing voller Wolken, die keine Umrisse besaßen. Je länger sie hinsah, um so heller wurde das weiße Grau. Dann sah sie kleine, tanzende Punkte. Sie hatten geleuchtet. Wenn man ihnen folgte, verschwanden sie, tauchten irgendwo wieder auf, vollführten Achterbahnen und schlugen Haken. Hätte sie jemand beobachtet, er hätte behauptet, die junge Frau habe eine geschlagene halbe Stunde in den Himmel gestarrt. Aber Anna hatte nicht gestarrt. Sie hatte in etwas hinein und irgendwann hindurchgeschaut. Wenn man das lange genug tat, entstand eine flirrende Tiefe mit immer wieder neuen Punkten. Es war ein Tanz der kleinsten Teilchen, und er war lebendig und fröhlich. Bei jedem Wetter hatte sie das geübt, still und ruhig neben Ludwig, dem Chefschweiger. Einmal hatte sie ihre Mutter gefragt: »Langweilst du dich nicht, wenn wir immer nur nebeneinander sitzen und nichts sagen?« Ohne den Blick abzuwenden, hatte ihre Mutter weiter konzentriert in den Himmel geblickt und erwidert: »Kind, mach dir nicht immer so viele Gedanken.«

»Was war denn nun gestern los?«, fragte Anna jetzt.

»Was soll los gewesen sein?«

»Die Nachtwache.«

»Ach.«

»Die haben mich angerufen. Und sie sagen, du lässt dich nicht versorgen. Haben sie dich geärgert?«

Ihre Mutter schwieg.

»Waren das wieder diese Zeitarbeitstussen?«

Sie guckte in die Ferne, als habe sie Anna nicht gehört.

»Mama, wie soll ich mich kümmern, wenn du nicht mit mir sprichst.«

»Du musst dich nicht kümmern.«

»Weiß ich, aber ich will auch nicht, dass es dir schlecht geht. Haben sie dir was getan?«

»Frech sind die. Und immer wenn ich klingele, kommt keiner. Die Dicke, die mich morgens duscht, ist ein Tamm. Ich will nicht, dass sie mich anfasst.«

»Dann besorgen wir dir jemand anderen. Wie heißt die Dicke denn?«

»Weiß ich doch nicht.«

»Gut. Und was war jetzt mit der Nachtwache.«

»Meine Schulter tat wieder so weh. Der hat gesagt, er gibt mir keine Schmerztropfen mehr.«

»Welches Buch hast du nach ihm geworfen?«

»Ich habe doch kein Buch geworfen.«

»Was denn dann?«

»Diesen Hefter da.«

»Du meinst den Sparkassenkalender?«

»Frech war der.«

»Mama, du hast ja recht. Wirf ihm ruhig Sachen an den Kopf. Aber wirf doch was Weiches. Sonst tut er sich noch was, und du musst Schadensersatz zahlen, oder Schmerzensgeld.«

Mama sagte nichts. Sie schaute geradeaus und wartete.

»Und was machen wir jetzt?«, fragte Anna.

»Wir essen eine Waffel.«

»Nein, ich meine mit dem Duschen. Du musst wenigstens alle paar Tage, du weißt schon. Sonst kriegst du rote Stellen, und die Haut geht ab, und das tut dann richtig weh und kann auch bluten.«

»Ich lasse mich duschen.«

»Morgen?«

»Morgen.«

»Versprochen?«

Ihre Mutter nickte.

Hinter ihnen sprang die Fontäne des Springbrunnens an. Das Wasser schoss hoch, stürzte ab, fiel müde auf den Stein hinab. Es machte keinen Bogen, es knickte ein und plörrte. Wind fuhr durch die hohen Bäume. Rauschen kam von überallher. Erst klang es fein, hoch, dann wieder tiefer, als würden sich alle Blätter zu einem Akkord zusammentun wollen. Es schwoll an und ab, kam von vorn, von weither, von hinten, immer war es woanders. Es war überall.

Er hat nie hingehört, dachte Anna. Er hat nie mit mir auf Zimmer 331 übernachtet und gehört, wie schlurfende Puschen klingen. Er hat keine Ahnung von den Klangteppichen, die sich im Speisesaal aus Stimmen, Stühlerücken, Radiomusik, Kauen und Schlucken verknoten. Ihm war ja sogar der Wind in den Bäumen egal gewesen. Einmal waren sie spazieren gegangen, und Anna hatte ohne nachzudenken gesagt: »Es ist wie Musik.« »Was?«, hatte er gefragt. Und sie hatte dämlich geantwortet: »Das Rauschen. Hör mal. Es hat Höhen. Crescendos. Largos. Ritardandos. Fortepianos. Die Blätter singen.«

Ludwig war schneller durch den Wald gelaufen. »Was ist denn?«, hatte Anna gerufen und war ihm hinterher.

»Ich weiß nicht, was du meinst.« Er war abrupt stehen gelieben und hatte sie fest angesehen. Verzweifelt hatte sie wiederholt: »Hör doch mal hin! Du hörst einfach nicht hin. Du hörst ja noch nicht mal, wie deine Uhr tickt. Wie dein Herzschlag bummert.«

»Diese Uhr tickt nicht. Das ist eine Automatik«, hatte Ludwig gesagt.

Anna betrachtete ihre Mutter. Scheißduschen. Warum konnten die ihr nicht erlauben, zu tun, was sie wollte? Dann duschte sie eben nicht. Na und? Aber Mama beschwerte sich nicht. Sie jammerte nicht. Sie sagte nichts. Es war zum Verrücktwerden. Aber war es das wirklich? Was sollte sie erzählen? Wie es sich anfühlte, in diesem kaputten Körper tagaus, tagein? Nein. Mama sagte nichts, weil sie nichts sagen konnte.

Anna dachte an Weihnachten. Jedes Jahr schämte sie sich, weil sie keinen Bock darauf hatte, und jedes Jahr fuhren sie trotzdem in das Hotel im Harz, und hinterher war sie froh, dass sie es gemacht hatten. Es war immer das Gleiche: Durch den Schnee fahren und hoffen, dass es ohne Schneeketten ging. Hoffen, dass kein Stau kam, dass Mama nicht auf den Sitz machte oder auf einem Rastplatz hinfiel. Dass man überhaupt gar nicht anhalten musste, unterwegs. Vorfahren. Rollstuhl auspacken, Mama auspacken, ins Hotel rollen. Dem Concierge das Grinsen zurückwerfen. Sie dachten alle, es war Urlaub. Die Hausdamen, die Kellner, die Azubis, die Frauen an der Rezeption, die Besitzer, der Restaurantmanager, sie wussten, wer sie waren, mit den meisten von ihnen hatten sie die letzten Weihnachtsfeste gefeiert. Natürlich freuten die sich, sie wiederzusehen, das war ihr Job, aber vielleicht freuten sie sich, weil Mama auch dieses Jahr wieder genügend Kraft für das ganze Theater hatte. Schlüssel abholen, einchecken. Danke, es geht gut. Ja, wie schön, wieder hier zu sein. Schnell ausladen, dieser Koffer in das Zimmer, nein, die Tüte mit den Medikamenten in das andere, Danke, hier sind fünf Mark, das Auto wegparken, nach Mama sehen, wieder hoch, die Koffer auspacken, Windeln in den Schrank, die Matte unter das Bettlaken, Insulin in die Minibar, die Tabletten dosieren, runterlaufen, Mama Tabletten, Tropfen und Pillen geben, hinsetzen. Kaffee. Zigarette. Uff. Weihnachten. Und dann kam immer dieser Sofamoment: Sie saß neben Mama, und Mama saß neben ihr, und keiner von beiden sagte ein Wort zum andern. Stumm saßen sie in diesem todschicken Hotel, dessen neue Wellnessabteilung Anna nur aus dem Prospekt kannte, weil sie ihre Mutter keine Stunde allein lassen wollte. Wo sie keine Nacht durchschlief, weil irgendwann das Telefon ging, weil ihrer Mutter bange war, oder weil sie aus dem Bett gefallen war, meistens zwischen vier und fünf Uhr morgens. Wo sie dann nachts neben ihr saß und sie tröstete wie ein verängstigtes Kind. Wo sich jedes Jahr wieder neureiche Ehepaare mit ihren blonden, wohlerzogenen Kindern präsentierten, als gäbe es ein Casting für eine neue Heilewelt-Reality-Show. Wo ebendiese Wohlerzogenheit in der Bar nach elf Uhr abends im Mai Tai absoff, weil die Männer vulgär wurden und die Gattinnen schon mal nach oben gingen, denn das war nicht mehr auszuhalten. Wo alte Damen beim Diner alleine an den Tischen saßen und versunken in die Kristallkandelaber schauten und wo der Pianospieler jeden Abend um Punkt sieben anfing zu spielen, was praktisch war, weil dann kam die Suppe und Mama schlürfte.

Anna betrachtete ihre Mutter und verspürte eine Welle zärtlicher Zuneigung. Sie musste nicht reden.

»Wollen wir noch auf den Friedhof?«, fragte ihre Mutter unvermittelt.

»Klar«, erwiderte Anna, klemmte sich die Zigarette zwischen die Lippen, stand auf und schaltete den Rollstuhl wieder an. Sie wendete auf dem feuchten Laub und sagte »Entschuldige, Mama«, als der Rollstuhl über eine Steinkante holperte. Diese buckeligen Gehwege waren die Pest.

Auf dem Parkplatz öffnete Anna die Beifahrertür, half ihrer Mutter auf den Sitz und klappte die Rückbank um. Dann fuhr sie den Rollstuhl zum Kofferraum. Sie baute die Batterie und die Kabel ab, verstaute sie, faltete den Stuhl und hievte ihn ins Auto. Seitdem er einen Motor besaß, war das Ding fast zu schwer für sie alleine. Sie musste ihn auf den Oberschenkeln absetzen und beim Reinschieben aufpassen, dass sich die Räder nicht in der Rückbank verkanteten oder eine von den Plastikschrauben abbrach.

Der Friedhof war menschenleer. Sie fuhren im Zickzack zu Tante Sofie, zu Mamas Cousinen, zu Oma, Opa. Ich wollte nie mit, dachte Anna. Sie ist jeden Abend hingegangen, und ich habe ihr vorgeworfen: »Du gehst nur für die anderen Leute. Damit die sehen, dass wir traurig sind.« In Wahrheit hatte ich vom Angestarrtwerden die Nase voll. Ich hab es nicht mehr ausgehalten, dieses Gestarre. Das hätte ich ihr sagen müssen. Anna fuhr über den Kies. Auf dem Grab ihres Vaters war die Erde nach unten gesackt. Sie wunderte sich, ob ihre Mutter jetzt dazu etwas sagen würde, sie musste es auch bemerken. Anna wartete hinter dem Rollstuhl und ließ ihren Blick über die Grabsteine schweifen. Ich wollte sie anschreien, dachte Anna. Ich wollte sie alle anschreien, schütteln, verprügeln. Ich konnte das Gejammer, was er ihnen angetan habe, nicht aushalten, aber ich sagte nichts, ich tat nichts. Ich habe es gehasst, dass niemand die einzige Frage stellte, die zählte. Was hatten wir ihm angetan? Vielleicht ist sie darüber so krank geworden. Weil sie es sich auch fragte.

»Weiter«, sagte Mama, und Anna wendete den Rollstuhl. Sie fuhren langsam über den schweren, grauen Kies, vorbei an Grabsteinen, es war ein Parcours durch Namen von früher und Stiefmütterchen, deren gelbe und violette Blätter im Wind zitterten. Anna hörte die Vögel zwitschern. Seltsamerweise waren die auf dem Friedhof immer deutlicher zu hören als irgendwo sonst. Oder kam ihr das nur so vor? Kurz vor dem Ausgang fragte sie: »Willst du beim Huber halten?«

»Nö«, sagte Mama.

Mit Bedauern fuhr Anna an seinem Grab vorbei. Der dicke Huber war Landwirt gewesen und ein Stinkbeutel allererster Güte. Bis zu seinem Tod hatte er im Sankt Annen gewohnt, auf dem gleichen Flur wie Mama. Er las nicht viel, nur die *Bild*, weswegen er wusste: Alles Verbrecher. Mit dem Land ging es bergab. Schuld: die Türken, die Polen und die Linken. Er gönnte jedem den Untergang, auch seiner Tochter, der dämlichen Ente. Aber als er einmal ins Krankenhaus musste und nach vier Wochen zurückkam, hatte er nicht nur stark an Gewicht verloren – er war ein anderer geworden. Beim Mittagessen fing er plötzlich an, brüllend zu lachen, haute mit der Hand auf den Tisch, so dass Gläser und Besteck klirrten. »Hohoho«, hatte er gelacht, »total verloren, die Eier, hohoho!« Er kniff Maria in den Hintern und sagte: »Meine Liebe, der Tee ist ein Trauerspiel, der Kuchen eine mehlige Tragödie und der Heringssalat ist ein absolutes Halteverbot.« Wenn er aß, kämpften Nichtschwimmerwürstchen in einem Linsendrama ums Überleben. Löffel ertranken im Milchreistreibsand. Und anstelle von Salat gab es oft das Schrebergartenmassaker von gestern. Der Huber konnte sich an nichts aus dem Krankenhaus erinnern. Nur an den Hintern einer Superbiene auf der Intensivstation. Den Klappermann begrüßte er mit: »Steh auf, du alter Lustmolch.« Beschwerte sich seine Tochter darüber, dass er nicht mehr ans Telefon ging, erwiderte er: »Du kannst ja auch mal anrufen, wenn *ich* will.« Er schmiss Schwester Petra keine Tabletten mehr an den Kopf, sondern warf sie heimlich ins Aquarium. Als die toten Welse durch Goldfische ersetzt wurden, warf er sie in den Vogelbauer im Park, woraufhin die Wachteln endlich Eier legten. Rief die Schreitante »Hilfe«, posaunte er ein fröhliches »Törö« in ihre Richtung, was sie erst verwirrte, dann beruhigte. Bald riefen Maria und Schwester Petra ebenfalls »Törö«, wenn sie das »Hilfe« der Schreitante hörten. Natürlich nicht vor den Angehörigen.

Sie saßen wieder im Auto, Anna fuhr die Landstraße entlang, und ihre Mutter sah still aus dem Fenster. Sie schien unerreichbar. War sie traurig? War sie selbst traurig? Anna spürte in sich hinein. Es konnte nicht vorbei sein. Einmal hatten sie sich beinahe getrennt, aber das heute Morgen? Das war doch lächerlich gewesen. Zu einfach. Aber das war Ludwig ja eben auch. Einfach. Kristallklar, wie die richtige Lösung einer mathematischen Gleichung. Federleicht wie ein japanischer Haiku.

Damals, vor ein paar Monaten, als sie sich beinahe getrennt hatten, aber eben nur beinahe, war sie abends nach Büroschluss von Tina auf einen Drink eingeladen worden. »Nicht die Jungs, nur wir Mädchen«, hatte Tina fröhlich gesagt, und Anna war mitgegangen. Teils, weil sie Tina inzwischen gar nicht mehr so furchtbar fand. Teils, weil es aufgefallen wäre, immer Nein zu sagen. Das war kurz vor Weihnachten gewesen. Sie hatte Ludwig damals fast jede Nacht getroffen. Manchmal gingen sie nachts raus, fuhren zum Stadtpark und wanderten zur Sternwarte. Die Temperaturen waren auf fast null Grad gesunken. Ob sie rausgingen oder nicht, jede Nacht hatte Ludwig über den Korrekturfahnen seines Buches gesessen, und sie lag in seinem Bett und trank heiße Zitrone. Die anderen planten ihren Skiurlaub. Sie fragten Anna, wohin sie in den Urlaub fahren würde. Sie luden sie ein. Sie waren nett. Aber sie konnte sich kaum noch entspannen, wenn sie mit ihren Kollegen sprach. Jedes Mal, wenn sie Tina ins Gesicht sah, dachte sie an Ludwig und stellte sich die beiden nackt vor. Wenn sie mit dem Modechef redete, fielen ihr die gefälschten Abrechnungen ein. Stand sie dem Chef gegenüber, suchte ihre Nase in seinem Atem eine Alkoholfahne. Und sah sie Julius, stellte sie sich vor, wie er und Ludwig früher durch den Park spaziert waren. Worüber hatten sie gesprochen? Hatten sie gelacht? Hatte er bei Julius auch so viele dumme Sprüche gemacht? Die Tage im Büro waren anstrengend geworden. Als würde es nicht reichen, dass sie ständig aufpassen musste, wie sie sich Ludwig gegenüber verhielt, musste sie nun auch noch bei allen anderen ihren Gesichtsausdruck optimieren. Ihr Verhalten prüfen, bevor sie sich verhielt. Sätze wiegen, die ohnehin so oberflächlich waren, dass man beim Reden ständig ausrutschte. Sie hatte zu viel gewusst. Nein. Sie hatte nicht zu viel gewusst. Sie hatte nicht alles sagen können. Und damals hatte sie angefangen, genauso zu gucken wie die anderen. Immer knapp daneben, nie in die Augen.

Tina und sie hatten im Cox gesessen, im alten Teil des Restaurants, ganz hinten in der linken Ecke. Tina hatte von Ludwigs neuem Buch gesprochen. Dass die im Büro so aufgeregt taten, wo doch sowieso keiner dieses hochtrabende Zeug verstand, lächerlich! Und dass selbst Julius gemeint hatte, Ludwig müsste mal etwas lockerer werden. Anna hatte gelacht und gehofft, dass ihr Lachen nicht zu laut klang. Tina hatte auch erzählt, dass Ludwig dauernd bei Julius anrief. Er war eifersüchtig auf sie, Tina. Oder er vermisste Julius. Er konnte einem ja auch leidtun. Er wusste nicht, dass sie über ihn lachten. Dass ihn eigentlich niemand leiden konnte, weil er so eingebildet war. Kisch-Preis! Dabei waren seine Reportagen – ach! Tina hatte sich verschwörerisch zu Anna gebeugt. »Die machen sich unterwegs nie Notizen! Ludwig nicht und Julius auch nicht. Das finden die cool. Sie bestimmen ein Thema und erfinden sich die Leute dazu, denen sie Sätze in den Mund legen, die sie sich vorher ausgedacht haben.« Wenn sich der Chef mal die Notizbücher hätte zeigen lassen, sagte Tina, dann würde alles rauskommen, die könnte man nämlich nicht nachmachen. Aber, so what? Es machten ja alle so, dieses literarische Schreiben war ja auch geiler, und Julius bedankte sich immer so süß bei ihr, wenn sie ihm half. Ludwig hingegen, der glaubte doch wirklich, er sei ein großer Autor! Na, das würde man sehen. Die beim *Spiegel* warteten nur darauf, endlich mal eins seiner Bücher gehörig zu verreißen. Anna hatte genickt und nicht gewusst, was sie erwidern sollte. Sie konnte nicht mitlästern. Tina sprach über Ludwig wie über einen behinderten Freund, der allen auf den Sack ging und den man mitnahm, weil er einem leidtat. Einmal im Monat käme er zum Essen vorbei, hatte Tina erzählt. Das sei so eine Art Ritual, von früher. Aber Julius und er redeten inzwischen nur noch über das Büro. Julius fand das auch öde. »Das ist doch nicht alles, diese Zeitung. Ich meine, es gibt doch auch andere Themen, oder etwa nicht?« Anna hatte genickt.

»Und weißt du, was wir neulich gemacht haben. Aber du darfst es nicht weitererzählen!« Tina hatte Anna ernst über ihr Glas Prosecco hinweg angeschaut und sich dann umgesehen, was idiotisch war, denn das Restaurant war fast leer. »Julius und ich haben Haschkekse gebacken.«

Anna glaubte, sie habe sich verhört. Haschkekse? Die? Das Erstaunen in ihren Gesichtszügen war nicht gespielt.

»Wir haben ihm einen zu essen gegeben.« Tina kicherte und blickte Anna schelmisch an. Anna fühlte, dass ihr Mund offen stand. Ludwig? Wann?

»Äh, und dann?«, hatte sie gefragt.

»Keine Ahnung. Er hat geschwankt, als er von uns wegging. Und dann hat er morgens um drei angerufen. Ha, ha, ha. Er hat von einer Prinzessin gefaselt, die bei ihm zu Hause im Bett liegen würde. Ist das nicht total bescheuert?«

Anna schüttelte langsam den Kopf. Eine Prinzessin. Wer sollte das denn sein? Sie etwa?

»Und habt ihr ihm das später erzählt?«

»Bist du verrückt?«

Anna zwang sich zu einem Lächeln und trank noch einen Schluck Prosecco. Dann fragte sie so beiläufig, wie sie konnte: »Und wann war das? Neulich?«

»Nein! Irgendwann im Oktober. Ist ja auch egal. Hi, hi, aber das ist doch total abgefahren, was? Manchmal, wenn er so komisch läuft, denke ich: Der hat bestimmt Flashbacks und merkt es nicht.«

Flashbacks. Von Haschisch? Wie naiv waren die denn? Anna lachte mit, als wäre das Lachen ein Ausweg, aber sie hätte Tina am liebsten eine runtergehauen. Sie erinnerte sich an Alex und Ben, und dass es bei ihren Partys auch immer diese eine Flasche Sprite gegeben hatte, aus der man nicht trinken durfte, wenn man den nächsten Tag noch halbwegs klar erleben wollte. Aber Alex und Ben hatten es allen immer vorher gesagt. Man spikte andere Leute nicht. Das war dummer Sechzigerjahre-Scheiß. Ray Manzarek hatte im Interview auch ständig davon geschwärmt. Als Anna ihn gefragt hatte, warum er das so toll fand, hatte Manzarek seine dünnen, halblangen Haare zurückgeworfen, die langen Arme ausgebreitet und gegrinst: »Wir waren doch Acidheads, Baby!«

Aber Julius und Tina waren keine Hippies, und schon gar keine Acidheads. Die kotzten doch, wenn es psychedelisch wurde. Dann war Gott sei Dank eine Freundin von Tina gekommen. Anna war gegangen, war zu Ludwig gefahren und hatte ihn geweckt. Verschlafen hatte er sie begrüßt. Sie hatte sich an sein Bett gesetzt und ihm alles erzählt. Er rührte sich nicht. Sie hatte gedacht, er sei betroffen, verletzt. Sie hatte ihn beruhigen wollen und gesagt: »Ich kenne das.«

»Was kennst du?«, hatte er unwirsch gefragt.

»Wenn sie einem Drogen unterjubeln.«

In dem Moment hatte er sich ruckartig aufgesetzt. Seine Mundwinkel zuckten, als hätte er eine Mordswut. »Jetzt erzähl mir bitte nicht irgendwelche Drogengeschichten, das macht mich ganz krank.«

»Nein, das waren Freunde von mir, ist auch egal. Ich will dir nur sagen, dass ich weiß, wie sich das anfühlt, wenn man in einem Graben sitzt und …«

»Das Opfer!«, hatte er gebrüllt. »Schon wieder eine Opfergeschichte. Wie kommst du dazu, dir von dieser Fotze was erzählen zu lassen? Wie kommst du dazu, mir das überhaupt weiterzuerzählen? Weißt du denn nicht, was du mir damit antust?«

War der sauer gewesen! Er hatte ausgesehen wie irre. Seine Haare standen ab, und seine Augen funkelten wütend. Gleich langt er mir eine, hatte sie gedacht.

»Wieso bist du so sauer auf mich? Tina müsstest du anschreien. Oder deinen tollen Freund Julius.«

»Hör auf mit deinen Lügengeschichten!«, hatte er gebrüllt.

»Ich lüge nicht.« Anna hatte nicht begriffen, warum er so wütend auf sie war. Sie hatte seinen Frieden gestört, irgendwas erschüttert, aber was? »Was habe ich dir getan?«

»Ich will eine Frau, die cool ist. Ich will eine Frau, die schießen kann, verstehst du?«

»Ich habe schon mal geschossen!«

»Ja, sicher. Auf dem Schützenfest 'ne Rose, für zwanzig Mark. Hehe.«

Anna war der Kragen geplatzt. »Dann zeig mir doch, wie man richtig schießt! Aber das tust du nicht. Du lachst dich tot, weil ich irgendwelche Bücher nicht kenne. Na und? Ich habe sie nicht gelesen, die gab es bei uns zu Hause nicht. Ich bin dir nicht souverän genug, bin dir nicht cool genug, trage nicht die richtigen Klamotten. Und jetzt erzähle ich dir nicht die richtigen Geschichten.«

Ludwig hatte sich erschöpft auf den Rücken fallen lassen. Er hatte nichts mehr gesagt, nur an die Decke gestarrt. Eine Träne war aus seinem Augenwinkel herabgelaufen, dann hatte er sich weggedreht und geflüstert, sie möge bitte gehen. Aber sie war nicht gegangen. Es war unfair. Sie hatte nichts getan, und er benahm sich wie ein cholerischer Imperator. Wieso behandelte er sie dauernd, als wäre sie sein Feind? Wütend hatte sie gesagt: »Wenn du zu feige bist, mir den Laufpass zu geben, dann sag es. Wenn ich es nie sein werde für dich, und du sagst es mir bloß nicht, das halte ich nicht aus.« Tränen waren ihr über das Gesicht gelaufen, sollte er doch denken, sie war weich. Dann heulten sie eben beide, es war jetzt auch alles egal.

Ludwig hatte sich aufgerichtet und sie angesehen. »Ich

hatte 'nen Scheißtag, sei bitte nicht so aufgeregt, dieses Mädchenhafte macht mich wahnsinnig. Eigentlich hatte ich auch eine gute Nachricht für dich. Ich habe heute mit dem Chef geredet.«

»Was, worüber?« Sie war irritiert. Was hatte er jetzt wieder gemacht?

»Ich habe zwei Mal etwas fallen lassen, was ganz klar sagt: Sie ist besser als der ganze Rest, und was ich von dir halte. Und am Ende habe ich gesagt, ich glaube, sie hat langsam die Nase voll von dem Job, die ist bald weg.«

Anna hatte ihren Ohren kaum getraut. »Sag mal, geht's noch? Kann ich mir mal zuerst eine neue Stelle suchen?«

»Strategisches Denken. Reg dich nicht auf. Ich habe dir alle Türen offen gelassen, smarter geht es nicht. Komm mal runter.«

Logisch, hatte sie gedacht. Eigentlich logisch. Er lobt mich vor den anderen. Wenn er mich schlecht macht, müsste er ja erklären, warum. Er will aber nicht, dass irgendjemand annimmt, er denkt länger über mich nach als nötig. Also lässt er ein paar Komplimente ab und lenkt damit die Aufmerksamkeit wieder auf mich. Oder hat er mich doch gern? Sie betrachtete ihn. Er saß im Bett wie ein mürrischer König. Mann, war der selbstgewiss. Und sie war ein Bauer in seinem Schachspiel. Eine Figur, die man loswerden musste. »Na, dann ist ja alles gesagt«, hatte sie erwidert.

»Was meinst du damit?«

»Entweder es bleibt morgen was übrig, oder es ist vorbei.«

Ludwig hatte geschwiegen. Anna hatte sich darüber gewundert, wie kalt sie das eben Gesagte auf einmal ließ. War sie erschöpft? Sie wankte ja schon beim Sitzen. Sie sehnte sich nach ihrem Kopfkissen und nach Dunkelheit. Sie hatte keine Kraft mehr, um noch etwas zu denken oder zu sagen. Entweder er liebte sie oder nicht.

»Und was glaubst du?«, hatte Ludwig leise gefragt. »Bleibt etwas übrig?«

»Ich lasse es auf mich zukommen«, hatte sie müde erwidert.

Ludwig senkte den Blick, griff neben das Bett und nahm ein Stück Papier in die Hand. Konzentriert faltete er es, riss daran herum. Dann nahm er Schokoladenpapier, löste die Alufolie ab, drehte sie zu einem Streifen und fummelte an dem Papierstück herum. Er hielt das Werk hoch. Ein Herz aus Papier an einer Kette aus Aluminium.

»Hier. Die kostet bei Martin Margiela dreihundert Mark«, hatte er gelacht. »So weit hat es noch keine Frau gebracht, so viel zu kapieren. Das ist eigentlich mein Text.«

Anna parkte den Wagen auf dem Parkplatz des Sankt Annen, hob den Rollstuhl aus dem Kofferraum, schraubte die Steuerung wieder an, fuhr an die Seite, öffnete die Beifahrertür und beugte sich über ihre Mutter, um sie loszuschnallen. Dann half sie ihr in den Rollstuhl. Warmer Wind kam den beiden Frauen entgegen, als sie zurückfuhren. Der Rollstuhl rumpelte über einen unebenen Teil des Pflasters, aber das fiel einem nur auf, wenn man langsam war, wenn einen Kleinigkeiten erschütterten.

Anna hörte Stimmen, und als sie um die Ecke bogen, sah sie Menschen auf das Haus zugehen. Der Kneipp-Gesangsverein war ein gemischter Gesangsverein, trotzdem gab es deutlich weniger Männer, fünf vielleicht. Die meisten Sangesbrüder und Sangesschwestern waren zwischen fünfzig und siebzig Jahre alt, und sie kamen aus den umliegenden Dörfern. Sie redeten miteinander, aufgeregt, aber auch voller Gelassenheit, wie es Menschen taten, die sich ihrer Sache sicher waren. Anna bahnte sich mit ihrer Mutter einen Weg durch die Leute, grüßte nach rechts und nach links und fuhr dann ins Café.

Eine halbe Stunde später saßen sie an einem Tisch, umringt von Leuten, die bei ihnen Platz gefunden hatten, weil sie nirgendwo anders andocken konnten. Die Unbeliebten und die Neuen. Die Gräfin saß da, der Berliner, eine Frau von Flügel B, die immer historische Romane las und wie ein Schlot rauchte. Und eine gewisse Frau Landwehr aus der Nähe von Plön.

»Wollen Sie auch eine Waffel?«, fragte Anna den Berliner. Der kleine Mann nickte.

»Mit Zimt und Zucker, mit warmen Kirschen oder natur?«

»Mit alles«, antwortete der Berliner.

»Ich auch«, sagte die Gräfin und hob ihren Teller an.

Anna stellte sich in die Schlange. Wenn es hier etwas umsonst gab, war das wie auf dem Traumschiff, nur mit Drängeln und ohne Kapitän. Etwas stupste von hinten in ihre Kniekehlen. Anna drehte sich um. Eine Alte schob ihren Rollator vor. Ich müsste sie vorlassen, überlegte Anna, doch die Alte warf ihr einen giftigen Blick ins Gesicht, und Anna drehte sich wieder um und stellte sich breitbeinig vor die

Alte, die ihr nun erneut mit ihrem Rollatorkörbchen in die Kniekehlen fuhr.

»Aua.« Anna drehte sich wieder um. Die Alte schaute noch böser. Sie will, dass ich verschwinde. Das hier ist ihre Welt, und ich gehöre nicht dazu. Sie hasst mich, weil ich jung bin, und sie denkt, jetzt nehme ich ihr auch noch die Waffeln weg. Aber die Waffeln sind für den Berliner und die Gräfin. Die kann lange warten, bis ich sie vorlasse. Nur weil sie alt ist, hat sie noch lange nicht das Recht, sich zu benehmen wie ein Arschloch. Sie erwiderte den bösen Blick und drehte sich wortlos um. Die Alte meckerte: »Keine Manieren.«

Anna bestellte eine Waffel, setzte den Teller vor den Waffeleisen ab und nahm einen weiteren Teller vom Stapel. Erneut fuhr ihr die Alte in die Kniekehlen. Sie überlegte, sich umzudrehen und die Alte so laut anzubrüllen, dass sie vielleicht einen Herzinfarkt bekäme. Sie würde umfallen, nach Luft ringen, der Notarzt müsste kommen und sie, Anna, wäre das Monster – am Pranger zwischen Kirschsoße und Waffelteig. Sie machte einen Schritt zur Seite, hielt dem Koch den zweiten Teller hin und sagte: »Machen Sie schnell, gleich bricht der Volkszorn aus.« Er sah sie fragend an. Er lachte nicht. Sie war nicht komisch. Sie war noch nicht einmal ironisch, nirgendwo. Als sie wieder am Tisch war, wollte Mama eine Cola light. Der Gräfin fehlte Puderzucker. Anna nahm ihren Teller, stand auf und stellte sich wieder in die Schlange. Sie sah Ludwigs Gesicht über dem Waffeleisen auftauchen. Vermisste sie ihn jetzt, oder vermisste sie nur eine Hoffnung? Irgendeine. Das wäre schon etwas. Der

Koch schöpfte mit einer Kelle eine Ladung Waffelteig auf das Eisen. Es zischte.

Im Februar hatte ihr Gewicht den absoluten Tiefpunkt erreicht. Selbst die Stoffhosen schlabberten, fünfundvierzig Kilo hatte sie seit der achten Klasse nicht gewogen. Wenn es nach ihr gegangen wäre, hätte das neue Jahr gleich mit dem Frühling beginnen können – nicht nur wegen des Fummels, den sie bei Petra Teufel gekauft hatte. Dem Jahr war das aber schnuppe gewesen, es blieb nass und kalt und eklig. Ludwig befasste sich intensiv mit seinem neuen Buch, was bedeutete, dass er beim Essen nur noch davon sprach. Wer hatte Leseexemplare angefordert. Was würde das bedeuten. Welcher Professor würde sich im Feuilleton über sein Buch äußern. Dann war es erschienen. Anna war nicht mit zur Buchpremiere nach Berlin gefahren, dafür hatte sie am nächsten Tag den Verriss im *Spiegel* gelesen und nervös auf seine Rückkehr gewartet. Er schäumte vor Wut, als er abends in die Wohnung kam. »Den mache ich fertig. Ich schlafe mit seiner Frau!« Anna hatte sich gefragt, warum ausgerechnet das die ultimative Rache bedeuten sollte, aber nichts dazu gesagt. Nach Tagen hatte er sich endlich beruhigt, und alles war weitergegangen wie immer. Es war sogar besser geworden. Oder etwa nicht? Er hatte weniger Sprüche gemacht. Oft sah er sie einfach nur an und sagte nichts. Nichts Gemeines jedenfalls. Die Chefredaktion reichte zwei Reportagen für die kommenden Journalistenpreise ein. Die eine von ihm, die andere von Julius. Der Artdirector bekam eine Goldmedaille von irgendeinem Club verliehen, und Tina hatte sie an den Abenden immer öfter auf einen Drink oder irgendein Event eingeladen, als wären sie befreundet. Tina hatte ihr anvertraut, dass es zwischen ihr und Julius kriselte. »Andauernd repariere ich seine dummen Geschichten, und er behandelt mich wie eine Puppe, die seine Herrlichkeit verziert.« Als wäre sie ein liebes Mädchen. »Liebes Mädchen!« Aber davon hatte Anna Ludwig nichts erzählt. Sie hatte ihm überhaupt nichts mehr weitererzählt.

Mit der Cola light und einer mit Puderzucker bestreuten Waffel kehrte Anna nun zurück an den Tisch und setzte sich. Frau Landwehr schnitt mit einem Taschenmesser kleine Stücke von ihrer Waffel. Mama ignorierte alle und schaute ins Foyer, in dem sich der Gesangsverein um den Flügel gruppierte. Die Sänger hatten ihre Windjacken abgelegt. Hinter ihnen trug die Hausdame eine Kiste Rotkäppchensekt zu einem Beistelltisch, auf dem bereits Sektgläser angerichtet waren. Der Direktor sprach mit einer Frau an der Rezeption. Anna griff in ihre Handtasche und sah auf ihrem Handydisplay einen entgangenen Anruf. Hannes. Was wollte der denn? Dann sagte die Gräfin so laut, dass es alle hören konnten: »Ihre Mama wäre doch so gerne Oma.«

Anna lief rot an. Schwanger von Ludwig, das fehlte noch. Frau Landwehr legte eine faltige Hand auf Annas. »Nicht drüber nachdenken. Das passiert schon.« Anna lächelte mühsam. Mama sah weg.

»Frau Kölling ist tot«, sagte der Berliner.

»War die nicht bei so 'nem Zauberdoktor?«, fragte die Frau von Flügel B.

»Die können was«, sagte die Gräfin. »Ich war mal in Österreich bei so einem. In seinem Wartezimmer stapelten sich die Geschenke. Der war nämlich nicht anerkannt, deswegen durfte der kein Geld nehmen. Die haben dem aber nie was nachweisen können.«

»Und was hat er mit Ihnen gemacht?«, fragte Anna.

»Der hat mir die Hand aufgelegt, hierhin.« Die Gräfin zeigte auf ihre Stirn. »Das hat gekribbelt. Danach war das Rheuma weg. Weg. Wie vom Erdboden verschwunden.«

»Aber tot ist die Kölling jetzt trotzdem«, sagte der Berliner und schob sich ein Stück Waffel in den Mund.

»Das gibt es aber«, sagte die Gräfin.

»Was denn?«, fragt der Berliner.

»Das Übersinnliche.«

Der Berliner rollte mit den Augen.

»Also, ich war ja jetzt im Krankenhaus, das wisst ihr ja«, mischte sich Frau Landwehr plötzlich ein. »Vor der Operation kam ich in den Narkoseraum, und auf einmal war ich woanders. Ich lag in meinem Bett, aber das war nicht das Krankenhaus, es war alles ganz hell. Dann kam der liebe Gott. Ich dachte, wo bin ich. Bin ich jetzt tot? Oder bin ich nicht ganz richtig im Kopf. Aber es war der liebe Gott, und er sah mich an, und dann ging er weg. Danach kam der Teufel an mein Bett. Der hat mich auch angesehen und ist wieder gegangen. Am Ende kam der liebe Gott zurück. Ich bin aufgewacht und habe das dem Doktor erzählt. Wisst ihr, was der gesagt hat?«

Gespannt schüttelte die Gräfin den Kopf.

»Der Doktor hat gesagt: ›Frau Landwehr, so was gibt es!‹«

»Krieg ich noch ein Bier?«, fragte der Berliner.

»Klar«, sagt Anna und stand wieder auf.

Der Chor begann mit »Kein schöner Land in dieser Zeit«, und Anna bestellte bei Frau Brandt ein Bier. Sie wartete am Tresen und beobachtete die Frauen und den Berliner. Die Gräfin und Frau Landwehr sprachen miteinander. Der Berliner schaute weg.

»Was singen die denn heute alles?«, fragte Anna.

Frau Brandt zuckte mit den Achseln. »Weiß ich auch nicht, im Programm steht beliebte Volkslieder.«

Anna las den rosafarbenen Zettel, der auf dem Tresen lag. Beliebte Volkslieder. Warum nicht unbeliebte Volkslieder? Oder ungeselliges Beisammensein? Oder besser: ein unbesinnliches Aufeinanderherumhacken mit Feueralarm. Sie nahm das Bierglas, drehte sich um und sah, wie ein Zivi den Berliner aus der Sitzgruppe schieben wollte. Der alte Mann hob seine knochige Hand und rief: »Das ist hier schlimmer als in Stammheim!«

»Seien Sie doch ruhig!«, schimpfte eine Dame aus der Clique und reckte ihren Hals, weil ihr der Zivi und der Berliner die Aussicht auf den Chor versperrten. Anna ignorierte den hilflosen Blick des Zivis und hielt dem Berliner das Bier hin.

»Nehmen Sie's doch mit hoch!«

Dankbar griff der Berliner nach dem Bier.

»Na, jeht doch«, sagte er. Der Zivi grinste, und der Berliner zwinkerte ihr zu. Irritiert sah ihnen die Gräfin nach.

»Was ist Stammheim?«, fragte sie.

»Ein Gefängnis«, erwiderte Anna.

»Psst!«, machte eine andere Dame am Nebentisch.

Anna setzte sich nicht wieder, sondern schlängelte sich an den Besuchern vorbei nach draußen. Drinnen sang der Chor nun »Hoch auf dem gelben Wagen«. Als Nächstes würden sie »Kein Feuer, keine Kohle« singen, dachte Anna. »Als heimliche Liebe, von der niemand nichts weiß …« Sie schüttelte den Kopf. Heimliche Liebe. Brennen. Unsinn. Sie holte ihr Handy hervor und wählte Hannes' Nummer. Er ging sofort ran.

»Hey, was gibt's?«, fragte sie.

»Wo biste?«

»Im Altenheim. Gab Ärger mit Mama.«

»Was ist denn?«

»Sie macht das, was ich auch tun sollte. Sie bewirft Vollidioten mit Sparkassenkalendern.«

»Ha, ha, ha.«

»Na ja, bedingt lustig. Momentan ist gerade Konzert. Hörste?«

Anna hielt das Handy an die Tür zum Foyer, dann nahm sie es wieder ans Ohr und fragte: »Haste gehört?«

»Nee.«

»Der legendäre Kneipp-Gesangsverein. Könnte dir gefallen.«

»Äh, ja. Aber schade. Ich dachte, du bist in Hamburg.«

»Ich fahre nachher zurück. Bleibst du über Nacht?«

»Ja. Das bahnbrechende Debut ist fix und fertig. Wir gehen später noch mit dem Management was trinken, dann aufs Rollins-Konzert. Willste mit? Oder hast du wieder mal keine Zeit?«

Anna hatte Hannes in den letzten Monaten dauernd abgesagt, es war ein Wunder, dass er überhaupt noch fragte. Und Henry Rollins wäre heute Nacht genau das Richtige. Rollins war ein Muskelpaket, ein herumbrüllender und dabei blitzgescheiter Rabauke, er war punkgewordene Hirnmasse, die totale Antithese aller Poptrottel. Aber mit Musikmanagern ausgehen? Sie antwortete: »Ich weiß noch nicht, wie ich durchkomme. Bist du plus eins?«

»Ja. Du kannst es dir ja noch überlegen. Übrigens, was ist denn bei euch im Büro los?«

»Was soll los sein?«

»Heute Morgen haben sich Ludwig und dieser Schnöseltyp fast geprügelt.«

»Welcher Schnösel? Meinst du Julius?« Anna spürte ihren Herzschlag schneller werden.

»Ja, ich dachte, ich spinne. Das war fast wie bei Jerry Springer.«

Anna schluckte. »Erzähl mal.«

»Ich bin heute Morgen grottenfrüh nach Hamburg gefahren. Dachte, ich treffe dich vielleicht im Elbsegler, wollte da frühstücken. Es war fast leer, kaum einer da. Ich hatte Ludwig gar nicht gesehen, der saß am Fenster und las irgendwas, vorne, wo man auf die Dampfer gucken kann. Erst als dieser Julius reinstürmte, mit seiner heulenden Freundin im Schlepptau, und Ludwig anschrie, habe ich ihn bemerkt.«

»Sie haben sich geschlagen?«

»Nein! Sie haben sich gestritten. Ich hab nicht alles verstanden. Irgendwas mit ›Ich mach dich fertig‹, und Ludwig hat nur gelacht und irgendwas geantwortet, so nach dem Motto: ›Mach dich nicht lächerlich‹, woraufhin Julius noch wütender wurde und gedroht hat, keine Ahnung was, und dann hat Ludwig gesagt: ›Doch nicht wegen so einer Hure!‹, und dann wurde Julius ganz rot im Gesicht und meinte nur sehr ruhig und sehr laut, so dass ich das deutlich hören konnte: ›Du bist erledigt‹, hat sich umgedreht, ist gegangen. Ludwig war kalkweiß, hat seine Zeitung zusammengefaltet, hat gezahlt und ist weg. Ich wollte noch hinterher, aber der sah aus wie ein Terminator, nein, sah er nicht. Er sah aus wie eine Puppe von Kraftwerk.«

»Oje.«

»Was hatte das zu bedeuten?«

»Nichts Gutes«, antwortete Anna, denn mehr fiel ihr dazu auch nicht ein.

»Komisch, wo die sich doch sonst immer so gesittet benehmen«, sagte Hannes. »Wann bist du denn zu Hause?«

Anna schwieg. Ihr Herz klopfte heftig. Sie konnte sich nicht vorstellen, aus welchem Grund die beiden aneinandergeraten waren. War Tinas Seitensprung herausgekommen?

»Hat er wirklich Hure gesagt?«, fragte sie.

»Weiß nicht, kann auch Nutte gewesen sein. Wieso?«

»Nur so.«

Anna hörte den Chor wie weit entfernt singen. Ludwig. Was war passiert?

»Anna, ist wirklich alles okay? Lass uns doch später treffen, ja?«

»Lass mich mal fahren. Auf der Bahn ist sicher nicht viel los. Ich melde mich einfach später?«

»Ist gut. Fahr vorsichtig.«

Anna legte auf. Angeschrien. Und Tina hatte geheult. Sie wählte Ludwigs Nummer. Es klingelte, dann sprang sein Anrufbeantworter an. Sie wusste nicht, was sie sagen sollte, und legte auf.

Ratlos ging sie wieder ins Foyer. Der Chor sang nun »La Montanara«, aber dafür fehlte ihnen eigentlich der Bass.

Anna setzte sich zurück zu den anderen und spielte mit ihrem Handy. Was war nur passiert? Gestern Abend hatte es wieder einen Umtrunk gegeben. Der Chef hatte verkündet, dass Julius mit ziemlicher Sicherheit den Kisch-Preis bekommen würde, sie hatten getrunken, viel getrunken. Ludwig war früh gegangen. Und Tina? Sie war die ganze Zeit seltsam still gewesen. Anna hatte gedacht, dass sie müde war. Oder betrunken. Julius hatte Reden geschwungen, von mutigem und modernem Journalismus gesprochen, und was er alles der Redaktion zu verdanken habe, wie wichtig der Rückhalt sei, und dass er immer wieder von diesem Hammerteam inspiriert würde, umständlich hatte er sich vor dem Textchef und dem Chef verneigt. Tina hatte ihn versteinert angesehen, die Hände zu Fäusten geballt, so dass man die Knöchel sah. Oder irrte sie sich? Anna war sich nicht sicher. Vielleicht hatten sie alle einfach nur zu viel getrunken. Sie betrachtete die Bewohner, die teilweise mit dem Rücken zum Chor saßen und die Musik über sich ergehen ließen wie unsichtbaren Regen.

Endlich war der Chor fertig. Die Bewohner und die Besucher applaudierten. Der Direktor trat vor und betonte seinen herzlichsten Dank. Er sprach von willkommener Abwechslung, von der Freude am Singen, wie wichtig die Musik doch in der Gemeinschaft wäre, und für Leib und Seele sei nun auch gesorgt, jetzt gäbe es ein Schlückchen.

Die Gräfin schaute auf die Uhr. »Es ist bald fünf, warum bringt mich denn keiner hoch?«

»Wir müssen auch«, sagte ihre Mutter. Anna stand auf, schaltete den Rollstuhl ein, hängte ihre Handtasche hinter den Griff und steuerte vorsichtig vorwärts, um niemandem in die Beine zu fahren.

»Du musst den Griff nachher noch umschrauben«, sagte ihre Mutter im Fahrstuhl.

»Ja«, antwortete Anna und versuchte, sich an den gestrigen Abend zu erinnern. Sie waren nach der Spritztour zu Ludwig gefahren. Sie war müde gewesen und früh ins Bett gegangen. Er hatte noch gearbeitet. Hatte er sich in der Nacht mit Julius gestritten? Er hätte problemlos telefonieren oder noch einmal seine Wohnung verlassen können. Und das heute Morgen? Hatte dieses »Aus« mit dem Streit zu tun? Nein, das konnte nicht sein. Oder doch? Ihre Fragen verwickelten sich, und in ihrem Schädel pochte das Blut. Sie musste nach Hamburg zurück. Sie musste wissen, was vorgefallen war. Ludwig konnte so oft »Aus« sagen, wie er wollte, sie war doch kein Hund, dem man Befehle erteilte.

Anna schloss die Zimmertür auf, öffnete sie weit und fuhr ihre Mutter hinein. Jemand hatte einen Sack Wäsche auf das Sofa gelegt. Sie parkte den Rollstuhl und sagte: »Komm, ich helf dir.«

Sie hob ihre Mutter aus dem Rollstuhl und hievte sie aufs

Bett. Sie kniete sich vor sie auf den Teppichboden, band ihre Schuhe auf, zog sie ihr aus und stellte sie unter den Nachttisch.

»Die Wäsche«, sagte ihre Mutter.

»Packe ich gleich aus«, sagte Anna und hob vorsichtig ihr Hemd an. Langsam zog sie es ihr über den Kopf, dann löste sie den BH, öffnete ihre Hose, half ihr beim Aufstehen und zog die Hose behutsam über die Beine nach unten. »Willst du ein frisches Nachthemd?«

»Nimm das aus dem Badezimmer.«

Anna holte es und legte ihrer Mutter den Halsausschnitt über den Kopf. Es war ein weißes, mit hellblauen Blümchen und blauen Satinpaspeln an den Armen. Der Anblick dieser kleinen Blümchen machte Anna plötzlich den Hals eng. Es war zum Weinen. Eigentlich war alles zum Weinen. Diese dämlichen, kleinen, beschissenen Blümchen. Sie versuchte, den Gedanken abzuschütteln, schluckte.

»Bist du traurig?«, fragte ihre Mutter, als Anna nach dem rechten Ärmelausschnitt tastete.

»Nein, Mama. Nur viel zu tun. Ich bin da gerade nicht so glücklich.« In ihrem Hals verfestigte sich ein Kloß.

»Aber was willst du denn stattdessen machen? Wirst du dann wieder arbeitslos?«, fragte ihre Mutter besorgt.

»Nein, Mama.« Um sich schnell mit etwas Elementarem abzulenken, öffnete Anna den Wäschesack und räumte die Kleidungsstücke an die richtigen Plätze. Die Hosen in die linke Seite des Schrankes, die hellen nach vorne, die dunklen in die Mitte, immer in die Mitte. Die Pullover in die rechte Seite, dann die Blusen unter die dazu passenden Jacken nach links, den obersten Knopf zu, immer den obersten, das war wichtig. Die Strümpfe legte sie in ein Fach nach unten, die Miederhosen in das mittlere, sie faltete den Wäschesack und stopfte ihn unter das Waschbecken im Badezimmer. Sie holte die Medizin vom Couchtisch, schenkte frisches Wasser in ein Glas, stellte beides auf den Nachttisch. Dann ging sie zum Rollstuhl, nahm den Metallgriff, schraubte die Steuerung ab, befestigte sie wieder vorne an der rechten Armlehne und setzte sich neben ihre Mutter aufs Bett.

Bevor einer von beiden etwas sagen konnte, klopfte es, und ohne auf ein »Herein« zu warten, riss jemand die Tür auf.

Warum klopften sie überhaupt?, dachte Anna.

Herein stapfte Schwester Petra. »Ach, ihr seid schon fertig«, rief sie und legte ein kleines, schwarzes Etui auf den Couchtisch. »Dann kann ich ja messen.« Anna erhob sich, um Platz zu machen.

Schwester Petra öffnete das Etui und fummelte an einer kleinen Dose herum. Sie entnahm ein Stäbchen, steckte es in ein ovales Messgerät, das sie auf den Tisch legte. Dann nahm sie ein anderes aus dem Etui und beugte sich über ihre Mutter.

»Au!«, rief Mama.

»Lassen Sie mich das machen«, sagte Anna. Bereitwillig gab ihr Schwester Petra das Piekteil, ein Plastikstäbchen mit einem spitzen Nadelende. Anna berührte das Ohrläppchen ihrer Mutter, suchte eine Stelle, die nicht zerstochen oder bläulich angelaufen war, und drückte die Spitze in das weiche Fleisch. Als kein Blut kam, nahm sie es zwischen die

Finger und quetschte. »Tut mir leid, Mama«, sagte sie. Ihre Mutter hielt still und erwiderte nichts. Schwester Petra reichte Anna das Messgerät, und sie hielt es an den winzigen Blutstropfen, der dunkelrot auf der hellweißen Haut auftauchte.

»Einhundertvierzig«, sagte sie. Ein guter Wert, kein Grund zur Sorge. Nur wenn er auf unter sechzig fiel oder über zweihundert stieg, musste man handeln. Orangensaft oder viel Wasser trinken oder Reserveinsulin spritzen. Anna gab Schwester Petra das Messgerät zurück und brachte das Piekteil ins Badezimmer. Als sie wieder zurückkam, war Schwester Petra bereits gegangen, und ihre Mutter lag im Bett, den Rücken ihr zugewandt.

Anna deckte sie zu und strich ihr über den Kopf. »Ich hab dich lieb, Mama.«

»Ich dich doch auch, Kind«, murmelte ihre Mutter schläfrig.

Auf der Fahrt nach Hamburg wählte sie Ludwigs Nummer. Jedes Mal legte sie auf, bevor sein Anrufbeantworter eine Nachricht aufzeichnen konnte, und jedes Mal prüfte sie danach mehrmals, ob sie wirklich aufgelegt hatte. Sie hielt in Wildeshausen, um zu tanken. Danach setzte sie sich wieder in den Wagen, griff ins Handschuhfach und nahm eine von seinen Kassetten heraus. Auf dem Band waren Arvo Pärt, New Order, Housemusik und ein paar Lieder von Joy Division. Sie drehte die Lautstärke hoch und fuhr schneller als sonst. Keine romantischen Balladen, kein Liebeslied. Wieso auch? Er verbarg die Romantik in einem sperrigen Kasten aus Brüchen und Moll-Arrangements, die nur deswegen Sehnsucht verhießen, weil irgendwer einen Hall druntergelegt hatte. Wie hohl. Wie einsam. Je länger sie über ihre Lage nachdachte, umso absurder kam sie ihr vor. Wohin fuhr sie überhaupt zurück? Sie hatte mit den Privatangelegenheiten von Ludwig doch nichts mehr zu tun. Was die da miteinander anstellten, müsste ihr egal sein. War es aber nicht. Sie fuhr zu schnell und rauchte zu viel und war nur froh, dass die A1 so leer und verlassen vor ihr lag. In Hollenstedt hielt sie erneut an, rannte schnell aufs Klo und beeilte sich, wieder zum Wagen zurückzukommen. Sie wurde von einer Eile getrieben, die sie sich nicht erklären konnte. Sie musste etwas tun, nur was?

Nach anderthalb Stunden parkte sie ihren Wagen in Winterhude. Sie knallte die Wagentür zu, schloss ab, ging über den Hof und öffnete ihre Wohnungstür. Der Anrufbeantworter blinkte. Hoffentlich war es Ludwig. Sie drückte auf die Abhörtaste und hörte erleichtert seine tiefe Stimme.

»Hi, ich wollte nur noch mal sagen, wenn du das liest, wird dir vielleicht vieles klarer. Für mich ist es klar. Ich muss jetzt noch härter und disziplinierter durchgehen. Wären wir noch liiert, und das wäre passiert …, es ist halt klar, dass du nicht meine Freundin sein kannst. Ich brauche eine Frau mit tausend Pistolen, ach was, ich brauche eine Armee. Ich bin so dark, so fuckin' dark.«

Was lesen? Wieso dark? Anna war verwirrt. Sie wählte seine Nummer, er war sofort dran.

»Was ist denn los?«, fragte sie.

Er antwortete nicht.

»Ludwig, ist was Schlimmes passiert?«

»Lies mal deine Mails. Dann weißt du es.«

»Ich komme gerade aus Bremen zurück. Du kannst es mir auch sagen.«

»Anna. Lass mich in Ruhe. Ich kann das jetzt echt nicht brauchen. Lies deine Mails und lass mich in Frieden. Tschüss.«

Dann legte er auf.

Anna ging in die Küche und schaltete den Laptop ein. Es dauerte Ewigkeiten, bis die alte Möhre hochgefahren war. Dann loggte sie sich ein und wartete auf den Maileingang.

Eine E-Mail war von Julius. Sie war ebenfalls cc gesetzt worden. Die Empfänger waren die Chefredaktion, die Verlagsgeschäftsführung, die Kollegen und ein Haufen bekannter Journalisten anderer Zeitungen. Julius bat öffentlich darum, seine Reportage vom Wettbewerb zurückzuziehen. Er gab zu, wesentliche Passagen erfunden zu haben. Das Gleiche gälte übrigens für die Geschichte von Ludwig Faller, dem es freistünde, dazu Stellung zu nehmen. Er hatte die Absätze aufgelistet, die in seiner Reportage nicht stimmten. Er hatte sogar alte Geschichten aufgezählt, seine *und* die von Ludwig, welche ebenfalls gefaked waren. Er entschuldigte sich, er habe es nicht mit seinem Gewissen vereinbaren können, möglicherweise für eine Arbeit ausgezeichnet zu werden, die auf grober Täuschung basierte. Er habe das Berufsethos verletzt. Er würde selbstverständlich die Konsequenzen ziehen und mit sofortiger Wirkung die Redaktion verlassen.

Anna las die Mail noch einmal. Das konnte nicht wahr sein. Dahinter steckte doch wieder irgendein Scherz. Wieso demontierte sich Julius öffentlich? Wie wollte er aus dieser Nummer wieder rauskommen? Das war fast unmöglich. Oder hatte er bereits einen neuen Job? Aber dann hätte er sich doch mit diesem New-Journalism-Quatsch rechtfertigen müssen. Er hätte die Sinnlosigkeit der Wahrheitsfindung zum Stilmittel ausrufen müssen, oder irgendeinen anderen überzogenen Unsinn, die Ironie als einzigen Ausweg aus der haltungslosen Gegenwart … Anna runzelte die Stirn. Aber vielleicht wollte er mit so etwas gar nicht durchkommen? Arbeiten musste Julius nicht mehr. Er war stinkreich. Vielleicht hatte er die Schnauze voll. Von allem. Vor allem von seiner Freundschaft zu Ludwig. Anna wählte erneut Ludwigs Nummer. Er hob sofort ab.

»Was ist denn?«, fragte er ungeduldig.

»Was ist passiert, Ludwig? Ist Julius verrückt geworden?«

Ludwig sagte nichts. Anna hörte, wie er im Hintergrund mit den Fingern auf den Schreibtisch klopfte.

»Was willst du von mir?«, fragte er.

»Kann ich dir helfen?«

Er lachte böse. »Von allen Menschen bist du die Letzte. Mir ist nicht zu helfen.«

»Ich könnte vorbeikommen.«

»Und was dann? Du würdest mich hier nur ablenken.«

»Von was denn? Von deinem Tunnelblick?«

»Du hast mir ja nicht gezeigt, wie man sehen kann. Du hast mir alles Mögliche gezeigt, aber keine Alternative.«

»Lass uns sehen. Ich komme.«

»Auf keinen Fall. Ich will das nicht, hörst du. Tu mir das nicht an!«

Den letzten Satz brüllte er und legte wieder auf. Reglos saß Anna vor dem Rechner und starrte auf den Bildschirm.

Letztes Jahr, Mitte November, hatte Ludwig an seinem Schreibtisch gesessen, neben ihm ein Haufen Papier, Annas Recherchematerial über Damien Hirst. Sie hatte ihm über die Schulter gesehen und gesagt: »Ich weiß, die Geschichte ist nicht gut. Erst hat er über Scheiße geredet und dann über Aschenbecher. Später hat er auf meinem Zimmer angerufen und wollte mit mir spazieren gehen.«

»Warum bist du nicht mitgegangen?«, hatte Ludwig wissen wollen, ohne den Blick vom Computerbildschirm zu lösen.

»Es war drei Uhr morgens, und er hatte einen sitzen.«

»Na und?«

Anna hatte geseufzt.

»Es ist elend, über Menschen zu schreiben«, hatte Ludwig abwesend gemurmelt. »Sie sind nicht fest. Es ist auch zwecklos, mit ihnen zu reden, und dann aufzuschreiben, was sie gesagt haben.«

Sie hatte auf den Bildschirm geschaut. Ludwig markierte Passagen, löschte sie und schrieb etwas Neues.

»Was machst du da?«

»Ich haue drauf«, er blickte in das alte Material, dann tippte er etwas.

»Aber das hat er nicht gesagt!«, rief Anna.

»Jetzt hat er es.«

»Er hat gesagt, er lässt Scheißwürste aus Plastik modellieren. Er hat gesagt, der Kunstbetrieb wäre die größte Scheißwurst.«

»Und ich schreibe auf, was er damit gemeint hat.«

»Woher willst du das wissen?«

»Das steht zwischen den Zeilen.«

»Ja, aber er hat die Zeilen gesagt und nicht das dazwischen.«

»Anna, du hast keine Ahnung von moderner Kunst.«

»Und warum habt ihr mich dann zum Interview geschickt?«

»Weil es lustig ist, jemanden zu schicken, der keine Ahnung hat.«

»Dann lass es doch so. Der Typ war irre. Und irgendwie auch einsam. Und er hat die ganze Zeit von Scheißwürsten geredet.«

»Sag nicht immer *irgendwie.* Wenn du das so lässt, wird es nicht gedruckt.«

»Mir egal.«

»Nein, Anna, es ist nicht egal. Damien Hirst ist einer der größten Künstler unserer Zeit. Es ist anmaßend, ihn darzustellen wie einen besoffenen Trottel.«

»Wenn er aber einer war?«

»Jetzt ist er ein besoffenes Genie.«

»Ich will nicht, dass du das machst«, hatte sie abgewehrt. Ludwig hatte sie ignoriert. Er tippte, kürzte, fügte ein und schrieb neu. Anna hatte ihm gespannt über die Schulter gesehen, mitgelesen und gedacht: Er hatte recht. So war es viel besser. Es war lustiger.

»Aber das ist Fälschen«, sagte sie vorsichtig.

»Nein. Das ist Frisieren. Ich empfinde liebevoll nach. Das ist Literatur.«

»Und wenn das rauskommt?«

»Dann bin ich weg und ein Jahr später wieder da, in einer besseren Stellung mit höherem Gehalt.«

Nach zehn Minuten hatte er eine Kopie auf seinem Rechner gesichert, eine CD hineingeschoben, das Dokument gespeichert, ließ die CD wieder herauskommen und hielt sie ihr hin. »So, das gibst du morgen ab.«

In dieser Nacht hatte sie neben ihm gelegen und nicht schlafen können. Es hatte so einfach ausgesehen, und es war auch einfach. Sie musste das Ding morgen nur so abgeben und fertig. Hatte sie ein Problem, weil die Geschichte »frisiert« war oder weil *er* ihr was verbessert hatte? Sie wälzte sich hin und her. Gegen vier stand sie auf, setzte sich in die Küche, rauchte und hoffte, Ludwig würde wach werden und sie fragen, was denn los sei, aber nach drei Zigaretten ging sie mutlos zurück ins Bett.

Als sie am nächsten Morgen seine Wohnung verlassen hatte, hörte sie ihn brüllen: »Be happy!« Ludwig hatte sich aus dem Fenster gelehnt und ihr grinsend hinterhergewunken. »Happy.« Weswegen denn? Anna war zu ihrem Auto gegangen und hatte Hannes vermisst. Der hätte gewusst, was richtig war. Nein, hätte er nicht. Er hätte irgendeinen Vergleich zur Musik gefunden. Wenn ein Produzent zu geizig war, ein Sample freizukaufen, machte er es nach. Das nannte man doch auch »liebevoll nachempfinden«. Oder war das etwas anderes? Schlechtgelaunt war Anna nach Hause gefahren, um sich umzuziehen.

Abends hatte Ludwig bei ihr angerufen. »Warum hast du nicht meine Version genommen? Jetzt fliegt die Geschichte aus dem Blatt.«

»Mir auch recht«, hatte sie schnippisch erwidert.

»Das war dumm von dir. Wenn ich es nicht besser wüsste, würde ich sagen, sie haben dir ins Gehirn geschissen.«

Dann tat Anna, was sie hasste, wenn es ihre Mutter tat. Sie legte auf.

Nach wenigen Sekunden klingelte es wieder. Sie ging ran, er wieder.

»Du denkst, ich kann nicht schreiben«, sagte sie.

»Darum geht es nicht. Ich wollte dir helfen, besser zu werden.«

Besser? Er sagte doch immer, dass sie nichts konnte, obwohl nein, so hatte er das nie gesagt. Er hatte nur in dem Stück rumgefummelt und es verbessert.

»Mehr nicht?«, fragte sie zögerlich.

»Nein.«

»Sicher?«

»JA.«

»Dann ist gut. Tut mir leid.« Anna war müde. Den ganzen Tag über hatte sie schlecht Luft bekommen. Sie war müde und hungrig und traurig und wütend, eine anstrengende Mischung.

»Entschuldige dich nicht immer«, hatte er gesagt.

»Okay. Tut mir leid, ich meine okay.«

»So, dann haben wir das geklärt. Wir hätten gar nicht sprechen müssen, ich habe ja auch gar kein Interesse daran, es gibt für mich keinen Grund.«

Wieso war er nur wieder so gemein? Müde hatte sie gesagt: »Oh Mann«, und wieder aufgelegt.

Eine halbe Stunde später hatte es an ihrer Tür geklingelt.

Grußlos war Ludwig an ihr vorbei in den Flur gegangen. Er hatte sich aufmerksam umgesehen und dabei mit den Fingern gewackelt, wie kleine aufgeregte Tentakel waren kleiner Finger und Ringfinger hin- und hergewippt. Er hatte den Flur durchschritten, beide Zimmer betreten, dabei jede Ecke inspiziert, sich vor das Aquarium gestellt, aber nichts angefasst. Er war ins Badezimmer gegangen, hatte Schränke geöffnet, hineingeschaut, war wieder herausgekommen, in die Küche gegangen, wo sie mit einem Glas Weißwein am Tisch gesessen hatte, im Aschenbecher eine brennende Zigarette.

»Cool. Für 'n Mädchen. Eigentlich auch überhaupt cool.«

Anna hatte ihn böse angefunkelt. »Du kannst mich mal.«

»Ha, ha, ha!«

»Der einzige Grund, warum das mit uns bisher noch niemand gemerkt hat, kennst du den?« Ludwig hatte den Kopf geschüttelt. Möglicherweise hatte er langsam begriffen, wie wütend sie war, jedenfalls hatte er sich vorsichtig zu ihr an den Küchentisch gesetzt. Das hatte sie sich immer gewünscht. Einen Besuch. Etwas Normales. Aber er hatte gewirkt wie eine Gummiente auf dem Mars. Sie hatte gesagt: »Weil wir tagsüber in einer Welt leben, in der es nur um Turnschuhe und Pop geht, um wer mit wem warum und wie, und weil weder du noch ich Figuren in ihrem Spiel sind. Dich nehmen sie nicht ernst, weil sie denken, du bist irre. Mich nehmen sie nicht ernst, weil sie denken, ich bin ein Honk.«

»Wer sagt, ich bin irre?«

»Niemand.«

»Anna!«

»Niemand sagt nichts. Alle sagen alles.«

»Dafür könnte ich dich küssen.«

Und dann war sie ins Bett gegangen, und Ludwig war ihr hinterhergekommen.

Anna stand vom Küchentisch auf. Sein »Tu mir das nicht an« dröhnte noch in ihrem Kopf. Was ein Mist! Sie griff das Telefon, ging ins Wohnzimmer und ließ sofort den Hörer fallen.

Ein Eisblitz krampfte sich um ihr Herz. Dante schwamm mit dem Bauch nach oben am Filter. Sie ging zum Aquarium und entriegelte die Abdeckung. Seine Augen waren weit aufgerissen. Sie hob ihn aus dem Wasser und spürte, wie schwer er war. Auf ihrem Handballen lagen seine Schleierflossen nicht mehr weich und weit, sondern als einzelne, dicke, orangene Haare. Seine Schuppen schimmerten noch immer wie Schmuck. Sekundenlang schaute sie ihn an, hoffte, er würde zucken, zappeln. Doch als sie mit dem Finger seinen runden Bauch anstupste, rührte er sich nicht. Vorsichtig sank sie in den Sessel. Im Haus hörte sie jemanden staubsaugen. Die letzte Abendsonne schien in das Wohnzimmerfenster, aber alles wurde weniger. Leiser. Unwichtiger. Farbloser. Tränen liefen ihr aus den Augen. Zum ersten Mal an diesem Tag fühlte sich Anna vollständig zerschlagen.

Nach einer Weile, die ihr vorkam wie Stunden, brannte die Haut unter ihren Augen, und sie wischte sich die Nässe aus dem Gesicht. Sie stand auf, trug den Goldfisch ins Badezimmer, nahm ein Papiertuch aus dem Spender und wickelte ihn ein. Dann bettete sie ihn in einen Karton und stellte ihn in den Kühlschrank. Sie würde ihn zum Meer bringen. Morgen. Nicht heute Abend. Nicht in Eile.

Sie machte sich einen Kaffee, und als der durchlief, rief sie Hannes an. Er wollte gerade aus der Tür und schlug vor, sich im Cox zu treffen. Von dort könnten sie dann los, die Manager treffen.

Anna ging ins Bad, schmierte sich Make-up unter ihre Augen und hellen Lidschatten auf die Lider. Sie sprühte sich mit Parfum ein und ging zurück in die Küche, um sich einen Kaffee einzuschenken. Dabei fiel ihr ein, dass sie Tina anrufen könnte. Sie stellte die Tasse ab, nahm das Telefon und wählte Tinas Nummer. Niemand antwortete. Sie legte auf und überlegte, ihr eine Nachricht zu schicken. Aber welche? Was sollte sie schreiben? Ruf mich zurück, dringend? Weswegen denn?

Eigentlich war jetzt auch alles egal. Wenn die Sache mit ihr und Ludwig herauskam, was würde dann passieren? Sie würde ebenfalls in dieses Hickhack hineingezogen, aber sie war doch schon längst mittendrin. Es wusste nur niemand. Und worum ging es denn überhaupt? Eine Krahe hackte einer anderen die Augen aus. Zwei Männer, die einmal befreundet waren, machten sich öffentlich fertig. Na und? Aber es würde Ludwig verletzen, wenn jemand von ihnen wüsste. Es würde ihm noch mehr Schaden zufügen. Schaden! War sie sonst nichts? Anna lief es kalt den Rücken hinunter. Sie stand im Flur, unfähig, sich zu rühren, aber sie musste los. Hannes wartete. Der ganze Tag war eine elende Hetzerei gewesen. Alle wollten was, liefen auf Spur, lebten sich durch den Tag, und jeder hatte ein Ding am Laufen. Seit dem Aufwachen war sie wie ein blöder Ball in einer Flippermaschine von den Befindlichkeiten der anderen hin- und hergeschubst worden, und irgendwann an diesem frühlingshaften Samstag, an dem alle möglichen Leute an irgendwelchen Rädern drehten, war Dante gestorben, und das, dachte Anna, war in Wahrheit die größte Scheiße.

Im Cox herrschte Hochbetrieb. Alle Tische waren belegt. Anna ging durch den Vordereingang zielstrebig zum hinteren Bereich. Wenn die anderen auch hier waren, dann in der Ecke. Vom oberen Treppenabsatz sah sie Anton und Tina hinten rechts an einem Ecktisch. Na, Gott sei Dank. Anna ging eilig auf die beiden zu.

Tina sah aus wie aus dem Ei gepellt. Keine Augenringe, makellose Haut. Auf dem Tisch stand ein Sektkühler, darin eine dunkelgrüne Flasche. Seltsam. Hatten die was zu feiern?

»Hey«, sagte Anna und wunderte sich über den Gleichmut in Tinas Miene.

»Willst du einen Schluck Prosecco?«, fragte sie mit schluriger Stimme. Sie war betrunken. Deswegen. Anton nickte: »Setz dich doch kurz. Wir wollten aber gerade zahlen.«

»Danke«, nickte Anna, »ich bin eigentlich hier verabredet. Habe euch nur da sitzen sehen. Ist alles okay?«

Tina verzog ihr hübsches Gesicht zu einer fiesen Grimasse.

»Nee, eigentlich ist gar nichts okay.« In ihren Augen sammelten sich Tränen.

»Hast du das mit Julius mitbekommen?«, fragte Anton.

»Ich hab eine seltsame E-Mail gesehen. Was ist denn passiert?«

Seufzend sagte Anton: »Beziehungsstress.«

Tina sagte: »Ich hab ihm gestern Nacht was gebeichtet. Ich war sauer, ich war betrunken. Er ist erst total wütend geworden, aber dann hat er sich wieder beruhigt. Wir haben die ganze Nacht geredet, und ich dachte: Okay, wir kriegen die Kurve. Aber heute Morgen hat er mich in den Elbsegler geschleppt und Ludwig zusammengeschrien, und dann ist er abgedampft, in den Verlag. Er hat gesagt, so ginge das nicht weiter, er würde jetzt richtig aufräumen. Mit allem.«

»Und Ludwig?« Anna überlegte, ob es auffiel, dass sie gar nicht danach fragte, *was* Tina gebeichtet hatte. Das wäre die naheliegende Frage, aber Tina schien das nicht zu merken, und Anton auch nicht.

»Der kann uns mal, das Arsch«, sagte er.

»Er braucht Zeit, hat er gesagt«, murmelte Tina traurig.

»Ludwig?«

»Nein! Julius! Ludwig kann meinetwegen verrecken!«

Anna winkte dem Kellner zu und deutete auf den Sektkühler. Sofort wurde ihr ein Glas gebracht, und sie griff über die beschmierte Tischdecke zur Flasche. Tina hatte Herzchen auf das Papier gemalt. In ihnen las Anna zwei Buchstaben: T und J. Dazwischen lauter Blümchen.

»Komm, Tina.« Anton stand auf.

Tina sah Anna mit glasigen Augen an. »Lass uns morgen quatschen, okay?«

Anna nickte. Klar. Morgen quatschen. Tina tat ihr leid. Wir sind gar nicht so verschieden. Wir sind beide in Vollidioten verknallt. Sie wollte etwas Nettes sagen, aber sie wusste nicht, was. Unschlüssig spielte Anna mit dem Kugelschreiber, der auf dem Tisch herumlag. Dann kehrte Anton an den Tisch zurück, er hatte Tinas Mantel in der Hand und hielt ihn ihr hin. Zu Anna meinte er: »Ich bring sie jetzt nach Hause.« Tina lächelte, stand auf, ließ sich von Anton in den Mantel helfen, hob ihre Hand und winkte Anna zu.

»Morgen, ja?«

»Ja. Passt auf euch auf«, sagte Anna und sah den beiden nach. Tina folgte Anton zum Tresen, wo er bezahlte. Anna blieb allein zurück. Die Tischdecke sah aus wie eine verunglückte Kinderzimmertapete.

Sie hörte die Stimmen der Leute, Gläser klirrten, Besteck klapperte. Was suchten die alle hier? Was suchte sie hier? Sie gehörte nicht dazu. Sie gehörte nirgendwo mehr dazu. Aber war das so schlimm? Es war doch nicht anders als sonst auch. Sie sah auf die Uhr. Es war bald neun. Mama schlief jetzt. Mist, sie hatte vergessen anzurufen. Sie nahm ihr Handy aus der Tasche, wählte die Nummer. »Born«, sagte Mama mit verschlafener Stimme.

»Ich bin heil angekommen.«

»Dann ist gut, Kind.«

»Schlaf gut«, sagte Anna, doch ihre Mutter hatte bereits wieder aufgelegt.

Anna trank einen Schluck. Der Prosecco schmeckte nicht. Wie ging es Ludwig? Was tat er jetzt? Sie könnte später hinfahren und klingeln, bis er aufmachte. Oder einfach reingehen. Sie hatte noch den Schlüssel. Nein, er wollte sie nicht sehen. Telefonierte er? Wen rief er jetzt an? Schrieb er eine Antwortmail auf die von Julius? Oder arbeitete er an seinem neuen Buch? Vielleicht hatte er sogar gute Laune. Er hatte das immer vorhergesehen. »Wenn das rauskommt, bin ich ein Jahr später wieder da, in einer besseren Stellung mit höherem Gehalt.« So hatte er das gesagt. Möglicherweise war er in seinem Element. Anna lachte leise. Er sagte doch immer, man müsse die Menschen durchschauen. Sie benutzen wie Schachfiguren. Aber aus irgendwelchen unerklärlichen Gründen machte sie sich Sorgen um ihn.

»Deine Kollegin ist mir gerade entgegengekommen.« Hannes' Stimme riss Anna aus ihren Gedanken.

Er setzte sich zu ihr, bemerkte die Kritzeleien auf der Tischdecke. »Bist du jetzt unter die Maler gegangen?«

»Nee, die haben hier gesessen. Tina hat das gemalt.«

Hannes betrachtete die Herzchen. »Komisches Volk.«

Anna lachte plötzlich los. »Hannes, ich liebe das.«

»Was?«

»Wie es dir gelingt, mit einem Satz alles zu sagen.«

Hannes drehte sich zum Kellner um und bestellte einen Gin Tonic und ein Bier. »Du willst doch Gin Tonic?« Anna nickte.

»Was ist denn mit dir los?«, fragte Hannes dann. »Du siehst ja total scheiße aus.«

»Dante ist tot«, erwiderte Anna.

»Oh.«

»Ich bin nach Hause gekommen, und da schwamm er. Bauch oben. Augen auf. Er liegt in einem Karton im Kühlschrank.«

»Im Kühlschrank?«

»Ja, ich fahre morgen früh an die Ostsee und will ihn da ins Meer werfen.«

Hannes nahm ihre Hand und drückte sie. »Das tut mir leid. Ehrlich. Ich weiß, wie gern du den Fisch hattest.« Er sah sie eindringlich an, und Anna schämte sich. Hannes war ihr bester Freund, er hatte ihr diesen wunderbaren Fisch geschenkt, auf den sie nicht genug aufgepasst hatte, und überhaupt hatte sie sich in den letzten Monaten benommen wie eine egozentrische, psychopathische Kuh. Sie hatte ihn vertröstet, Verabredungen abgesagt. Warum? Anna sah auf die Tischdecke und sagte: »Hannes, ich muss dir was erzählen.«

Hannes hörte zu, runzelte mehrmals die Stirn, sagte aber nichts. Als sie fertig war, sah sie ihn ängstlich an. »Du hasst mich jetzt, oder?«

»Nein, aber du hättest mir sagen können, dass du was mit dem hattest.«

Was mit dem hattest – wie das klang! Als wäre es nur eine Affäre gewesen. Anna wollte lachen, aber das Lachen steckte fest. Ja. Am Ende würde davon vielleicht nicht mehr übrigbleiben als eine Affäre. Wie erbärmlich.

»Ich hatte Angst«, sagte sie.

»Vor mir?«, fragte Hannes verletzt.

Anna nickte. »Ja. Davor, dass du mir sagen würdest, was ich nicht hören wollte. Ich hatte das Gefühl, ich würde Ludwig verraten. Das war falsch. Ich habe alles kaputtgemacht.« Sie spürte, wie ihr schon wieder Tränen hochkamen. Sie zog die Nase hoch und zündete sich eine Zigarette an. »Ich bin eine beschissene beste Freundin.«

Hannes lächelte und drückte ihre Hand.

»Nein, bist du nicht. Aber nur weil man beim Lügen

nicht erwischt wird, ist es nicht so, als würde man die Wahrheit sagen. ›Die drei Tage des Condor‹.«

»Was?«

»Berühmtes Zitat aus dem Film, kennst du doch?«

Anna schüttelte traurig den Kopf.

»Hey, ist doch alles nicht so schlimm. Ich meine, das mit Dante, ja. Aber das mit Ludwig? So wie das klingt, hat er das verdient. Hauptsache, du wirst da nicht mit reingezogen.«

Sie lächelte gequält.

»Hast du etwa auch Geschichten erfunden?«

»Nein!«

»Na, dann ist doch alles okay!«

»Alles kommt raus. Immer«, sagte Anna. »Ich war mal bei einem Kongress, und ein Trendforscher hat gesagt, dass es in diesem Jahrtausend nur einen einzigen Trend geben würde: Alles kommt raus.«

»Du hast doch nichts zu verbergen außer Ludwig, oder?«

Anna lachte. Außer Ludwig.

»Komm. Wir müssen los«, sagte Hannes. »Die Manager warten im Molotow, Rollins spielt um elf, Stagetime halb zwölf.«

»Ich glaube, ich fahre doch nach Hause, ich bin alle.«

»Bist du sicher? Henry Rollins wäre jetzt …«

»… genau das Richtige«, ergänzte Anna. »Ja, ich weiß. Aber lass mal. Ich hab ihn schon zwei Mal gesehen, und ich bin echt geschafft. Sei mir nicht böse. Lass uns morgen telefonieren. Magst du mit mir zur Ostsee fahren?«

»Dante seebestatten? Klar. Nur nicht zu früh. Wann fährst du los?«

»Mittags?«

Hannes knuffte sie in die Schulter. Sie verließen das Lokal, und draußen nahmen sie sich fest in den Arm. Morgen, ans Meer.

Anna parkte an der Alster und machte den Motor aus. In Ludwigs Wohnung brannte noch Licht. Sie schaute in die erleuchteten Fenster. Warum war sie nur so unruhig? Warum sorgte sie sich um ihn? Ging es ihr wirklich um ihn, oder hatte dieser Tag ihren Verstand so dermaßen auf den Kopf gestellt, dass sie jetzt Gespenster sah? Ich könnte hochgehen, dachte sie. Ich könnte klopfen. Aufschließen. Aber Ludwigs Brüllen klang noch immer in ihrem Ohr. »Tu mir das nicht an!« Sie lehnte sich im Wagen zurück und zog die Jacke fester um sich. Die Scheiben beschlugen. Dann schlief sie ein.

Gegen zwei Uhr morgens weckte sie ein Klingeln. Ihr Rücken schmerzte. Wo war sie? Dann erinnerte sie sich daran. Sie parkte vor seinem Haus. Es war kalt geworden. Etwas klingelte. Ihr Handy. Sie nahm es schnell aus der Handtasche und ging ran.

»Hallo?«, fragte sie.

Niemand antwortete. Sie presste den Hörer ans Ohr. Jemand atmete.

»Hallo, wer ist da? Bist du das, Ludwig?«

Sie lauschte in den Hörer, sekundenlang atmete jemand schwer, dann wurde aufgelegt. Anna sah kurz auf die Rufnummernerkennung und steckte das Handy wieder weg. Am Ende ging es um den Moment.

Umschlaggestaltung: Heidi Sorg, www.leistls.org
unter Verwendung eines Bildes von Jarek Puczel
Typografie +Satz: Peter Frese, www.frese-werkstatt.de
Druck+Bindung: CPI – Clausen und Bosse, Leck
ISBN 978-3-88897-775-6